CB041209

S SELON PTOLOMEE QUI VEUT QUE LA TER

AU CENTRE DU MONDE

De Fer . 1669.

it son mouuement Doccidant en Orient en 49000. Ans

du Septentrion au Midi et au contraire en 3431. ans et 239. Iours

e Balancement du leuant au couchant et au contraire en 1719. ans et 302 Iours

irmament en 7000. Ans

rne fait sa Reuolution en 29. ans 155. Iours 8. heures

ter en 11. ans 315. Iours 17. heures

ars en vn an 321. Iour 22. heures

Soleil en 365 Iours 5. heures 49. minutes

Venus en 365. Iours &c.

Mercure en 365 Iours &c.

La Lune en 27. Iours 7. heures et 47. minutes

REGION DU FEU

Troiziesme Region

Segonde Region

Premiere Region

Premier Ciel

Deuzieme Ciel

Troizieme Ciel

quatrieme Ciel

Cinquieme Ciel

Sizieme Ciel

Septieme Ciel

8.

9.

10.

11.

conuexe

netre conuexe du

Les Babiloniens ou Caldeens, qui sont les
miers Astronomes, ont appellé les Sep
Planettes des noms de leurs Dieux
de puis, les Egiptiens les ont ma
es de ces caractaires. ♄. Satu
♃. Iupiter. ♂. Mars. ☉. le S
♀. Venus. ☿. Mercure. ☾. la
les quelles marques ou, Car
res sont encore en Vsa
On ne fait estat de la
que comme un po
Centre, a compar
du firmamant, d
de Saturne, de
ter, et mesme
Celuy de Ma
mais elle d
quelque pro
ion si on l
mpare
Celly du
de Venu
mercur
de la l
quelqu
vns est
quil e
neces
destab
vne R
du Feu
fin d
mer c
Impris
du Feu
nous v
ns en l
miere Re
de lair, n
cette opinio
nest pas re
Les Astronom
modernes sont
sez entreux en
deux diuers & op
ns touchant le cen
du monde et le mo
ement des corps Celest
quelques uns mettent l
terre au centre de l'uniuer
tiennent quelle est Immobile, e
que le Soleil auec toutes les esto
tant fixes qu'errantes, tourne au
dicelle. Les autres estiment que
Soleil se repose au centre du mond
et que la terre et les autres planettes font l
Reuolutions a lentour diceluy. Mais que la sph
des Estoilles fixes demeure Immobille. Ptolom
et ces Sectateurs, ont embrassé la premiere Opini
La Seconde ne laisse destre plus Anciene Comme il ce
voir par le tesmoignage que luy rendent les Anciens Auteurs
encore quapresant il ne sen trouue aucune description, Insi que d
periés
Sciances par le nombre des Siecles, Mais Nicolas Copernicus homme du tout Incomp
ables a Remis en lumiere il y a enuiron cent ans, ceste Opinion ou vne fort semblable tou
hant la disposition du monde Comme on peut voir a la feuille

…ORDRE DES SPHERES CELESTES SELON COPERNI…
…TERRE EST MOBILE ET LE SOLEIL IMMOBILE AV…

Par Nr. … De…

…n Copernic Saturne fait son mouuement sous les
…oilles fixes en 39333 ans d'Egypte Iupiter
…19734 Mars en 45088 ans d'Egypte.
…s le Zodiaque Saturne Reuient au
…dou il estoit parti en 14917 ans d'Egy…
…ter en 21277 Mars en 16416 &c.
…d'Egypte est de 365 Iours.

…rbe de Mercure enuironne
…orps du Soleil, l'orbe de
…us enuironne l'orbe de
…cure. Mercure ne
…igne Iamais du Soleil
…plus de 29 degrez.
…us ne s'eloigne
…ais du Soleil de
…s de 48 degrez.
…peu donc dire
…les Orbes de
…rcure et de
…us n'enuiron
…t pas la Terre
…sils l'enuir…
…royent ces
…x planettes
…igneroient
…Soleil de
…de 29
…rez pour
…cure et de
…de 48
…r Venus
…quil est
…ain quils
…roient
…r quelque
…a estre
…ozez
…au Soleil
…tre eux
…qui est
…traire a
…periance.

…t certain
…Venus
…oit en Cro…
…t en sa
…onction
…rieure auec
…Soleil et non
…en sa Superieure
…t donc uray que
…us a deux conion…
…ns au Soleil, lune
…dessus et lautre au
…ous le tout a nostre
…ect.
…peut dire que l'orbe
…Venus enuirone le Soleil
…il nest ni totalement au
…us ni totalement au dessous.
…Orbe de Venus estoit totalement
…dessus du Soleil Venus paré troit
…iours Ronde et non pas en croissant.
…s si l'orbe ou Ciel de Venus estant
…lement au dessous du Soleil Venus
…troit touiours en Croissant tant en sa
…onction Superieure quand son Inferieure le
…t a nostre Respect.
…eut dire pareille chose de Mercure.
…Cieux de Mars de Iupiter et de Saturne enuironnent
…erre dautant quon les uoit quelque fois estre Oppozez
…Soleil ou Seloigner de luy Iusque a l'opposition.

Firmament Immobile

Orbe de Saturne.

Orbe de Iupiter.

Orbe de Mars.

Orbe de la Terre.

Ce qui est dit cy desou…
Ciel de mercure et …

Le Demi Diametre de la Terre …

DADOS INTERNACIONAIS DE
CATALOGAÇÃO NA PUBLICAÇÃO (CIP)
Andreia de Almeida CRB-8/7889

Barker, Clive
Livros de sangue : volume 1 / Clive Barker ; tradução de
Paulo Raviere. — Rio de Janeiro : DarkSide Books, 2020.
240 p.

ISBN: 978-65-5598-034-9
Título original: Books of Blood vol. 1

1. Contos ingleses 2. Contos de terror I. Título II. Raviere, Paulo

20-3527 CDD 823

Índices para catálogo sistemático:
1. Contos de terror

A visão macabra da capa é criação de
Jan Van Eyck: "The Last Judgment" (1440–1441).

As ilustrações de Clive Barker foram
resgatadas e cedidas pela equipe do site Revelations.

LIVROS DE SANGUE VOLUME 1

Esta colheita se tornou possível graças à união de
mentes devotas, viscerais e apaixonadas pelo sangue
e pela carne, que juntaram suas visões macabras
para realizar um sonho há muito desejado. O novo
rebanho foi consagrado e será alimentado pela poesia
retumbante de um grande mestre na fazenda do horror.

Fazenda Macabra
Reverendo Menezes
Pastora Moritz
Coveiro Assis
Caseiro Moraes

Leitura Sagrada
Cesar Bravo
Clarissa Rachid
Talita Grass
Tinhoso e Ventura

Direção de Arte
Macabra

Impressão
Ipsis Gráfica

A toda Família DarkSide

LIVROS DE SANGUE

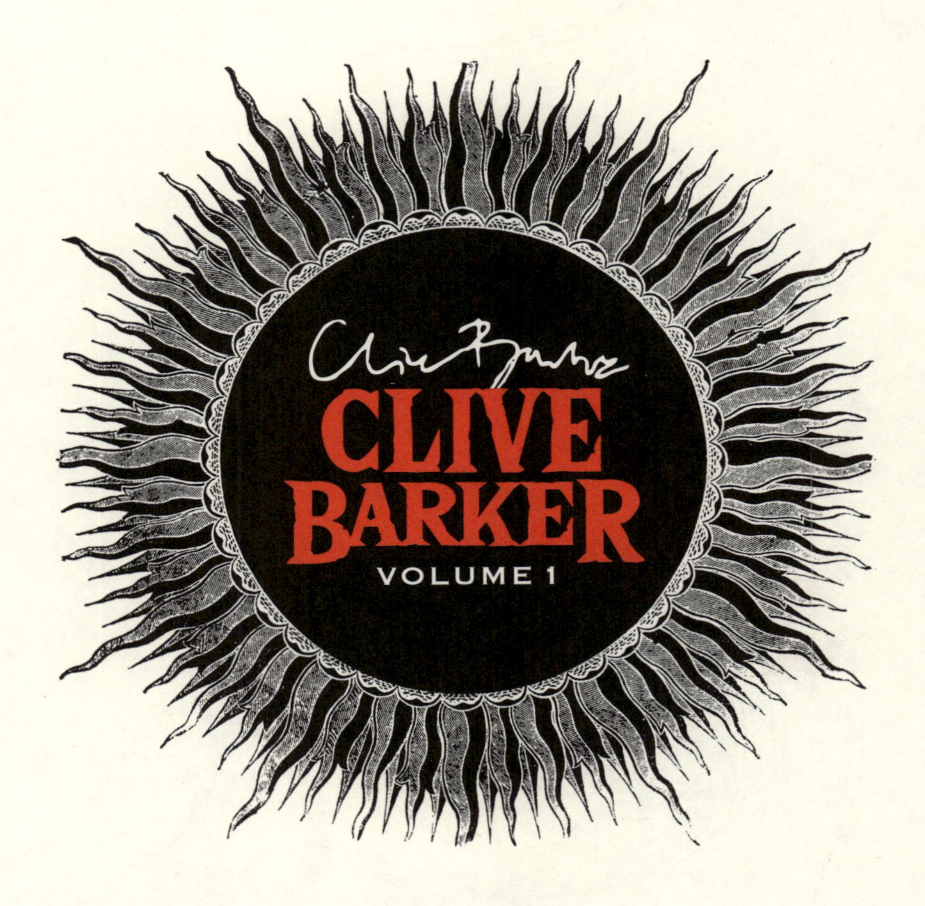

TRADUÇÃO | PAULO RAVIERE

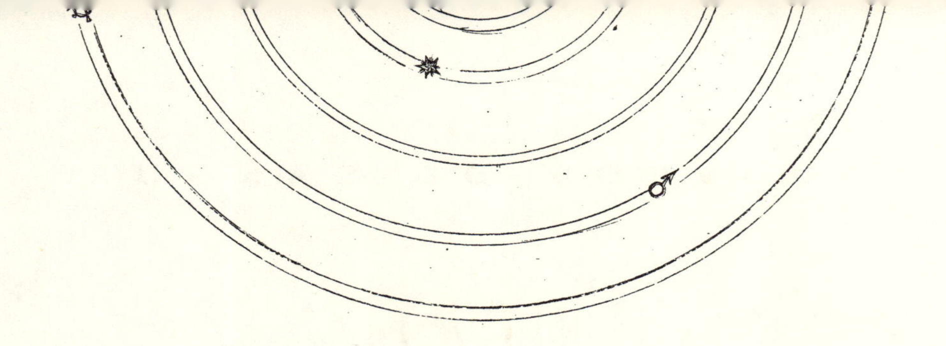

Índice

Orbe de Iupiter.
Orbe de Mars
Orbe de Mercure
Le soleil Immobile au Centre du Monde

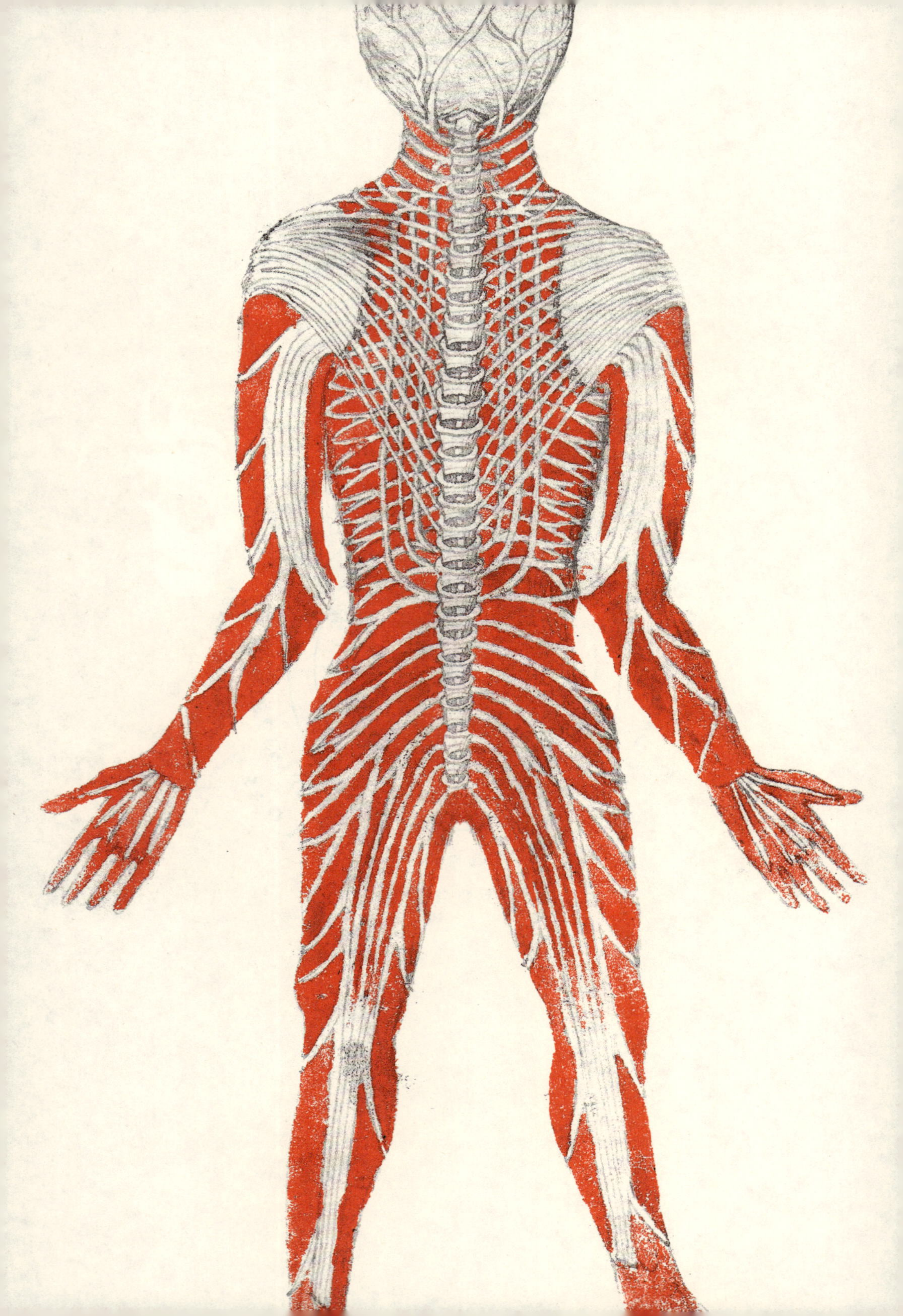

TODOS SOMOS
LIVROS DE SANGUE.
SEMPRE QUE ABERTOS,
VERMELHOS.

Para a minha mãe e o meu pai.

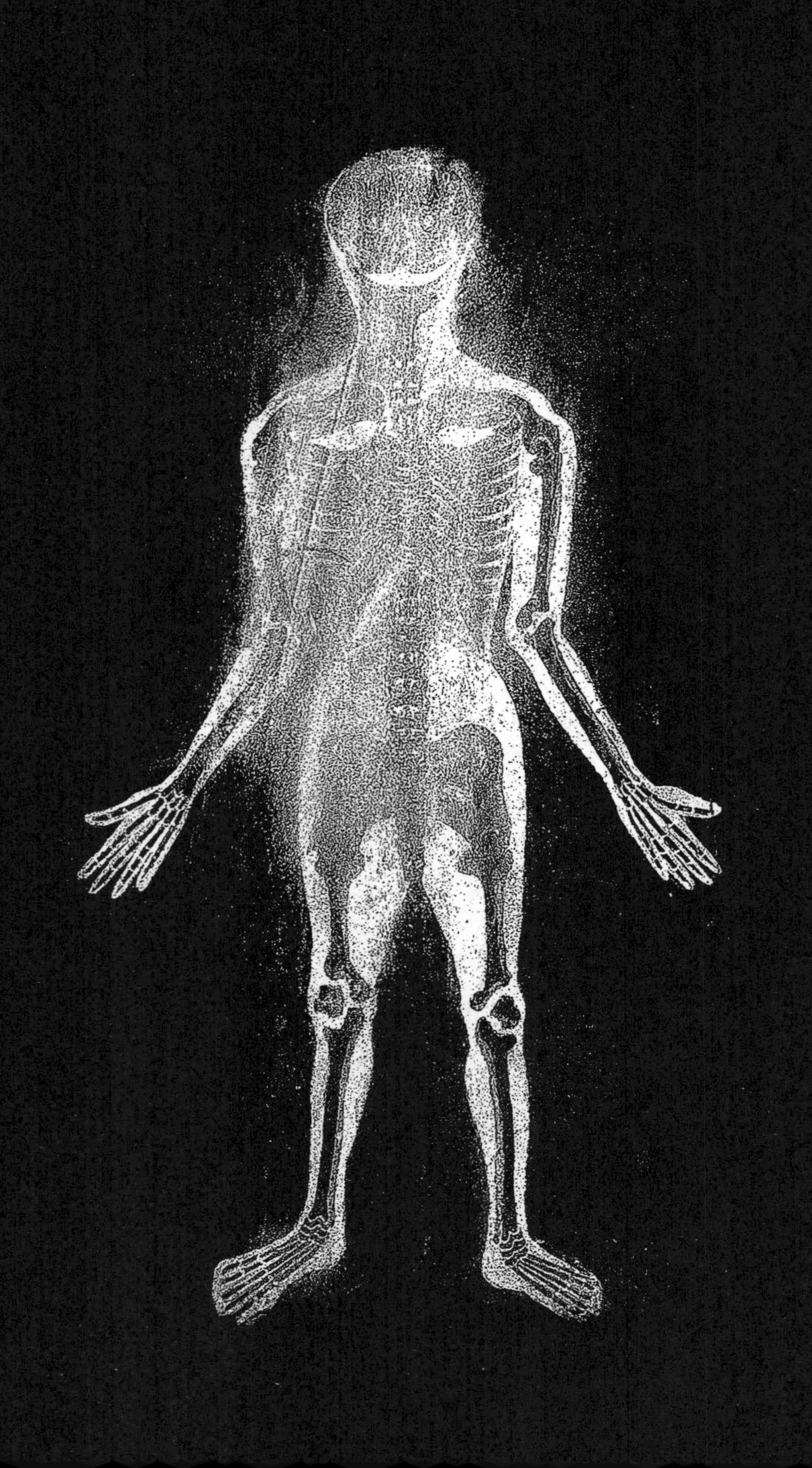

HORROR EM CARNE VIVA

POR CESAR BRAVO

Alguns momentos ficam cravados em nossa mente, como se a memória houvesse sido perfurada, invadida, e, por fim, submetida a uma implantação desses inesperados recortes do tempo. Uma das lembranças perenes que trago comigo é uma entrevista de Clive Barker, creio que da década de 1990. Barker está com os cabelos bem curtinhos, usa um colete, fuma seu charuto e sorri, bastante à vontade. Então, ele é questionado sobre qual seria a sua ocupação. Um escritor? Um dramaturgo? Um pintor? Um roteirista? Ou um diretor?

Clive pensa um pouco, deixa os olhos se perderem em algum lugar que jamais alcançaremos e responde: “Eu sou alguém que imagina”.

Pode parecer simples, afinal, nossas palavras conseguem definir quase tudo. Mas para todo o resto que importa, para o proibido, o invisível e o impossível que nos levam além das fronteiras da carne, precisamos da imaginação de Clive Barker.

Até a concepção deste primeiro volume de *Livros de Sangue*, um leitor de horror sabia o que esperar. Como seres ávidos por goles de sofrimento alheio, sabíamos que, quando ficássemos horrorizados demais, apavorados demais, escandalizados demais, tudo o que precisávamos fazer era fechar aquele livro e procurar algo mais seguro para fazer.

Com *Livros de Sangue* não será tão simples. Os seres criados por Barker não ficam contentes dentro de um livro — eles pulam para fora, vão direto para o fundo de nossas mentes. Nas galerias vazias do último trem do metrô, naquele pensamento que você tem certeza que não poderia ser só seu, até mesmo nas memórias de criança, onde a escola se parecia com um clube de tortura pré-adolescente gerenciado por adultos, que se esqueceram por completo do que viveram em suas próprias infâncias. Tenha certeza: ao ler *Livros de Sangue*, eles também leem um pouco de você.

Algumas poucas obras de horror, as que realmente mudam e norteiam o futuro do gênero, nunca vão embora. Como exemplo, posso citar *O Exorcista*, *O Rei de Amarelo*, *O Senhor das Moscas* e *Uma Sombra Passou Por Aqui*. Barker e seus *Livros de Sangue* (são seis volumes repletos de histórias macabras) entraram para esse seleto grupo já em sua estreia.

Mas vamos resgatar a primeira página dessa história.

Que se saiba, Clive Barker "apareceu" (como um anjo, um demônio, um *djin*) em 1984, com histórias tão boas que você o amaria e odiaria na mesma proporção se fosse um autor. Na escrita de Barker havia

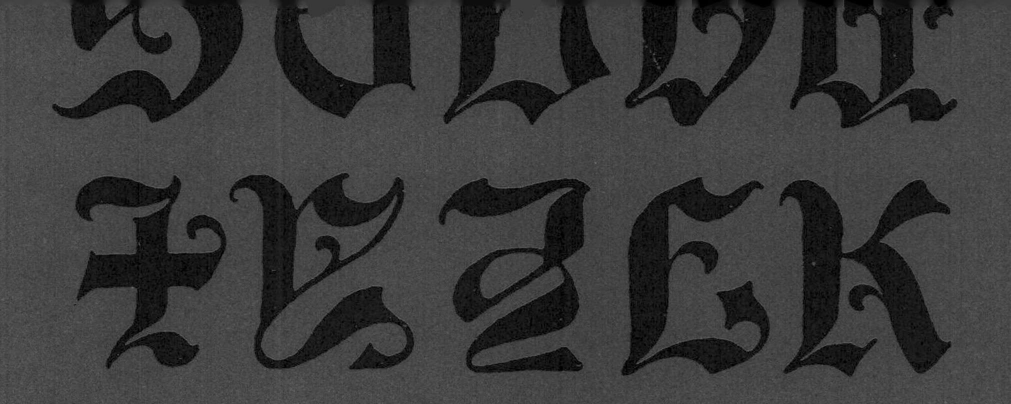

o choque, o repúdio sensorial, o sentimento de estar se tornando mais profano e amaldiçoado a cada página avançada. Com a mesma potência, Barker traduzia a poesia do sangue, sugava encantamentos dos ossos moídos, nos mostrava a beleza da carne quando ela é revirada do avesso. Você certamente vai se chocar com este livro, mas ao mesmo tempo, vai se apaixonar por ele.

Conhecer *Livros de Sangue* é como se render àquele acidente da estrada, onde os corpos estão sendo socorridos pelos bombeiros, mas você não resiste em dar uma boa olhada. E você verá cada detalhe. Não só verá, como terá possibilidades ainda mais impactantes incentivadas em sua mente.

Descobri os *Livros de Sangue* (li e reli, e reli, e reli) há algumas décadas, mas confesso, como devoto incondicional da escrita e da imaginação de Clive Barker, que sempre ansiei por uma edição que fizesse justiça ao gênio por trás das letras.

Assim como os rios e os mortos, os livros também têm suas estradas, e sinto um prazer e uma honra imensos em poder fazer parte de mais esse ponto de interseção. Se existe um lugar em que um livro de sangue se sentiria em casa, é na qualidade ultrajante da DarkSide Books e no pensamento transgressor da Macabra.

Dito isso, tudo que posso fazer é agradecer, e desejar que este livro fique vivo em suas mentes, assim como ficou na minha, por muito tempo.

Bons pesadelos.

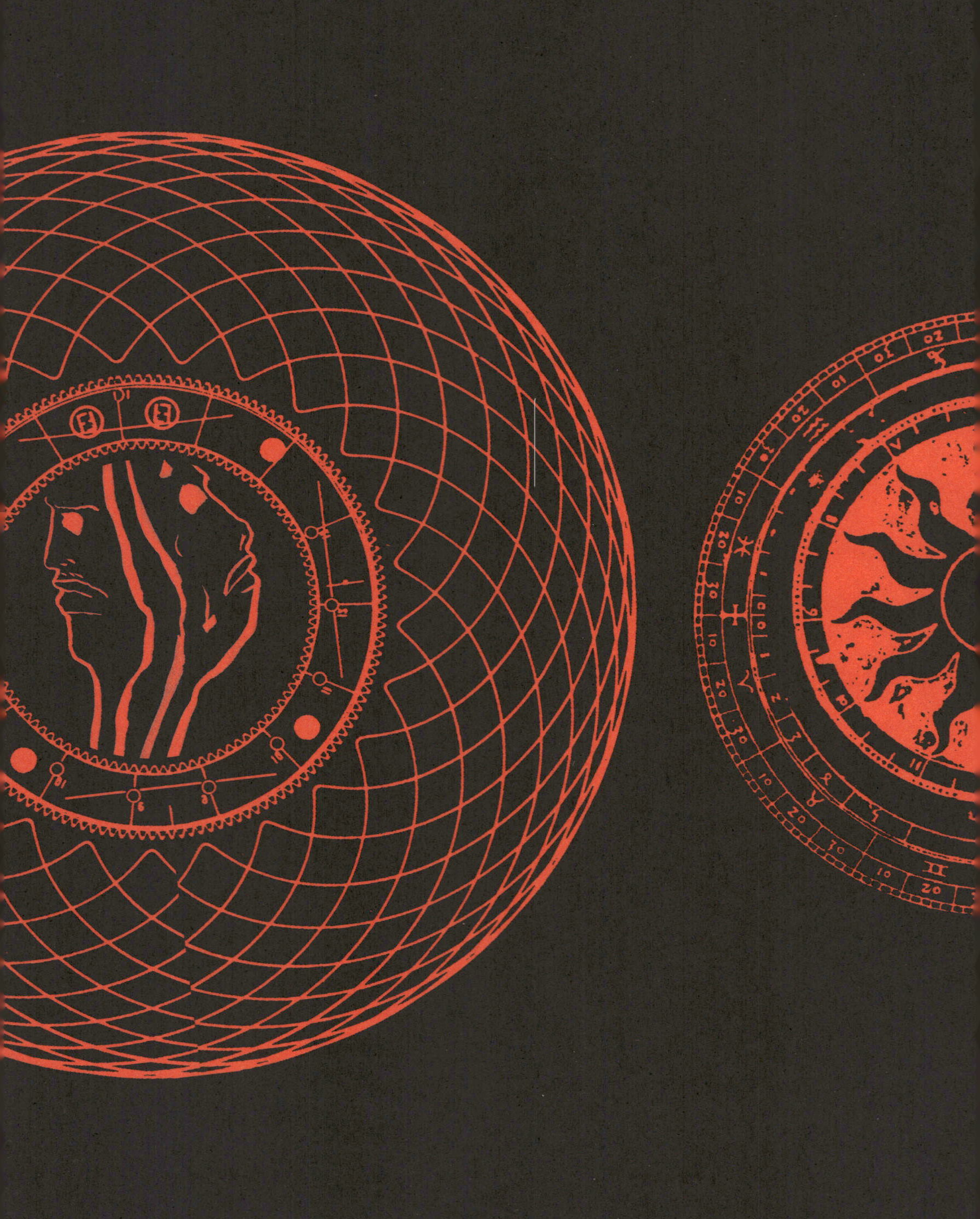

O homem não tem um corpo separado da alma.

— *William Blake* —

O LIVRO DE SANGUE

Os mortos têm estradas.

Elas correm, filas diretas de trens-fantasmas, de carruagem de sonhos, cruzando a devastação por trás de nossas vidas, portando um infindável tráfego das almas que partiram. Sua batida e pulsão podem ser ouvidas nos lugares fraturados do mundo, por entre fendas abertas por atos de crueldade, violência e depravação. Sua carga, os mortos errantes, pode ser avistada quando o coração está prestes a estourar, e visões que deveriam ficar ocultas vêm claramente à tona.

Há placas, nessas estradas, e pontes e acostamentos. Há pedágios e interseções. É nessas interseções, onde multidões de mortos caminham e se misturam, que essa estrada proibida tem mais chances de vazar até nosso mundo. O tráfego é intenso nos cruzamentos, e as vozes dos mortos ficam estridentes ao máximo. Aqui as barreiras que separam uma realidade da outra se afinam com a passagem de incontáveis pés.

Uma das interseções da estrada dos mortos ficava localizada em Tollington Place, Número 65. Apenas uma casa isolada, com frente de tijolos que imitava o estilo georgiano, o Número 65 não era memorável em nenhum outro aspecto. Uma casa antiga e esquecível que, despida da grandeza barata que antes reivindicava para si, permanecera vazia por uma década ou mais.

Não era a umidade ascendente que afastava os inquilinos do Número 65. Não era a podridão dos porões, ou a subsidência que tinha aberto na fachada uma rachadura que se estendia do degrau da porta até as cornijas. Era o ruído da passagem. No andar de cima o barulho daquele tráfego jamais cessava. Ele rachava o gesso das paredes e empenava as vigas. Fazia as janelas chacoalharem. Também fazia a mente chacoalhar. A casa da Tollington Place, Número 65, era mal-assombrada, e ninguém podia possuí-la por muito tempo sem ser dominado pela insanidade.

Em algum ponto de sua história, um horror foi cometido naquela casa. Ninguém sabia quando ou o quê. Mas mesmo ao observador destreinado, a atmosfera opressiva da casa, particularmente no andar de cima, era inconfundível. Havia uma memória e uma promessa de sangue no ar do Número 65, um odor persistente nos seios da face, que revirava até o estômago mais forte. A construção e seus arredores eram evitados por animais nocivos, por pássaros e até mesmo por moscas. Nenhum tatuzinho rastejava na cozinha, nenhum estorninho fazia ninho no sótão. Qualquer que fosse a violência ali perpetrada, ela abrira a casa, como uma faca rasga a barriga de um peixe; e através daquele corte, daquela ferida no mundo, os mortos espiavam e falavam.

Era esse o rumor, de qualquer forma. Era a terceira semana de investigação em Tollington Place, 65. Três semanas de sucesso sem precedentes no reino do paranormal. Usando como médium um novato no assunto, um homem de 20 anos de idade chamado Simon McNeal, a Unidade de Parapsicologia da Universidade de Essex registrava evidências quase indiscutíveis da vida após a morte.

No quarto superior da casa, um quarto que estava mais para um corredor claustrofóbico, o jovem McNeal aparentemente evocava os mortos, e a seu pedido eles deixavam copiosas evidências de suas visitas, escrevendo em mais de cem caligrafias diferentes nas pálidas paredes ocres do cômodo. Escreviam, parece, tudo o que lhes ocorria. Seus nomes, claro, e as datas de nascimento e de morte. Fragmentos de memórias, e bons desejos a seus descendentes vivos, estranhas frases elípticas que sugeriam tormentos presentes e lamentavam por alegrias perdidas. Algumas das letras eram quadradas e feias, algumas delicadas e femininas. Havia desenhos obscenos e piadas inacabadas junto com versos de poemas românticos. Uma rosa malfeita. Um jogo da velha. Uma lista de compras.

Os famosos tinham visitado esse muro das lamentações — Mussolini tinha ido lá, Lennon e Janis Joplin — desconhecidos também, e anônimos, anotavam algo ao lado dos grandes. Era uma espécie de lista de chamada dos mortos, e crescia dia após dia, como se a palavra fosse espalhada boca a boca entre as tribos perdidas, seduzindo-as para saírem do silêncio e assinarem esse quarto vazio com sua presença sagrada.

Após uma vida inteira trabalhando no campo da pesquisa psíquica, a Doutora Florescu estava bastante acostumada com os fatos duros do fracasso. Chegava a ser quase confortável acomodar-se na certeza de que a evidência jamais se manifestaria. Agora, diante de um sucesso súbito e espetacular, sentia-se exaltada e confusa.

Estava sentada, como fizera por três inacreditáveis semanas, no cômodo principal do andar do meio, a um lance de escadas do quarto de escrita, e escutava o clamor do andar de cima com uma espécie de espanto, mal ousando acreditar que podia presenciar esse milagre. Tivera aperitivos antes, tentadoras pistas de vozes de outro mundo, mas essa era a primeira vez que a província insistia em ser ouvida.

No andar de cima, as vozes pararam.

Mary olhou no relógio: era seis e dezessete da tarde.

Por alguma razão, melhor conhecida pelos visitantes, o contato nunca se estendia muito depois das seis. Ela esperaria até as seis e meia e então subiria. O que seria hoje? Quem teria deixado a sua marca naquele quartinho sórdido?

"Devo ajustar as câmeras?", perguntou Reg Fuller, seu assistente.

"Por favor", murmurou ela, distraída pela expectativa.

"O que será que teremos hoje?"

"Vamos dar dez minutos para ele."

"Certo."

No andar de cima, McNeal se estirava no canto do quarto, e observava o sol de outubro através da janela minúscula. Sentia-se um pouco preso, completamente solitário naquele lugar desgraçado, mas ainda ria sozinho, aquele sorriso caloroso e beato que derretia até mesmo o mais acadêmico dos corações. Especialmente o da Doutora Florescu: oh, sim, a mulher estava apaixonada por seu sorriso, os olhos, o olhar perdido que ele lhe dava.

Era um belo jogo.

De fato, no começo foi apenas aquilo – um jogo. Agora Simon sabia que eles haviam aumentado as apostas; o que tinha começado como uma espécie de teste de detecção de mentiras tornara-se uma disputa muito séria: McNeal contra a Verdade. A verdade era simples: ele era um mentiroso. Havia anotado todos esses "escritos de fantasmas" na parede com pequeninos fragmentos de chumbo que ele escondia debaixo da língua: batia e estrondava e gritava sem qualquer outro interesse além do logro em si: e os nomes desconhecidos que escrevia, rá, ele ria ao pensar nisso, os nomes ele encontrava em catálogos telefônicos.

Sim, de fato era um belo jogo.

Ela lhe prometera tanto, lhe tentara com a fama, encorajando cada mentira que ele inventava. Promessas de riqueza, de aparições aplaudidas na televisão, de uma adulação que ele jamais tivera. Conquanto produzisse fantasmas.

Ele dava o sorriso novamente. Ela o chamava de Intermediário: um inocente transportador de mensagens. Logo subiria as escadas — os olhos em seu corpo, a voz dele prestes a chorar com o patético entusiasmo que ela sentia por uma série de bobagens e nomes rabiscados.

Gostava quando ela observava a sua nudez, apenas a nudez. Todas as sessões ocorriam com ele vestindo apenas cuecas, para evitar qualquer auxílio oculto. Uma precaução ridícula. Tudo o que ele precisava era dos pedaços de chumbo sob a língua, e energia o bastante para se atirar por meia hora, rugindo sem parar.

Suava. A divisão de seu esterno estava pegajosa por isso, e o cabelo empapado na testa pálida. Hoje tinha sido trabalho duro: ansiava por sair do quarto, escorrer lá para baixo, e gozar de admiração enquanto isso. O Intermediário pôs a mão dentro da cueca e começou a brincar consigo, preguiçosamente. Em algum lugar do quarto, uma mosca, ou talvez várias moscas, estavam presas. Já era um pouco tarde para ter moscas, mas podia ouvi-las em algum lugar por perto. Elas zumbiam e batiam na janela, ou em volta da lâmpada. Ele ouvia as minúsculas vozes de mosca, mas não as questionava, demasiado absorto nos pensamentos do jogo, e no simples deleite de se acariciar.

Como zumbiam, essas inofensivas vozes de inseto, zumbiam e cantavam e reclamavam. Como reclamavam.

Mary Florescu tamborilava na mesa com os dedos. Sua aliança estava folgada hoje, ela a sentia se movendo no ritmo das batidas. Às vezes ficava apertada, às vezes folgada: um dos pequenos mistérios que ela jamais analisara apropriadamente e apenas aceitava. Na verdade, hoje estava muito folgada: quase a ponto de cair. Ela pensou no rosto de Alan. No querido rosto de Alan. Pensava nele olhando através do buraco da aliança, como se estivesse descendo um túnel. Seria parecido com a morte dele, mergulhando cada vez mais na escuridão de um túnel? Ela enfiou a aliança mais fundo no dedo. Pelas batidas do indicador e do polegar parecia que quase sentia o sabor do metal azedo enquanto o tocava. Era uma sensação curiosa, uma espécie de ilusão.

Para afastar a amargura, ela pensou no garoto. Seu rosto veio facilmente, tão facilmente, chocando-se contra a consciência dela com o sorriso e o físico nada memorável, ainda juvenil. Como uma garota, na verdade — a redondez, a clareza doce da pele — a inocência.

Os dedos ainda estavam na aliança, e a acidez que ela provara ficou mais forte. Ela olhou para cima. Fuller estava ajeitando o equipamento. Em volta da cabeça calva, uma nuvem de luz verde pálida cintilava e ondulava - de repente ela sentiu uma vertigem. Fuller nada via ou ouvia. A cabeça estava curvada para o trabalho, absorta. Mary o encarava inerte, vendo o halo sobre ele, percebendo as novas sensações que despertavam nela, a percorriam. De repente o ar pareceu vivo: as próprias moléculas de oxigênio, hidrogênio e nitrogênio a apertavam com um abraço íntimo. A nuvem em volta da cabeça de Fuller estava crescendo, encontrando uma amigável irradiância em cada objeto do aposento. A sensação inatural nas pontas dos dedos dela também crescia. Ela podia ver a cor de sua respiração enquanto a exalava: um brilho laranja e rosado no ar borbulhante. Conseguia ouvir, com muita clareza, a voz da mesa diante da qual se sentava: um choramingo baixo de sua sólida presença. O mundo estava se abrindo: lançando seus sentidos num êxtase, levando-os a uma selvagem confusão de funções. De repente, sentiu-se capaz de conhecer o mundo como um sistema, não político ou religioso, mas um sistema sensorial, um sistema que cresce da carne viva até a madeira inerte da mesa, até o ouro fosco da aliança. E mais. Além da madeira, além do ouro. A fenda aberta que levava à estrada. Na cabeça ela ouvia vozes que não vinham de nenhuma boca viva.

Olhou para cima, ou melhor, uma força puxou sua cabeça para trás violentamente, e se viu encarando o teto. Estava coberto de minhocas. Não, isso era absurdo! Parecia estar vivo, entretanto, contaminado com a vida - pulsante, dançante. Ela podia ver o garoto através do teto. Ele estava sentado no piso, com o membro saliente na mão. A cabeça jogada para trás, da mesma forma que a dela. Estava perdido no êxtase, assim como ela. Sua nova visão era da luz latejante dentro e em volta daquele corpo - delineando a paixão que estava instalada em suas vísceras, e em sua cabeça derretida de prazer.

Teve outra visão, a mentira nele, a ausência de poder onde ela acreditava existir algo maravilhoso. Ele não tinha o talento de interagir com fantasmas, jamais tivera, ela podia ver com clareza. Era um pequeno mentiroso, um jovem mentiroso, um doce, branco e jovem mentiroso, sem compaixão ou capacidade de compreender sua ousadia.

Agora estava feito. As mentiras haviam sido contadas, os truques realizados, e as pessoas na estrada, mortalmente cansadas de serem mal representadas e escarnecidas, zumbiam na fenda da parede, exigindo satisfação.

A fenda fora aberta por ela: sem saber, ela a havia tocado e apalpado, destrancando-a lentamente. O desejo pelo garoto fez isso: os intermináveis pensamentos nele, a frustração, o calor e o desgosto com o calor alargaram a fenda. De todos os poderes que tornaram o sistema algo manifesto, o amor e sua companhia, a paixão e sua companhia, e a perda, eram os mais potentes. Aqui estava ela, a encarnação dos três. Amando, e desejando, e sentindo agudamente a impossibilidade dos dois primeiros. Envolta na agonia do sentimento que negara a si mesma, acreditando que amava o garoto apenas como um Intermediário.

Não era verdade! Não era verdade! Ela o desejava, o desejava agora, bem fundo dentro dela. No entanto, agora era tarde demais.

O tráfego não podia mais ser negado: demandava, sim, demandava acesso ao pequeno trapaceiro.

Ela não podia evitar. Tudo o que conseguiu fazer foi emitir uma minúscula arfada de horror, conforme via a estrada se abrir em sua frente, e compreender que não estavam diante de uma interseção comum.

Fuller ouviu o som.

"Doutora?" Ele olhou por cima dos ajustes e seu rosto – banhado por uma luz azul que ela podia perceber com o canto do olho – portava uma expressão interrogativa. "Disse alguma coisa?", perguntou ele.

Ela pensou, com um frio na barriga, em como isso estava fadado a acabar.

Os rostos de éter dos mortos estavam bem nítidos à sua frente. Ela podia ver a profundeza do sofrimento e se solidarizar pela dor que escutava neles.

Percebia de forma clara que as estradas que se cruzavam em Tollington Place não eram avenidas comuns. Ela não assistia ao tráfego feliz e ocioso dos mortos ordinários. Não, aquela casa se abria a uma rota percorrida apenas pelas vítimas e perpetradores de violência. Homens, mulheres, crianças que tinham morrido sofrendo todas as dores que os nervos podiam comportar, com as mentes marcadas pelas circunstâncias de suas mortes. Mais eloquentes que palavras, seus olhos anunciavam agonias, seus corpos-fantasmas ainda levavam os ferimentos que os mataram. Ela também podia ver, misturando-se livremente com os inocentes, seus assassinos e torturadores. Esses monstros, frenéticos, deliravam com letras de sangue, espiavam o mundo: criaturas inigualáveis, inauditas, milagres proibidos de nossa espécie, proferindo e uivando desvarios.

Agora o garoto no andar de cima os sentia. Ela o viu se virar um pouco no quarto silencioso, sabendo que as vozes que ouvia não eram zumbidos de moscas, o chiado não era um chiado de insetos. Percebeu, de súbito, que vivia num cantinho minúsculo do mundo, e que o resto, o Terceiro, o Quarto, e o Quinto mundos, pressionavam suas costas, famintos e irrevogáveis. A visão de seu pânico também era um cheiro e um sabor para ela. Sim, ela sentia o gosto dele, como sempre ansiara, mas não era um beijo o que casava seus sentidos, e sim o pânico crescente. Ele a preenchia: a empatia dela era completa. O olhar temeroso pertencia tanto a ela quanto a ele – as gargantas secas proferiam a mesma palavrinha rascante:

"Por favor–"

Que a criança aprende.

"Por favor–"

Que ganha cuidados e presentes.

"Por favor–"

Que até mesmo os mortos, certamente, mesmo os mortos devem conhecer e obedecer.

"Por favor–"

Hoje ninguém concederia essa misericórdia, ela tinha certeza. Esses fantasmas haviam se desesperado na estrada por uma época terrível, portando as feridas com as quais morreram, e as insânias com as quais mataram. Haviam suportado a leviandade e a insolência dele, as idiotices, as fabricações que brincavam com suas provações. Desejavam falar a verdade.

Fuller olhou para ela com mais atenção, seu rosto agora nadando num mar pulsante de luz laranja. Ela sentiu na pele as mãos dele. Tinham gosto de vinagre.

"Tudo bem com você?", disse ele, sua respiração dura como ferro.

Ela balançou a cabeça.

Não, ela não estava bem, nada estava bem.

A fenda se alargava mais a cada segundo: do outro lado ela podia ver um céu diferente, o firmamento ardósia que se fechava acima da estrada. Ele arrebatava a mera realidade da casa.

"Por favor", disse ela com os olhos se virando para a substância evanescente do teto.

Mais larga. Mais larga – o mundo frágil que ela habitava fora escancarado até o ponto de ruptura.

De repente, rompeu-se, como uma represa, e águas negras foram derramadas, inundando o quarto.

Fuller sabia que tinha algo de errado (era a cor de sua aura, o medo súbito), mas não compreendia o que estava acontecendo. Ela sentiu a espinha dele tremer: podia até ver seu cérebro rodopiar.

"O que está acontecendo?", perguntou. O enternecimento da indagação a fez querer rir.

No andar de cima, o jarro d'água do quarto de escrita se estilhaçou.

Fuller soltou-a e correu para a porta. Ela começou a chacoalhar e balançar conforme ele se aproximava, como se todos os habitantes do inferno estivessem batendo do outro lado. A maçaneta virava e virava e virava. A tinta inchou. A chave ficou em brasa.

Fuller olhou de volta para a doutora, que ainda estava fixa naquela grotesca posição, cabeça para trás, olhos arregalados.

Ele esticou a mão até a maçaneta, mas a porta se abriu antes que conseguisse tocar nela. O corredor do outro lado havia desaparecido completamente. O interior familiar deu lugar à estrada que se estendia até o horizonte. A visão matou Fuller em um instante. Sua mente não tinha forças para abstrair o panorama — não conseguiu controlar a sobrecarga que lhe percorria cada nervo. O coração parou; uma revolução revirara a ordem de seu sistema; a bexiga afrouxou, as entranhas falharam, os membros tremeram e entraram em colapso. Enquanto desabava no chão, seu rosto começou a se inchar como a porta, e seu cadáver a chacoalhar como a maçaneta. Ele já era matéria inerte: cabia nessa indignidade como madeira ou aço.

Em algum lugar ao Leste sua alma se juntara à estrada ferida, na rota até a interseção onde ele morrera um momento antes.

Mary Florescu sabia que estava sozinha. Acima dela, o garoto maravilhoso, a criança bonita e trapaceira, guinchava e se contorcia conforme os mortos punham as mãos vingativas em sua pele lisa. Ela sabia quais eram as suas intenções: podia ver nos olhos deles — não havia nada de novo a respeito. Toda história tem algum tormento particular em sua tradição. Ele haveria de ser usado para eles registrarem seus testamentos. Ele haveria de ser a página, o livro, o receptáculo de suas autobiografias. Um livro de sangue. Um livro feito de sangue. Um livro escrito com sangue. Ela pensou nos grimórios que tinham sido produzidos com pele humana morta: ela os vira, tocara neles. Pensou nas tatuagens que já tinha visto: exibições de horrores, algumas, outras apenas trabalhadores sem camisa andando pela rua com mensagens gravadas nas costas para suas mães. Não era a primeira vez que escreviam um livro de sangue.

Mas nessa pele, nessa pele reluzente — meu Deus, esse era o crime. Ele gritava enquanto as torturantes agulhas do vidro do jarro quebrado passavam em sua pele, marcando-a. Ela sentiu as agonias como se fossem dela, e não eram tão terríveis.

Mesmo assim ele gritava. E lutava, e desferia obscenidades aos agressores. Eles não prestavam atenção. Faziam um enxame em sua volta, surdos a qualquer súplica ou reza, e trabalhavam nele com todo o entusiasmo de criaturas forçadas ao silêncio por tanto tempo. Mary percebeu como a voz dele se cansava de reclamar, e enfrentou o peso do medo em seus membros. De alguma forma, sentiu ela, precisava subir lá. Não importava o que houvesse do outro lado da porta ou na escada — ele precisava dela, e isso bastava.

Ela se levantou e sentiu os cabelos fazendo um redemoinho na cabeça, pairando como os cabelos de serpentes da Górgona Medusa. A realidade flutuava — mal podia ver o chão debaixo de si. As tábuas da casa eram de madeira-fantasma, e debaixo delas uma escuridão fervilhante rugia e se escancarava para ela. Olhou para a porta, sentindo o tempo inteiro uma letargia que era muito difícil de enfrentar.

Claramente não a queriam lá em cima. *Talvez*, pensou ela, *até sintam um pouco de medo de mim*. A ideia a encorajou; por que mais se incomodariam em intimidá-la, se sua própria presença, uma vez aberto esse furo no mundo, agora não lhes fosse uma nova ameaça?

A porta empolada estava aberta. Do outro lado, a realidade da casa havia sucumbido completamente ao caos ululante da estrada. Ela deu um passo através dela, focada na maneira com que os pés ainda tocavam no chão sólido, ainda que os olhos não pudessem mais vê-lo. O céu acima dela era azul-prussiano, a estrada era larga e arejada, os mortos pressionavam por todos os lados. Ela os enfrentou como se fossem uma multidão viva, enquanto seus rostos boquiabertos e idiotas olhavam para ela e a odiavam pela invasão.

O "por favor" se acabara. Agora ela não dizia nada; apenas rangia os dentes e aguçava os olhos em direção à estrada, chutando para frente a fim de encontrar a realidade dos degraus que ela sabia que estavam lá. Tropeçou ao tocá-los, e um uivo saiu da multidão. Ela não sabia se estavam rindo de sua falta de jeito, ou avisando-a que já tinha ido longe demais.

Primeiro degrau. Segundo degrau. Terceiro degrau.

Embora a puxassem de todos os lados, ela estava vencendo a multidão. Em frente podia ver através da porta do quarto onde o pequeno mentiroso estava esparramado, rodeado por seus agressores. A cueca estava nos tornozelos: a cena parecia uma espécie de estupro. Não gritava mais, porém os olhos estavam loucos de dor e terror. Ao menos ainda estava vivo. A resiliência natural de sua mente jovem tinha aceitado um pouco o espetáculo que se abrira diante dele. De repente, a cabeça se virou e ele olhou direto para ela, do outro lado da porta. Nessa extremidade ele havia externado um verdadeiro talento, uma habilidade que era uma fração da de Mary, mas o bastante para fazer contato com ela. Seus olhos se encontraram. Num mar de escuridão azul, rodeada de todos os lados por uma civilização que eles não conheciam nem entendiam, seus corações vivos se encontraram e se casaram.

"Desculpa", disse ele em silêncio. Era infinitamente penoso. "Desculpa. Desculpa." Ele desviou o olhar, seus olhos se afastaram dos dela.

Ela tinha certeza de que deveria estar quase no topo da escada, os pés ainda pisando em ar, até onde os olhos dela confirmavam. Os rostos dos viajantes acima, abaixo e em todos os lados. Mas ela conseguiu ver, de forma tênue, os contornos da porta, e as tábuas e vigas do quarto onde Simon estava deitado. Agora ele era uma massa de sangue, da cabeça aos pés. Ela podia ver as marcas, os hieróglifos de agonia em cada centímetro do torso, do rosto, dos membros. Num momento pareceu lampejar em uma espécie de foco, e ela conseguiu vê-lo no quarto vazio, com o sol pela janela, e um jarro quebrado ao lado. Então sua concentração vacilou e em vez disso ela viu o mundo invisível tornado visível, e ele suspenso no ar enquanto escreviam em seu corpo por todos os lados. Arrancando o cabelo da cabeça e os pelos do corpo para liberar a página, escrevendo nas axilas, escrevendo nas pálpebras, escrevendo nos genitais, nas dobras das nádegas, nas solas dos pés.

Apenas as feridas eram algo em comum entre as duas visões. Tanto visto atacado pelos autores, como sozinho no quarto, ele sangrava e sangrava.

Ela agora alcançava a porta. Sua mão vacilante se esticou para tocar a sólida realidade da maçaneta, mas mesmo com toda a concentração que podia reunir, ela não ficava visível. Mal havia uma imagem-fantasma na qual focar, embora isso bastasse. Ela segurou a maçaneta, girou-a, e escancarou a porta do quarto de escrita.

Ele estava ali, na frente dela. Não mais que dois ou três metros de ar possuído os separavam. Seus olhos se encontraram novamente, e um olhar eloquente, comum aos mundos dos vivos e dos mortos, se passou entre eles. Havia compaixão naquele olhar, e amor. As ficções caíram, as mentiras tornaram-se pó. Em vez dos sorrisos manipuladores do garoto, havia uma verdadeira doçura — que era correspondida no rosto dela.

E os mortos, com medo desse olhar, viraram as cabeças. Seus rostos se comprimiram, como se as peles fossem puxadas para o osso, as carnes se escurecessem numa injúria, as vozes ficassem melancólicas com a antecipação da derrota. Ela esticou o braço para tocá-lo, sem mais precisar enfrentar as hordas de mortos; eles tombaram por todos os lados da vítima, como moscas mortas caindo de uma janela.

Ela o tocou, devagar, no rosto. O toque era uma bênção. Lágrimas encheram os olhos dele e escorreram por seu queixo escarificado, misturando-se com o sangue.

Agora os mortos não tinham voz, sequer bocas. Estavam perdidos ao longo da estrada, e sua malícia amaldiçoada.

Plano a plano o quarto começou a se reestabelecer. As tábuas do chão ficaram visíveis sob o corpo latejante, cada prego, cada prancha manchada. As janelas surgiram nítidas — e do lado de fora da rua, sob o crepúsculo, ecoava o clamor de crianças. A estrada desaparecera completamente das vistas dos humanos vivos. Seus viajantes voltaram os rostos ao escuro e desapareceram no esquecimento, deixando apenas sinais e talismãs no mundo concreto. No patamar entre os lances de escada do Número 65, o corpo fumegante e inchado de Reg Fuller era casualmente pisoteado pelos viajantes que atravessavam a interseção. Após algum tempo, a própria alma de Fuller chegou à turba e olhou para a carne que antes ocupava, até que a multidão o pressionou em direção a seu julgamento. No andar de cima, no quarto que escurecia, Mary Florescu se ajoelhou ao lado do jovem McNeal e acariciou sua cabeça empapada de sangue. Não queria deixar a casa em busca de assistência até assegurar-se que os torturadores não voltariam.

Não houve nenhum som até o amanhecer, exceto o ruído de um jato atravessando a estratosfera. Mesmo a respiração do garoto era regular e silenciosa. Nenhuma nuvem de luz o rodeava. Todos os sentidos estavam no lugar. Visão. Audição.

Tato.

Tato.

Ela o tateou agora como jamais ousara antes, passando as pontas dos dedos, oh, tão suavemente, sobre o corpo dele, percorrendo com os dedos a pele marcada, como uma cega lendo braile. Havia palavras diminutas em cada milímetro do corpo, escritas por muitas mãos. Mesmo através do sangue ela conseguia discernir o modo meticuloso como as palavras se firmaram nele. Até conseguia ler, na luz fraca, uma frase ocasional. Era prova além de qualquer dúvida, e ela desejava, por Deus, como desejava não ter encontrado. E ainda assim, após uma vida inteira de espera, ali estava: a revelação da vida após a carne, escrita na própria carne.

O garoto sobreviveria, era evidente. O sangue já estava secando, e a miríade de feridas se curava. Ele era saudável e forte, afinal: não haveria nenhum dano físico fundamental. A beleza se fora para sempre, claro. De agora em diante, na melhor das hipóteses, seria um objeto de curiosidade, e, na pior, de repugnância e horror. Mas ela o protegeria e ele aprenderia, com o tempo, uma forma de conhecer e confiar nela. Seus corações estavam inextricavelmente atados.

Depois de algum tempo, quando as palavras em seu corpo se tornassem crostas e cicatrizes, ela o leria. Traçaria, com infinito amor e paciência, as histórias que os mortos contavam nele.

O conto em seu abdômen, escrito num belo estilo cursivo. O testemunho numa marca formidável e elegante que cobria seu rosto e escalpo. A história nas costas, na canela, nas mãos.

Leria todas elas, relataria todas, cada sílaba que brilhava e escorria debaixo de seus dedos adoradores, para que o mundo conhecesse as histórias que os mortos contavam.

Ele era um Livro de Sangue, e ela a única tradutora.

Quando a escuridão caiu, ela abandonou a vigília e o conduziu, nu, àquela noite aprazível.

Estas são as histórias escritas no Livro de Sangue. Leia, se lhe agrada, e aprenda.

Elas são um mapa daquela estrada escura que começa na vida e ruma a destinos desconhecidos. Poucos precisarão pegá-la. A maioria partirá de forma pacífica por ruas iluminadas, guiada para fora da vida com rezas e cuidados. Mas a alguns, alguns escolhidos, os horrores virão, forçando um desvio até a estrada dos condenados.

Por isso leia. Leia e aprenda.

Afinal, é sempre melhor estar preparado para o pior, e é sábio aprender a andar antes de perder o fôlego.

Cada um de nós é seu próprio demônio e faz deste mundo um Inferno.

— *Oscar Wilde* —

O TREM DE CARNES DA MEIA-NOITE

Leon Kaufman não era mais um novato na cidade. O Palácio das Delícias, como ele sempre chamara nos dias de inocência. Mas isso quando morava em Atlanta, e Nova York ainda era uma espécie de terra prometida, onde toda e qualquer coisa era possível.

Agora Kaufman vivia há três meses e meio na cidade de seus sonhos, e o Palácio das Delícias lhe parecia bem menos delicioso.

Será mesmo que só fazia uma estação desde que saiu do Terminal Rodoviário Port Authority e olhou para a rua 42, na direção do cruzamento com a Broadway? Pouquíssimo tempo para perder tantas ilusões valiosas.

Agora sentia vergonha só de pensar em sua ingenuidade. Estremecia ao se lembrar de como parou e anunciou em voz alta: "Nova York, eu te amo".

Amor? Jamais.

Era no máximo uma paixonite.

E agora, depois de apenas três meses vivendo com esse objeto de adoração, passando dias e noites em sua presença, ela perdera a aura de perfeição. Nova York era apenas uma cidade.

Ele a tinha visto despertar de manhã e, tal qual uma vagabunda, palitar homens assassinados dos dentes, e catar suicidas emaranhados nos cabelos. Tinha visto ela acordada tarde da noite, as ruelas imundas cortejando a depravação sem nenhuma vergonha. Observara-a na tarde quente, morosa e feia, indiferente às atrocidades cometidas a cada hora em seus becos sufocantes.

Não era nenhum Palácio de Delícias.

Ela gerava a morte, não o prazer.

Todo mundo que ele conhecia já tinha se deparado com a violência; era um fato da vida. Era quase chique conhecer alguém que tivera uma morte violenta. Era uma prova de ter vivido na cidade.

Mas Kaufman tinha amado Nova York à distância por quase vinte anos. Planejara esse caso de amor pela maior parte da vida adulta. Não era fácil, portanto, se livrar dessa paixão, como se nunca a tivesse sentido. Ainda havia momentos, muito cedo, antes de começarem as sirenes policiais, ou durante o crepúsculo, nos quais Manhattan ainda era um milagre.

Devido a esses momentos, e em nome dos sonhos, ainda dava à cidade o benefício da dúvida, mesmo quando seu comportamento não era o de uma dama.

Ela não facilitava o seu perdão. Nos poucos meses em que Kaufman vivia em Nova York, suas ruas estavam sendo banhadas com sangue.

Na verdade, nem tanto as ruas em si, mas os túneis debaixo dessas ruas.

"Morte no metrô" era a frase da moda naquele mês. Apenas na semana anterior, mais três assassinatos haviam sido registrados. Os corpos foram descobertos num dos vagões do metrô da Sexta Avenida, retalhados e parcialmente estripados, como se um eficiente funcionário de abatedouro tivesse sido interrompido no meio do serviço. As mortes eram tão profissionais e meticulosas, que a polícia buscou interrogar cada homem de seus registros que tinha conexão com o ramo de açougues. No cais, os prédios de empacotamento de carnes estavam sendo monitorados, os matadouros vasculhados em busca de pistas. Uma prisão rápida foi prometida, mas nenhuma se concretizou.

Esse recente trio de cadáveres não foi o primeiro a ser descoberto em tal estado; no mesmo dia em que Kaufman chegou, foi publicada uma matéria no *Times* que ainda era o assunto das conversas mórbidas de cada secretária no escritório.

A matéria dizia que um turista alemão, perdido no metrô tarde da noite, se deparara com um corpo num vagão de trem. A vítima era uma mulher de 30 anos atlética e atraente, do Brooklyn. Deixaram-na completamente nua. Cada fio de roupa, cada joia. Até mesmo os brincos das orelhas.

Mais bizarro que o desnudamento, era o modo arrumado e sistemático como as roupas tinham sido dobradas e guardadas em sacos plásticos individuais, no assento ao lado do cadáver.

Não era um facínora irracional em operação. Era uma mente altamente organizada: um lunático com forte senso de organização. Além disso, e ainda mais bizarro que o cuidadoso desnudamento do cadáver, era o ultraje nele perpetrado. De acordo com as reportagens, embora o Departamento de Polícia não confirmasse, o corpo tinha sido meticulosamente raspado. Cada pelo removido: da cabeça, da virilha, das axilas; todos cortados e chamuscados até a carne. Até mesmo as sobrancelhas e os cílios haviam sido arrancados.

Por fim, essa massa completamente nua havia sido pendurada de cabeça para baixo numa das alças de mão presas ao teto do vagão, e um balde de plástico preto, junto com um saco plástico preto, estavam posicionados debaixo do cadáver para reter a queda contínua do sangue dos ferimentos.

Naquele estado, nua, raspada, suspensa e praticamente branca pela falta de sangue, o corpo de Loretta Dyer fora encontrado. Era nojento, era minucioso, e era profundamente perturbador.

Sem estupro ou qualquer sinal de tortura. A mulher havia sido despachada de maneira rápida e eficiente, como se fosse um pedaço de carne. E o açougueiro ainda estava à solta.

Os Patriarcas da Cidade, com inteligência, proibiram o acesso da imprensa ao caso. Dizia-se que o homem que havia encontrado o corpo estava sob custódia de proteção em Nova Jersey, longe das vistas de jornalistas enxeridos. Porém o ocultamento falhou. Um policial ganancioso vazara os detalhes salientes a um repórter do *Times*. Agora todos em Nova York conheciam a horrível história dos assassinatos. Era o assunto de conversa em todo bar, lanchonete e, é claro, no metrô.

Mas Loretta Dyer foi apenas a primeira.

Agora, mais três corpos foram encontrados em circunstâncias idênticas; embora o trabalho tivesse sido claramente interrompido dessa vez. Nem todos os corpos haviam sido raspados, nem as jugulares cortadas para sangrar. Havia outra diferença na descoberta, bem mais significativa: não foi um turista que se deparara com a visão, e sim um repórter do *New York Times*.

Kaufman conferia a reportagem que se destacava na primeira página do jornal. Não tinha nenhum interesse lúbrico na história, diferente do camarada ao seu lado, diante do balcão da lanchonete. Tudo o que sentiu foi um pouco de nojo, o que fez ele empurrar para o lado o prato com ovos cozidos. Era mais uma prova da decadência da cidade. Ele não podia sentir prazer em sua doença.

Não obstante, sendo humano, não conseguia ignorar por completo os detalhes sangrentos da página a sua frente. O artigo não era escrito de maneira sensacionalista, e a simples clareza do estilo deixava o assunto ainda mais aterrador. Ele também não conseguia evitar pensar no homem por trás daquelas atrocidades. Haveria algum psicopata à solta, ou vários, cada um dedicado a imitar o assassinato original? Talvez fosse apenas o começo do horror. Talvez mais assassinatos se seguiriam, até que o responsável, por excitação ou exaustão, desse um passo em falso e fosse capturado. Até então, a cidade, a adorada cidade de Kaufman, viveria entre a histeria e o êxtase.

Ao lado, um homem barbudo derrubou o café de Kaufman.

"Merda", disse.

Kaufman girou na banqueta para driblar o café que escorria no balcão.

"Merda", repetiu o homem.

“Sem problemas”, disse Kaufman.

Olhou para o homem com uma expressão levemente desdenhosa no rosto. O maldito desastrado tentava enxugar o café com um guardanapo, que virava uma papa em suas mãos.

Kaufman se perguntou se aquele pateta de bochechas rubras e barba descuidada seria capaz de matar alguém. Naquele rosto superalimentado haveria algum sinal, alguma pista na forma da cabeça ou no modo como ele virava os olhos pequenos, que denunciasse a sua verdadeira natureza?

O homem falou.

“Cêquéoutro?”

Kaufman balançou a cabeça.

“Café. Normal. Preto”, falou o pateta para a garota atrás do balcão. Ela olhou para cima enquanto limpava a gordura fria da chapa.

“Hã?”

“Café. Tá surda?”

O homem deu um sorriso para Kaufman.

“Surda”, disse.

Kaufman notou que lhe faltavam três dentes na mandíbula inferior.

“Feio demais, né?”, falou.

Ao que ele se referia? Ao café? À ausência de dentes?

“Três pessoas assim. Trinchadas.” Kaufman acenou com a cabeça.

“Faz a gente pensar”, afirmou. “Claro.”

“Quer dizer, eles tão encobrindo, né? Eles sabem quem fez isso.”

Que conversa ridícula, pensou Kaufman. Tirou os óculos e os guardou no bolso: o rosto barbudo não estava mais focado. Ao menos era uma melhora.

“Desgraçados”, disse. “Desgraçados de merda, todos eles. Aposto qualquer coisa que eles tão encobrindo.”

“O quê?”

“Eles têm as evidências: tão deixando a gente no escuro. Tem algo ali que não é humano.”

Kaufman compreendeu. O pateta revelava uma teoria da conspiração. Ouvia várias delas com frequência; uma panaceia.

"Olha só, eles fazem toda essa clonagem e o negócio desanda. Poderiam estar criando monstros, até onde sabemos. Tem alguma coisa lá embaixo e não querem dizer o que é. Estão encobrindo, é o que eu digo. Aposto qualquer coisa." Kaufman achava interessante a certeza do homem. Monstros rondando por aí. Seis cabeças; uma dúzia de olhos. Por que não?

Ele sabia por que não. Porque isso escusava a cidade: isso livraria a cara dela. E Kaufman acreditava de coração que os monstros que podiam ser encontrados nos túneis eram perfeitamente humanos.

O barbudo largou o dinheiro no balcão e se levantou, tirando a bunda gorda da banqueta de plástico manchada.

"Provavelmente a porra de um policial", disse, como tiro de despedida. "Tentou criar a porra de um herói e em vez disso criou um monstro." Sorriu grotescamente. "Aposto qualquer coisa", prosseguiu e se arrastou para fora sem mais palavra.

Kaufman lentamente exalou o ar pelo nariz, sentindo a tensão do corpo diminuir.

Odiava esse tipo de confrontamento: fazia-o se sentir emudecido e ineficaz. Pensando melhor, odiava aquele tipo de homem: o brucutu cheio de certezas que Nova York produzia tão bem.

Eram quase seis horas quando Mahogany acordou. A chuva matinal se transformara numa leve garoa no fim da tarde. O ar tinha o cheiro mais limpo possível, para Manhattan. Ele se esticou na cama, afastou o lençol sujo e se levantou para trabalhar.

A chuva pingava na caixa do ar-condicionado e preenchia o apartamento com um rítmico som de batidas. Mahogany ligou a televisão para abafar o barulho, sem interesse em qualquer coisa que a tela pudesse oferecer. Foi até a janela. A rua, seis andares abaixo, estava apinhada do tráfego e de pessoas.

Após um árduo dia de trabalho, Nova York voltava para casa: para se divertir, para fazer amor. As pessoas se amontoavam saindo de escritórios e entrando em automóveis. Algumas estavam irritadas após um dia de trabalho suado num escritório mal ventilado; outras, benignas como ovelhas, desceriam as Avenidas para casa, escoltadas por uma incessante corrente de corpos. Outras ainda agora estariam se aglomerando até o metrô, cegas aos grafites em cada parede, surdas aos balbucios das próprias vozes, e ao frio trovão dos túneis.

Agradava a Mahogany pensar nisso. Não pertencia, afinal, à horda comum. Podia ficar diante da janela e olhar para mil cabeças abaixo dele, e sabia que era um escolhido.

Tinha prazos para cumprir, claro, assim como as pessoas na rua. Mas seu trabalho não era o labor sem sentido deles, era mais como um dever sagrado.

Precisava viver, e dormir, e cagar, assim como eles também. Mas não era uma necessidade financeira o que o movia, e sim as demandas da história.

Pertencia a uma grande tradição, datada de muito antes da América. Era um caçador noturno; como Jack, o Estripador, como Gilles de Rais, uma encarnação viva da morte, um espectro com um rosto humano. Ele assombrava o sono e despertava os terrores.

As pessoas abaixo dele não podiam conhecer o seu rosto; sequer se importavam em olhar duas vezes para ele. Mas seu olhar os fixava, e os pesava, selecionando apenas os mais suculentos do desfile passante, escolhendo apenas os saudáveis e jovens para caírem na faca santificada.

Às vezes, Mahogany ansiava por anunciar sua identidade ao mundo, mas tinha responsabilidades e elas eram um fardo pesado. Não podia esperar a fama. Sua vida era secreta, e era apenas o orgulho que ansiava por reconhecimento. Afinal, pensou, o boi saúda o açougueiro enquanto cai de joelhos?

De modo geral, ficava contente. Fazer parte daquela grande tradição bastava, sempre teria de bastar. Recentemente, no entanto, houvera descobertas. Não tinham sido culpa sua, claro. Ninguém poderia culpá-lo. Mas era uma época ruim. A vida não era tão fácil como dez anos antes. Ele estava muito mais velho, claro, e isso tornava o trabalho mais exaustivo; e cada vez mais as obrigações pesavam em seus ombros. Era um escolhido, e esse era um privilégio difícil com o qual viver.

Ele se perguntava, volta e meia, se não era hora de pensar em treinar um homem mais jovem para seus deveres. Precisaria consultar os

Patriarcas, porém mais cedo ou mais tarde um substituto teria de ser encontrado, e não ter um aprendiz, sentia ele, seria um desperdício criminoso dos seus talentos.

Havia tantas felicidades que ele podia passar adiante. Os truques de seu ofício extraordinário. A melhor maneira de caçar, de cortar, de tirar as roupas, de sangrar. A melhor carne para o propósito. A maneira mais simples de se livrar dos restos. Tanto detalhe, tanta perícia acumulada.

Mahogany entrou no banheiro e ligou o chuveiro. Ao entrar, olhou para o seu corpo. A pequena pança, os pelos grisalhos no peito flácido, as cicatrizes, as espinhas que manchavam a pele pálida. Estava ficando velho. Ainda assim, esta noite, como a cada duas noites, ele tinha um trabalho a realizar.

Kaufman voltou correndo para a portaria com seu sanduíche, puxando o colarinho para baixo e passando a mão no cabelo para tirar a água da chuva. O relógio acima do elevador marcava 19h16. Ele trabalharia até as dez, não mais que isso.

O elevador o deixou no 12º andar, nos escritórios dos Pappas. Ele andou infeliz pelo labirinto de mesas vazias e máquinas encobertas até seu pequeno território, que ainda estava iluminado. As mulheres que limpavam os escritórios papeavam no corredor: fora isso, o lugar estava sem vida.

Ele retirou o casaco, chacoalhou a chuva de cima dele da melhor maneira possível, e o pendurou.

Então, sentou-se na frente da pilha de ordens com a qual estava pelejando pela maior parte dos últimos três dias, e começou a trabalhar. Levaria apenas mais uma noite de trabalho para matar o grosso do serviço, tinha certeza, e achava mais fácil se concentrar sem a barulheira incessante dos datilógrafos e das máquinas de escrever por todos os lados.

Ele desembrulhou o sanduíche de presunto com pão integral e maionese extra e se acomodou para a noite.

Agora eram 21h.

Mahogany estava vestido para o turno da noite. Usava o terno sóbrio de costume, a gravata marrom atada com cuidado, as abotoaduras de prata (presente da primeira esposa) colocadas nas mangas da camisa imaculadamente passada, o cabelo fino reluzindo por causa do óleo, as unhas cortadas e lixadas, colônia no rosto.

A mochila estava arrumada. As toalhas, os instrumentos, o avental de cota de malha.

Conferiu a aparência no espelho. Ainda podia, pensava, se passar por um homem de 45, 50 anos.

Ao examinar o rosto, lembrou-se do dever. Acima de tudo, precisava tomar cuidado. Haveria olhos sobre ele a cada passo do caminho, observando sua performance hoje, e julgando-a. Deveria sair andando como um inocente, sem levantar suspeitas.

Se ao menos soubessem, pensou. As pessoas que andavam, corriam, e passavam por ele nas ruas; que colidiam com ele sem pedir desculpas; que encontravam com desprezo o seu olhar; que sorriam para o seu porte físico, parecendo desconfortável nesse terno que não cabia bem. Se ao menos elas soubessem o que ele fazia, o que era e o que carregava.

Cuidado, disse a si mesmo, e desligou a luz. O apartamento ficou escuro. Foi até a porta e abriu-a, acostumado a andar no escuro. Feliz ali.

As nuvens de chuva haviam clareado por completo. Mahogany foi até a Amsterdam pelo metrô na rua 145. Hoje pegaria de novo o metrô da Sexta Avenida, sua linha favorita, e geralmente a mais produtiva.

Desceu os degraus do metrô com o passe na mão. Atravessou os portões automáticos. O cheiro dos túneis agora estava em suas narinas. Não o cheiro dos túneis profundos, claro. Eles tinham um odor próprio. Mas havia certo conforto até mesmo no ar elétrico e viciado dessa linha não tão profunda. A respiração regurgitada de um milhão de passageiros circulava nessa malha, misturando-se com a respiração de criaturas muito mais antigas; criaturas com vozes suaves como argila, cujos apetites eram abomináveis. Como ele amava. O odor, a escuridão, o trovejo.

Parou na plataforma e examinou os outros passageiros com olhar crítico. Passaram uns dois corpos que ele contemplou, porém havia muitas impurezas entre eles: poucos valiam a caça. Os fisicamente devastados, os obesos, os doentes, os cansados. Corpos destruídos pelo excesso e pela indiferença. Como profissional, isso o enojava, embora compreendesse a fraqueza que estragava os melhores homens.

Demorou-se na estação por mais de uma hora, perambulando entre plataformas enquanto os trens iam e vinham, iam e vinham, e as pessoas com eles. A qualidade em sua volta era tão pouca que desanimava. Parecia que ele precisava esperar mais e mais a cada dia para encontrar carne de primeira.

Agora eram quase dez e meia e ele não tinha visto uma única criatura realmente ideal para o abate.

Não importa, disse a si mesmo, ainda havia tempo. Logo a multidão do teatro surgiria. Elas sempre foram boas para um ou dois corpos vigorosos. A *intelligentsia* bem alimentada, segurando os canhotos de bilhetes, e opinando a respeito das diversões da arte — ah, sim, haveria algo ali.

Se não, e em algumas noites parecia que jamais encontraria algo adequado, teria de ir até o centro e encurralar um casal de namorados que estava fora até mais tarde, ou procurar um ou dois atletas saídos de alguma academia. Sempre ofereceram um bom material, porém com esses espécimes saudáveis havia o risco de resistência.

Lembrou-se do que ocorreu há um ano ou pouco mais, quando pegou dois negões com uns quarenta anos de diferença entre si, quem sabe até pai e filho. Eles se defenderam com facas, e ele ficou hospitalizado por seis semanas. Foi uma luta difícil, que o fez duvidar de suas habilidades. Pior, o fez se perguntar o que os mestres fariam com ele, caso tivesse sofrido um ferimento fatal. Seria entregue à família em Nova Jersey e teria recebido um enterro decente e cristão? Ou sua carcaça teria sido jogada às trevas, para o próprio uso deles?

A manchete do *New York Post*, descartado no assento da frente, fisgou o olho de Mahogany: "Polícia em peso sai à caça do assassino". Ele não conseguiu evitar um sorriso. Os pensamentos de fracasso, fraqueza e morte evaporaram. Afinal, era ele aquele homem, aquele assassino, e nessa noite o pensamento de captura era risível. Afinal, não era sua carreira sancionada pelas mais elevadas autoridades? Nenhum policial podia detê-lo, nenhuma corte julgá-lo. As próprias forças da lei e ordem que transformavam sua perseguição num espetáculo serviam a seus mestres tanto quanto a ele; quase desejava que algum policial de segunda categoria o prendesse, o levasse triunfante ao juiz, apenas para ver os olhares em seus rostos quando viesse do escuro a notícia de que Mahogany era um homem protegido, acima de todas as leis dos estatutos.

Agora já havia passado muito das dez e meia. O fluxo de frequentadores de teatro havia começado, mas não achou nada que servisse. Preferia esperar a multidão passar, de qualquer forma: apenas seguir uma ou duas peças escolhidas até o fim da linha. Aguardou o momento, como qualquer caçador inteligente.

Kaufman não tinha terminado às 23h, uma hora depois do prometido a si mesmo para ir embora. Mas a exasperação e o tédio estavam dificultando o trabalho, e as folhas de cifras começavam a embaçar na sua frente. Às 23h10 ele baixou a caneta e reconheceu a derrota. Esfregou os olhos quentes com as palmas das mãos, até a cabeça se encher de cores.

“Foda-se”, falou.

Jamais xingava em companhia. Mas de vez em quando dizer um foda-se sozinho era um grande consolo. Saiu do escritório, casaco úmido no braço, e seguiu até o elevador. Os membros pareciam drogados e os olhos mal ficavam abertos.

Do lado de fora estava mais frio do que o previsto, e o ar tirou um pouco de sua letargia. Andou em direção ao Metrô da rua 34. Pegar um expresso até Far Rockaway. Em casa em uma hora.

Nem Kaufman nem Mahogany sabiam, mas na rua 96 e na Broadway a polícia havia detido quem considerou ser o Matador do Metrô, encurralando-o num dos trens da zona norte. Um sujeito pequeno, de procedência europeia, empunhando um martelo e uma serra, que tinha acuado uma jovem no segundo vagão e ameaçado serrá-la ao meio em nome de Jeová.

Era duvidoso se conseguiria cumprir a ameaça. Do modo como ocorreu, não teve chances. Enquanto o resto dos passageiros (incluindo dois fuzileiros navais) assistiam, e a vítima pretendida desferiu um chute nos testículos do homem, ele deixou cair o martelo. Ela o pegou e quebrou sua mandíbula inferior e o osso da bochecha direita, antes que os fuzileiros entrassem em cena. Quando o trem parou na rua 96, a polícia estava esperando para prender o Açougueiro do Metrô. Entraram no vagão numa horda, gritando como *banshees*, se cagando de medo. O Açougueiro estava deitado num canto do vagão, com o rosto despedaçado. Eles o levaram de maca, triunfantes. A mulher, após o interrogatório, voltou para casa com os fuzileiros.

Isso seria um desvio útil, embora Mahogany não pudesse saber àquela altura. A polícia precisou da maior parte da noite para descobrir a identidade do preso, principalmente porque ele só conseguia babar, com a mandíbula em pedaços. Foi apenas às 3h30 que o Capitão Davis, entrando em plantão, reconheceu o homem como Hank Vasarely, um florista aposentado do Bronx. Hank, ao que parecia, era regularmente detido por comportamento ameaçador e exposição indecente, tudo em nome de Jeová. As aparências enganavam: era tão perigoso quanto o Coelhinho da Páscoa. Esse não era o Matador do Metrô. Mas na hora em que os policiais descobriram isso, Mahogany já havia completado seu serviço há muito tempo.

Eram 23h15 quando Kaufman entrou no expresso até a Mott Avenue. Ele dividia o vagão com outros dois passageiros. Uma mulher negra de meia-idade vestindo um casaco roxo, e um adolescente pálido e cheio de acnes que, com seus olhos espaçados, observava um grafite no teto que dizia "pega no meu pau branco".

Kaufman estava no primeiro vagão. Tinha uma jornada de 35 minutos de duração pela frente. Deixou os olhos se fecharem, tranquilizados pelo balanço rítmico do trem. Era uma jornada tediosa e ele estava cansado. Nem tinha visto o rosto de Mahogany, encarando pela porta que separava os vagões, procurando por mais carne. Na rua 14 a negra saiu. Ninguém entrou. Kaufman abriu os olhos brevemente, abstraindo a plataforma vazia na rua 14, e então os fechou de novo. As portas chiaram ao se fecharem. Kaufman pairava naquele lugar quentinho entre a consciência e o sono, e sonhos nascentes palpitavam em sua cabeça. Era uma sensação boa. O trem partiu novamente, chacoalhando para dentro dos túneis.

Talvez, no fundo do cochilo, Kaufman tivesse mais ou menos percebido que as portas entre os vagões haviam sido abertas. Talvez tivesse sentido o cheiro da rajada de vento do túnel, e percebido que o barulho das rodas ficou mais alto por um instante. Mas preferiu ignorar.

Talvez até tenha ouvido a confusão, enquanto Mahogany subjugava o jovem de olhar confuso. Mas o som era demasiado distante, e a promessa de sono tentadora demais. Ele continuou cochilando.

Por alguma razão, sonhava com a cozinha da mãe. Ela estava fatiando nabos enquanto sorria docemente. Ele era muito pequeno no sonho e olhava para sua face radiante, enquanto ela trabalhava. Chop. Chop. Chop.

Os olhos se abriram de vez. A mãe desapareceu. O vagão estava vazio e o jovem desaparecera.

Por quanto tempo tinha cochilado? Não se lembrava do trem parando na rua 4 oeste. Levantou-se, a cabeça ainda sonolenta, e quase caiu quando o trem balançou com violência. Pareceu acelerar substancialmente. Talvez o condutor quisesse chegar logo em casa, se enrolar na cama com a esposa. Estavam correndo bem; na verdade, aquela porra era assustadora.

A persiana da janela entre os vagões não estava abaixada antes, pelo que se lembrava. Uma pequena preocupação se infiltrou na cabeça sóbria de Kaufman. Supôs que tivesse dormido demais e o guarda ignorado sua presença no vagão. Talvez tivessem passado de Far Rockaway e o trem agora iria até o local onde guardavam os trens à noite.

"Foda-se", disse em voz alta.

Devia seguir e perguntar ao condutor? Era a porra de uma pergunta muito idiota: onde estou? A essa hora da noite, teria mais chances de receber uma fileira de insultos como resposta.

Então o trem começou a desacelerar.

Uma estação. Sim, uma estação. O trem saiu do túnel para a luz ruim da estação da rua 4 oeste.

Não tinha perdido nenhuma parada.

Então aonde o garoto tinha ido?

Ou tinha ignorado o aviso na parede do vagão proibindo a circulação entre os vagões enquanto estivessem em trânsito, ou então entrado na cabine do piloto na frente. É provável que esteja entre as pernas do condutor até agora, pensou Kaufman, o lábio se retorcendo. Nada inaudito. Era o Palácio das Delícias, afinal, e todos tinham direito a um pouco de amor no escuro.

Kaufman deu de ombros sozinho. Que importava aonde o garoto tinha ido?

As portas se fecharam. Ninguém entrou no trem. Ele partiu da estação, com as luzes piscando como de costume, pois usava muita tensão elétrica para acelerar de novo.

Kaufman sentiu o sono se renovar, mas o medo súbito de se perder bombeou adrenalina ao seu sistema, e os membros começaram a formigar com a energia nervosa.

Seus sentidos também se aguçaram.

Mesmo com a barulheira e o estrondo das rodas nos trilhos, ele ouviu o som de tecido se rompendo no vagão seguinte. Alguém estava rasgando a própria camisa?

Levantou-se, segurando numa das alças para se equilibrar.

A janela entre os vagões estava completamente oculta pela persiana, mas ele a encarou, franzindo o cenho, como se de repente descobrisse que tinha visão de raio-x. O vagão balançava de um lado para o outro. Agora voltava a viajar de verdade.

Outro barulho de rasgo.

Era um estupro?

Sem mais que uma leve ânsia voyeurística, atravessou o vagão balouçante até a porta divisória, esperando que houvesse uma brecha na persiana. Os olhos ainda estavam fixos na janela, e ele não percebeu as poças de sangue em que estava pisando. Até que o calcanhar escorregou. Ele olhou para baixo. O estômago quase viu o sangue antes do cérebro, e o sanduíche de presunto com pão integral subiu até metade do esôfago, travando a garganta. Sangue. Ele tomou vários fôlegos longos do ar viciado e desviou o olhar — de volta para a janela.

A cabeça dizia: sangue. Nada podia afastar a palavra.

Agora não havia mais que uns dois metros entre ele e a porta. Precisava conferir. Havia sangue em seu sapato, e um rastro fino até o vagão seguinte, mas ainda precisava conferir.

Precisava.

Deu mais dois passos até a porta e examinou a persiana procurando por uma brecha: um puxão no fio bastaria. Encontrou um buraquinho minúsculo. Colou o olho lá.

A mente se recusou a aceitar o que os olhos viram do outro lado da porta. Rejeitou o espetáculo, considerando-o incoerente, como uma visão sonhada. A razão dizia que não podia ser real, mas a carne sabia que era. O corpo se enrijeceu de terror. Os olhos, sem piscar, não podiam encerrar a cena apavorante do outro lado da persiana. Ele ficou na porta enquanto o trem avançava chacoalhando, enquanto o seu sangue era drenado das extremidades, e o cérebro titubeava por falta de oxigênio. Pontos de luz brilhantes lampejaram na frente de suas vistas, borrando a atrocidade.

Então ele desmaiou.

Estava inconsciente quando o trem chegou na Jay Street. Estava surdo ao anúncio de que todos os passageiros, depois daquela estação, deveriam mudar de trem. Se tivesse ouvido isso, teria questionado o sentido. Nenhum trem despejava todos os passageiros na Jay Street; a linha ia até a Mott Avenue, pelo Aqueduto Racetrack, próximo ao Aeroporto JFK.

Ele teria se perguntado que espécie de trem era aquele. Mas ele já sabia. A verdade estava pendurada no outro vagão. Ela sorria contente para si mesma, com um avental de cota de malha ensanguentado.

Era o Trem de Carnes da Meia-noite.

Não há contagem de tempo num desmaio profundo. Podia ter passado segundos ou horas antes que os olhos de Kaufman se abrissem de novo e sua mente focasse na situação recém-descoberta.

Agora ele estava deitado debaixo dos assentos, estirado na vibrante parede do vagão, escondido. Pensou que até então o destino estava em seu favor: de alguma maneira o balanço do vagão deve ter levado seu corpo inconsciente para fora das vistas. Ele pensou no horror do Vagão Dois e engoliu o vômito. Estava sozinho. Onde quer que o guarda estivesse (talvez assassinado), não tinha como pedir ajuda. E o condutor? Estava morto diante do painel de controle? Agora mesmo o trem estava se enfiando num túnel desconhecido, um túnel sem uma única estação identificável, rumo à destruição? E se um acidente não o matasse, sempre havia o Açougueiro, ainda que separado por uma porta do lugar onde Kaufman estava deitado.

Para qualquer lado que fosse, o nome na porta era Morte.

O barulho era ensurdecedor, principalmente porque estava deitado no chão. Os dentes de Kaufman batiam em suas cavidades e o rosto adormecia com a vibração; até o crânio doía.

Gradualmente, sentiu a força se infiltrando de volta aos membros exaustos. Ele esticou os dedos, de forma cautelosa, e segurou os punhos, para fazer o sangue voltar a correr.

Assim que a sensação voltou, também veio a náusea. Ele continuava vendo a brutalidade horrenda no vagão ao lado. Claro que já tinha visto fotografias de vítimas de assassinato antes, mas aqueles não eram assassinatos comuns. Ele estava no mesmo trem que o Açougueiro do Metrô, o monstro que pendurava suas vítimas nas alças pelos pés, sem pelos e nuas. Quanto tempo levaria para o matador entrar por aquela porta atrás dele? Tinha certeza de que se o facínora não acabasse com ele, a expectativa o faria.

Escutou movimento detrás da porta.

O instinto o dominou. Kaufman se enfiou ainda mais debaixo do assento e se encolheu como uma bola minúscula, com o rosto enjoado e pálido virado para a parede. Cobriu a cabeça com as mãos e cerrou os olhos com força, tal qual uma criança aterrorizada pelo Bicho-Papão.

A porta foi aberta. Clique. Whoosh. Uma rajada de ar dos trilhos, com um cheiro mais estranho do que qualquer outro que Kaufman já tinha sentido antes, e mais gelado. De alguma forma, tinha um ar primitivo nas narinas, um ar hostil e insondável. Fez ele tremer.

A porta se fechou. Clique.

O Açougueiro estava perto. Kaufman sabia. Podia estar a apenas alguns centímetros dele. Estaria agora mesmo olhando para as costas de Kaufman? Agora mesmo se agachando, faca em mãos, para retirar Kaufman do esconderijo, como um caracol arrancado da concha?

Nada aconteceu. Não sentiu uma respiração no pescoço. Sua espinha não foi cortada ao meio.

Houve apenas um ruído de pés, próximos da cabeça de Kaufman; então o mesmo som se afastando.

O fôlego de Kaufman, preso nos pulmões até eles doerem, foi expelido com um chiado entre os dentes.

Mahogany sentiu-se quase desapontado que o homem dormindo tivesse saído na rua 4 oeste. Esperava mais um serviço para encerrar a noite, para mantê-lo ocupado enquanto eles desciam. Mas não: o homem se fora. A vítima em potencial não parecia tão saudável mesmo, refletiu, provavelmente um anêmico contador judeu. A carne não teria sido de qualidade. Mahogany atravessou o vagão até a cabine do condutor. Passaria o resto da jornada lá dentro.

Meu Deus, pensou Kaufman, ele vai matar o condutor.

Ouviu a porta da cabine se abrir. Então, a voz do Açougueiro: baixa e rouca.

"E aí?"

"E aí?"

Eles se conheciam.

"Tudo certo?"

"Tudo certo."

Kaufman ficou chocado com a banalidade da conversa. Tudo certo? O que isso queria dizer: tudo certo?

Perdeu as palavras seguintes, pois o trem passou numa seção do trilho particularmente ruidosa.

A curiosidade de Kaufman não resistiu. Esticou-se com cautela e, por cima do ombro, espiou o outro lado do vagão. Tudo o que conseguia ver eram as pernas do Açougueiro, na parte inferior da porta aberta da cabine. Merda. Queria ver de novo o rosto do monstro.

Agora davam risadas.

Kaufman calculou os riscos da situação: a matemática do pânico. Caso permanecesse onde estava, mais cedo ou mais tarde o Açougueiro o encontraria e ele viraria carne moída. Por outro lado, caso saísse do esconderijo, se arriscaria a ser visto e caçado. O que era pior: a inércia, e encontrar a morte acossado numa toca; ou rompê-la, e assim confrontar seu Criador no meio do vagão?

Kaufman se surpreendeu com a própria coragem: sairia de lá.

Infinitesimalmente lento, arrastou-se de debaixo do assento, olhando para as costas do Açougueiro a cada minuto enquanto fazia isso. Assim que saiu, começou a se arrastar em direção à porta; cada passo era um tormento, mas o Açougueiro parecia envolvido demais com a conversa para se virar.

Kaufman alcançou a porta. Começou a se levantar, enquanto tentava estar preparado para a vista que teria no Vagão Dois. Segurou o puxador e abriu a porta.

O barulho dos trilhos aumentou e ele recebeu uma onda de ar úmido, fedendo como nada na Terra. Com certeza o Açougueiro haveria de ouvir ou sentir o cheiro. Com certeza ele se viraria — mas não. Kaufman logrou seguir pelo espaço que tinha aberto e entrou na câmara ensanguentada.

O alívio o deixou descuidado. Ele não travou direito a porta atrás de si e ela começou a se abrir com as pancadas do trem.

Mahogany pôs a cabeça para fora da cabine e olhou para a porta do outro lado do vagão.

“Que porra é essa?”, disse o condutor.

“Não fechei a porta direito. Só isso.”

Kaufman escutou o Açougueiro andando na direção da porta. Agachou-se, uma bola de consternação, encostado na parede divisória, de repente ciente de como suas entranhas estavam cheias. A porta foi puxada do outro lado, e os passos retrocederam de novo.

Seguro, ao menos por mais um fôlego.

Kaufman abriu os olhos, levando-os ao matadouro na frente.

Não tinha como evitar.

Aquilo lhe preenchia todos os sentidos: o cheiro de entranhas expostas, a visão dos corpos, a sensação do fluido no chão sob os seus dedos, o som das alças de mão estalando com o peso dos corpos, até mesmo o ar, com o gosto salgado do sangue. Estava com a morte em absoluto naquele cubículo, chacoalhando através da escuridão.

Mas agora não houve náusea. Não houve mais nenhuma sensação, além de uma repulsa casual. Chegou a se encontrar examinando os corpos com alguma curiosidade.

A carcaça mais próxima dele era dos restos do jovem com espinhas que ele vira no Vagão Um. O corpo estava pendurado de cabeça para baixo, balançando pra lá e pra cá ao ritmo do trem, em sincronia com seus três companheiros; uma obscena dança macabra.

Os braços balançavam soltos das juntas dos ombros, nas quais talhos de uns três centímetros de profundidade haviam sido feitos para que os corpos ficassem melhor dispostos.

Cada parte da anatomia do garoto morto se agitava de forma hipnótica. A língua, balançando na boca aberta. A cabeça, pendendo no pescoço aberto. Até o pênis do jovem batia de um lado ao outro na virilha removida. A cabeça e a jugular aberta ainda jorravam sangue num balde preto. Havia certa elegância em toda a visão: o indício de um trabalho bem feito.

Além daquele corpo, havia os cadáveres pendurados de duas jovens mulheres brancas e de um homem de pele mais escura. Kaufman virou a cabeça de lado para ver seus rostos. Estavam muito pálidos. Uma das garotas era linda. Ele deduziu que o homem fosse porto-riquenho. Todos tiveram os cabelos e pelos raspados. Na verdade, o ar ainda tinha um pungente cheiro de raspagem. Kaufman recostou-se na parede para se levantar, e enquanto fazia isso um dos corpos femininos se virou, apresentando uma visão dorsal.

Ele não estava preparado para esse último horror.

A carne das costas havia sido inteiramente aberta a cutelo, com cortes do pescoço à bunda e o músculo havia sido esfolado para exposição das vértebras reluzentes. Era o triunfo final da obra do Açougueiro. Aqui estavam penduradas essas massas de humanidade, raspadas, sangradas e fatiadas, abertas como peixes, prontas para serem devoradas.

Kaufman quase riu da perfeição desse horror. Sentiu uma oferta de insanidade cutucando a base de seu crânio, tentando-o ao esquecimento, prometendo uma indiferença vazia ao mundo.

Começou a tremer incontrolavelmente. Sentiu as cordas vocais tentando formar um grito. Era insuportável; mas, se gritasse, ficaria em pouco tempo como uma daquelas criaturas em sua frente.

"Foda-se", disse, mais alto que o pretendido, e então, se descolando da parede, começou a atravessar o vagão por entre os corpos balouçantes, observando as arrumadas pilhas de roupas e os pertences colocados nos assentos ao lado dos donos. Sob seus pés, o chão estava pegajoso com a bile que secava. Mesmo com os olhos fechados por completo, podia ver com bastante clareza o sangue nos baldes: era espesso e inebriante, pontículos surgindo nele.

Agora, havia passado pela jovem e podia ver a porta do Vagão Três em sua frente. Tudo o que precisava fazer era percorrer essa galeria de atrocidades. Ele se apressou, tentando ignorar os horrores e se concentrar na porta que quase o levaria de volta à sanidade.

Passou pela primeira mulher. Mais alguns metros, disse a si mesmo, no máximo dez passos, ou menos, se ele andasse com confiança.

Então as luzes se apagaram.

"Jesus Cristo", disse.

O trem deu um solavanco e Kaufman perdeu o equilíbrio.

No breu completo, esticou o braço tentando se apoiar e seus braços soltos circundaram o corpo ao lado. Antes que pudesse evitar, sentiu as mãos se enfiando em carne morna e os dedos segurando a ponta aberta do músculo das costas da mulher morta, os dedos tocando os ossos do espinhaço. Sua bochecha foi posta contra a carne calva da coxa.

Ele gritou; e, enquanto gritava, as luzes piscaram de volta.

E quando piscaram de volta, e ele parou de gritar, escutou o barulho dos pés do Açougueiro se aproximando pelo Vagão Um até a porta intermediária.

Ele soltou o corpo que estava abraçando. O rosto melado de sangue da perna dela. Podia sentir na bochecha, como se fosse uma pintura de guerra.

O grito havia clareado a cabeça de Kaufman e de repente ele se sentiu liberto, com algum tipo de força. Não haveria perseguição pelo trem, sabia disso: não haveria covardia, não agora. Esse seria um confronto primitivo, dois seres humanos, cara a cara. E sem truques — nenhum — que ele pudesse contemplar para derrotar o inimigo. Era uma questão de sobrevivência, pura e simples.

O puxador da porta balançou.

Kaufman procurou por uma arma em sua volta, com o olho firme e calculista. Seu olhar parou na pilha de roupas ao lado do corpo do porto-riquenho. Havia uma faca lá, posta entre os falsos anéis de diamante e as correntes de ouro. Uma arma de lâmina comprida, imaculadamente limpa, com certeza o orgulho do sujeito. Esticando o braço além do corpo musculoso, Kaufman pegou a faca da pilha de roupas. Foi boa a sensação de segurá-la; na verdade, era bem emocionante.

A porta estava se abrindo, e o rosto do facínora foi visto.

Kaufman olhou do abatedouro até Mahogany. Não era terrivelmente assustador, apenas mais um homem de 50 anos ficando careca e acima do peso. Tinha o rosto pesado e olhos fundos. A boca era um tanto pequena, com lábios delicados. Na verdade, era uma boca feminina.

Mahogany não podia entender de onde esse intruso surgira, mas estava ciente de que era outro lapso, outro sinal de sua crescente incompetência. Deveria despachar essa criatura esfarrapada de imediato. Afinal, não podiam estar a mais que um ou dois quilômetros do fim da linha. Precisava cortar o homenzinho e pendurá-lo pelos calcanhares antes que chegassem ao destino.

Entrou no Vagão Dois.

“Você estava dormindo”, disse, reconhecendo Kaufman. “Eu te vi.”

Kaufman não disse nada.

"Você devia ter saído do trem. O que estava tentando fazer? Se esconder de mim?"

Kaufman continuou em silêncio.

Mahogany segurou o cabo do cutelo preso em seu cinto de couro muito usado. Estava sujo de sangue, assim como o avental de cota de malha, o martelo, e a serra.

"Desse jeito", falou, "eu vou ter que acabar com você." Kaufman levantou a faca. Parecia bem pequena, perto da parafernália do Açougueiro.

"Foda-se", disse.

Mahogany sorriu para as pretensões de defesa do homenzinho.

"Você não devia ter visto isso: não é pra gente que nem você", disse, dando outro passo em direção a Kaufman. "É secreto."

Ah, então ele é um daqueles inspirados pelo divino, hein?, pensou Kaufman. Isso explicava alguma coisa.

"Foda-se", disse novamente.

O Açougueiro franziu o cenho. Ele não gostou da indiferença do homenzinho em relação à sua obra, à sua reputação.

"Todos vamos morrer em algum momento", disse. "Você devia ficar feliz: não será queimado como a maioria: posso te usar. Para alimentar os patriarcas."

A única resposta de Kaufman foi um sorriso. Passara da fase de ficar aterrorizado com aquele corpanzil nojento e desajeitado.

O Açougueiro retirou o cutelo do cinto e o empunhou.

"Um judeuzinho imundo que nem você", disse, "deveria ficar grato por ter qualquer utilidade: virar carne é o melhor que você poderia almejar."

Sem aviso, o Açougueiro girou. O cutelo dividiu o ar com alguma velocidade, mas Kaufman deu um passo para trás. O cutelo cortou o braço de seu casaco e se enterrou na canela do porto-riquenho. O impacto cortou pela metade a perna e o peso do corpo abriu ainda mais o talho. A carne exposta da coxa parecia filé de primeira, suculenta e apetitosa.

O Açougueiro começou a puxar o cutelo para fora do corte, e naquele momento Kaufman deu um salto. A faca correu em direção ao olho de Mahogany, mas um erro de cálculo a enterrou no pescoço, em vez disso. Varou a coluna e apareceu uma gotícula de sangue do outro lado. Atravessou direto. De um golpe só. Atravessou direto.

Mahogany sentiu um engasgo com a lâmina no pescoço, quase como se tivesse um osso de galinha preso na garganta. Emitiu um som de tosse ridículo e fraco. O sangue saiu pelos lábios, pintando--os como batom na boca de uma mulher. O cutelo tilintou no chão.

Kaufman puxou a faca. As duas feridas jorraram pequenos arcos de sangue.

Mahogany desabou de joelhos, olhando para a faca que o matara. O homenzinho o assistia com certa passividade. Estava dizendo algo, mas os ouvidos de Mahogany estavam moucos aos comentários, como se ele estivesse debaixo d'água. Mahogany de repente ficou cego. Sabia, com certa nostalgia por seus sentidos, que jamais veria ou ouviria algo novamente. Era a morte: com certeza estava sobre ele.

No entanto, as mãos ainda sentiam o tecido das calças e os jatos quentes na pele. Sua vida parecia cambalear na ponta dos pés, enquanto os dedos se agarravam a um último sentido.

Então o corpo desabou, e as mãos, e a vida, e o dever sagrado se dobraram num peso de carne cinzenta. O Açougueiro estava morto.

Kaufman sorveu lufadas do ar viciado até os pulmões e segurou uma das alças para firmar seu corpo titubeante. Lágrimas mancharam a carnificina em que estava. Passou-se algum tempo: não sabia o quanto; estava perdido num sonho de vitória. Então o trem desacelerou. Ele sentiu e escutou os freios serem ativados. Os corpos pendurados deram uma guinada para a frente enquanto o trem reduzia, as rodas guinchando nos trilhos cheios de lodo.

A curiosidade tomou conta de Kaufman.

O trem seguiria até o matadouro subterrâneo do Açougueiro, decorado com as carnes que ele havia reunido na carreira? E o condutor risonho, indiferente ao massacre, o que faria assim que o trem parasse?

O que quer que acontecesse agora, era acadêmico. Ele podia encarar qualquer coisa; vá e veja.

O alto-falante estalou. A voz do condutor: "Chegamos, cara. Melhor pegar seu lugar, hein?".

Pegar seu lugar? O que ele queria dizer?

O trem tinha reduzido a uma velocidade de caramujo. Fora das janelas, tudo estava escuro como nunca. As luzes piscaram e se apagaram. Dessa vez elas não acenderam de volta.

Kaufman foi deixado na escuridão total.

"Partimos em meia hora", anunciou o alto-falante, como qualquer anúncio de estação.

O trem parou. O som das rodas nos trilhos, a precipitação da passagem, a que Kaufman já havia se acostumado, de repente sumiram. Tudo o que podia ouvir era o zumbido do alto-falante. Ainda não podia ver nada.

Então, um chiado. As portas estavam se abrindo. Um odor penetrou o vagão, um odor tão cáustico que Kaufman tapou o rosto com as mãos para impedi-lo.

Ficou em silêncio, mão na boca, pelo que parecia uma vida inteira. Não veja o mal. Não ouça o mal. Não diga o mal.

Então, surgiu uma centelha de luz do lado de fora da janela. Ela formou uma silhueta nos contornos da porta, gradualmente mais forte. Logo havia luz o suficiente no vagão para Kaufman enxergar o corpo retorcido do Açougueiro aos seus pés e as pálidas superfícies de carnes penduradas ao seu redor.

Também surgiu um sussurro da escuridão de fora do trem, vários ruídos baixinhos como o som de besouros. No túnel, arrastando-se em direção ao trem, eram seres humanos. Agora Kaufman podia ver seus contornos. Alguns seguravam tochas, que queimavam com uma luz marrom-fosca. O barulho talvez viesse dos pés na terra úmida, talvez das línguas estalando, ou das duas coisas.

Kaufman não estava mais ingênuo como uma hora antes. Havia alguma dúvida quanto à intenção desses seres, saindo da escuridão em direção ao trem? O Açougueiro havia abatido homens e mulheres como carne para esses canibais, que se aproximavam à maneira de comensais depois de ouvirem uma sineta de jantar, para comer no vagão-restaurante.

Kaufman se curvou e pegou o cutelo que o Açougueiro tinha deixado cair. O ruído das criaturas se aproximando ficava mais alto a cada instante. Ele se recostou no vagão, do lado oposto das portas abertas, apenas para descobrir que as portas atrás dele também estavam abertas, e que o murmúrio também se aproximava dali.

Encolheu-se de volta num dos assentos, e estava prestes a se esconder debaixo deles, quando uma mão fina e frágil, quase transparente, surgiu na porta.

Ele não conseguiu desviar as vistas. Não que o terror o petrificasse, como antes, diante da janela. Apenas desejava observar.

A criatura entrou no vagão. As tochas atrás dela deixavam o rosto na sombra, mas seus contornos podiam ser vistos claramente.

Não havia nada de memorável nela.

Tinha dois braços e duas pernas assim como ele; a cabeça não tinha uma forma anormal. O corpo era pequeno, e o esforço de subir no trem deixava sua respiração pesada. Parecia mais geriátrica do que psicótica; gerações de devoradores de homens ficcionais não tinham lhe preparado para essa incômoda vulnerabilidade.

Atrás dela, criaturas similares apareceram na escuridão, arrastando-se para dentro do trem. Na verdade, entravam por todas as portas.

Kaufman estava encurralado. Pesou o cutelo com as mãos, equilibrando-o, pronto para lutar contra esses monstros antigos. Uma tocha foi levada ao vagão e iluminou os rostos dos líderes.

Eram completamente carecas. A carne cansada dos rostos era colada nos crânios, e por isso reluziam com a tensão. Havia manchas de decadência e doença em suas peles e nos lugares onde os músculos haviam secado até se tornarem pus preto, pelos quais os ossos da bochecha ou da têmpora ficavam à mostra. Alguns estavam nus como bebês, e seus corpos flácidos e sifilíticos mal tinham sexo. O que já havia sido um par de seios agora eram sacos de couro pendurados no torso, as genitálias haviam encolhido. Visões piores que os nus, eram aqueles cobertos por vestimentas. Logo Kaufman percebeu que o tecido apodrecido, pendurado nos ombros ou amarrado nas cinturas, era feito de pele humana. Não de uma, mas de uma dúzia ou mais, postas por acaso umas sobre as outras, como troféus patéticos.

Os líderes dessa grotesca fila de refeitório agora haviam encontrado os corpos, e as mãos delicadas estavam postas nos pernis, passando de cima para baixo na carne raspada, sugerindo prazer sensual. Línguas dançavam para fora de bocas, gotas de saliva caíam na carne. Os olhos dos monstros se viravam de um lado para o outro com fome e empolgação.

Até que um deles avistou Kaufman.

Seus olhos pararam de se virar por um momento e se fixaram nele. Um olhar indagativo surgiu no rosto, com uma paródia de intriga.

"Você aí", disse. A voz era tão decadente quanto os lábios de onde saía.

Kaufman levantou um pouco o cutelo, calculando as chances. Talvez houvesse trinta deles no vagão e muitos mais do lado de fora. Mas pareciam muito fracos, e não tinham armas, além da pele e dos ossos.

O monstro falou de novo, agora com voz bem modulada, sob controle, o tom de um homem que já teve cultura e charme.

"Veio atrás do outro, sim?"

Olhou para o corpo de Mahogany no chão. Claramente compreendera a situação com rapidez.

"Velho, de qualquer forma", disse, os olhos lacrimejantes voltaram para Kaufman, o estudando com cuidado.

"Vá se foder", disse Kaufman.

A criatura tentou dar um sorriso sarcástico, mas havia quase se esquecido da técnica e o resultado foi uma careta que expunha uma boca com dentes sistematicamente lixados para ficarem pontudos.

"Agora você precisa fazer isso para nós", disse por entre o sorriso bestial. "Não podemos sobreviver sem comida."

A mão deu um tapinha no traseiro de carne humana. Kaufman não tinha resposta para aquela ideia. Apenas encarou com nojo as unhas passarem na dobra da bunda, sentindo o inchaço do músculo tenro.

"Sentimos tanto nojo quanto você", disse a criatura. "Mas se não comermos dessa carne, morremos. Deus sabe, não tenho nenhum apetite por ela."

Não obstante, a coisa salivava.

Kaufman encontrou sua voz. Estava baixa, mais confusa que amedrontada com as sensações.

"O que são vocês?" Lembrou-se do barbudo da padaria. "São algum tipo de acidente?"

"Somos os Patriarcas da Cidade", disse a coisa. "E as matriarcas e as filhas e filhos. Os construtores e legisladores. Criamos esta cidade."

"Nova York?", disse Kaufman. O Palácio das Delícias?

"Antes de você nascer, antes de qualquer ser vivo nascer." Enquanto falava, as unhas da criatura passavam na pele do corpo cortado, arrancando a fina camada elástica do músculo suculento. Atrás de Kaufman, as outras criaturas já tinham começado a desprender os corpos das alças, as mãos postas daquele mesmo modo deleitoso nos peitos lisos e nos flancos de carne. Também começaram a tirar a pele da carne.

"Você nos trará mais", disse o patriarca. "Mais carne para nós. O outro era fraco."

Kaufman encarou com descrença.

"Eu?", disse. "Alimentar vocês? O que acham que sou?"

"Você precisa fazer isso por nós e por aqueles mais velhos que nós. Por aqueles nascidos antes de se pensar na cidade, quando a América era apenas matas e deserto."

A mão frágil gesticulou para fora do trem.

O olhar de Kaufman seguiu o dedo que apontava para as trevas. Havia algo mais do lado de fora do trem, que ele não tinha conseguido ver antes; bem maior que qualquer coisa humana.

O bando de criaturas abriu espaço para deixar Kaufman passar e conferir mais de perto o que havia lá fora, porém os seus pés não se moviam.

"Vá em frente", disse o Patriarca.

Kaufman pensou na cidade que amava. Eram realmente os seus antigos, os seus filósofos, os seus criadores? Precisava acreditar nisso.

Talvez houvesse pessoas na superfície - burocratas, políticos, autoridades de todo tipo - que conhecessem esse segredo horrível, cujas vidas fossem dedicadas a preservar essas abominações, alimentando-as, como selvagens que sacrificam carneiros aos seus deuses. Havia uma horrível familiaridade nesse ritual. Remetia a algo — não na mente inconsciente de Kaufman, mas em seu eu mais profundo e antigo.

Os pés, não mais obedecendo à mente, e sim ao instinto de idolatria, se moveram. Ele atravessou o corredor de corpos e saiu do trem.

As luzes das tochas pouco iluminavam a escuridão ilimitada do lado de fora. O ar parecia sólido, estava muito espesso e com o cheiro da terra antiga. Mas Kaufman não sentia o cheiro de nada. A cabeça se curvava, era tudo o que podia fazer para evitar que desmaiasse de novo.

Ali estava: o precursor do homem. O americano original, cuja terra natal existia antes de Passamaquoddy ou Cheyenne. Seus olhos, se tivesse olhos, estavam virados para ele.

O corpo balançou. Os dentes rangeram.

Ele podia ouvir o barulho de sua anatomia: estalando, crepitando, soluçando.

Ele se mexeu um pouco no escuro.

O som de seu movimento era maravilhoso. Como uma montanha se sentando.

O rosto de Kaufman foi erguido, e sem pensar no que estava fazendo ou na razão disso, ele caiu de joelhos sobre a merda em frente ao Patriarca dos Patriarcas.

Cada dia de sua vida o tinha conduzido a esse dia, cada momento seguido até esse momento imprevisível de terror sagrado.

Se naquele fosso houvesse luz o suficiente para enxergar o todo, talvez o seu tépido coração explodisse. Tal como estava, já o sentia palpitar no peito com o que via.

Era um gigante. Sem membros ou cabeça. Sem qualquer característica análoga aos humanos, sem qualquer órgão que tivesse sentido ou sentidos. Se era parecido com alguma coisa, seria um cardume de peixes. Mil focinhos se movendo em sincronia, desabrochando, brotando e murchando ritmicamente. Ficava iridescente, como uma madrepérola, e às vezes mais escuro que qualquer cor conhecida por Kaufman, ou a que ele pudesse se referir.

Era tudo o que Kaufman podia ver, e era mais do que desejava ver. Havia muito mais na escuridão, piscando e se batendo.

Mas ele não conseguia ver por mais tempo. Virou-se e, ao fazer isso, uma bola de futebol foi chutada para fora do trem e rolou até parar na frente do Patriarca.

Ao menos ele pensou ter sido uma bola de futebol, até olhar com mais atenção e reconhecê-la como uma cabeça humana, a cabeça do Açougueiro. A pele do rosto havia sido arrancada em tiras. Ela reluzia ensanguentada, parada na frente do Senhor.

Kaufman desviou o olhar e caminhou de volta até o trem. Cada parte de seu corpo parecia chorar, exceto os olhos. Ardiam demais com a visão atrás dele, que evaporava as suas lágrimas.

Do lado de dentro, as criaturas já haviam começado a jantar. Viu que um deles preparava um petisco azul e doce, ao arrancar da órbita o olho da mulher. Outro tinha a mão de um dos corpos entre os dentes. Aos pés de Kaufman estava o cadáver decapitado do Açougueiro, ainda sangrando profusamente pelo lugar onde seu pescoço fora atravessado a dentadas.

O pequeno patriarca com quem tinha conversado ficou de frente para Kaufman.

"Sirva-nos", pediu, gentilmente, como quem pede a uma vaca para segui-lo.

Kaufman estava olhando para o cutelo, o símbolo do ofício do Açougueiro. As criaturas agora estavam deixando o vagão, arrastando consigo os corpos comidos pela metade. Como as tochas foram retiradas do vagão, a escuridão estava retornando.

Mas antes que as luzes desaparecessem por completo, o patriarca esticou o braço e segurou o rosto de Kaufman, fazendo-o olhar para a própria imagem espelhada no vidro imundo da janela do vagão.

Era um reflexo fraco, mas Kaufman podia ver muito bem como ele estava alterado. Mais pálido que qualquer ser vivo deveria estar, e coberto de sujeira e sangue.

A mão do patriarca ainda segurava o rosto de Kaufman, e seu indicador se enfiou na boca e entrou no esôfago, a unha arranhando a garganta. Kaufman se engasgou com o intruso, mas não sentiu vontade de repelir o ataque.

"Sirva", disse a criatura. "Em silêncio."

Tarde demais, Kaufman percebeu a intenção dos dedos.

De repente, a língua foi agarrada com força e torcida na raiz. Kaufman, em choque, soltou o cutelo. Tentou gritar, mas não saiu nenhum som. Havia sangue na garganta, escutou a carne se rasgando, e as agonias o fizeram convulsionar. Então a mão saiu da sua boca e aqueles dedos escarlates cobertos de saliva ficaram diante dos seus olhos, segurando a língua entre o polegar e o indicador.

Kaufman ficou mudo.

"Sirva", disse o patriarca, e enfiou a língua na própria boca, mastigando-a com evidente satisfação. Kaufman caiu de joelhos, vomitando o sanduíche.

O patriarca já estava se arrastando para o escuro; o resto dos antigos já havia desaparecido em suas tocas, por outra noite.

O alto-falante estalou.

"Para casa", disse o condutor.

As portas chiaram ao se fecharem, e o som da energia perpassou o trem. As luzes piscaram: acesas, e apagadas, e acesas.

O trem começou a se mover.

Kaufman deitou-se no chão com lágrimas jorrando no rosto, lágrimas de transtorno e resignação. Sangraria até a morte, deduziu, ali deitado. Não importaria se morresse. Era um mundo repulsivo, de qualquer modo.

O condutor o acordou. Ele abriu os olhos. A face que o encarava de cima era negra e sem hostilidade. Ela sorria. Kaufman tentou dizer algo, mas sua boca estava colada com o sangue seco. Ele balançou a cabeça como um boboca, tentando proferir alguma palavra. Nada saiu além de grunhidos.

Não estava morto. Não tinha sangrado até a morte.

O condutor o colocou de joelhos, falando como se ele tivesse 3 anos de idade.

"Você tem um trabalho a fazer, meu caro: eles te adoraram."

O condutor havia lambido os dedos, e esfregava os lábios inchados de Kaufman, tentando separá-los.

"Muito o que aprender até amanhã de noite..."

Muito o que aprender. Muito o que aprender.

Ele levou Kaufman para fora do trem. Não estavam em nenhuma estação que ele já tivesse visto antes. Tinha azulejos brancos e estava absolutamente impecável; um Nirvana dos zeladores de estações. Sem grafites desfigurando as paredes. Sem bilheterias, e tampouco portões e passageiros. Essa linha fornecia apenas um serviço: o Trem de Carnes.

Um turno matinal de limpadores já se ocupava em lavar o sangue dos assentos e do piso do trem. Alguém estava tirando a roupa do corpo do Açougueiro, preparando-o para despachar para Nova Jersey. Todas as pessoas ao redor de Kaufman estavam trabalhando.

A luz da aurora se derramava através da grade no teto da estação. Partículas de pó nas vigas, movendo-se mais e mais. Kaufman os observava em transe. Não via algo tão belo desde que era criança. Pó adorável. Mais e mais, e mais e mais.

O condutor conseguiu separar os lábios de Kaufman. Sua boca estava ferida demais para mexer, mas ao menos conseguia respirar com facilidade. E a dor já estava começando a diminuir.

O condutor sorriu para ele, então se virou para o resto dos funcionários da estação.

"Gostaria de apresentar o substituto de Mahogany. Nosso novo açougueiro", anunciou.

Os funcionários olharam para Kaufman. Havia uma certa deferência em seus rostos, o que ele achou empolgante.

Kaufman olhou para a luz do sol acima dele, agora caindo em sua volta. Balançou a cabeça, querendo dizer que queria subir ali, ficar ao ar livre. O condutor acenou e o conduziu a uma escadaria íngreme e por um beco até a calçada.

Era um belo dia. O céu brilhante acima de Nova York estava estriado com filamentos de nuvens rosadas, e o ar cheirava a uma manhã.

As ruas e avenidas estavam praticamente vazias. À distância, um táxi qualquer cruzava uma interseção, seu motor era um sussurro; um corredor suado atravessou a rua.

Muito em breve, essas mesmas calçadas desertas estariam apinhadas de gente. A cidade voltaria aos negócios em ignorância: sem jamais saber o que tinha sob sua edificação, ou ao que devia a sua existência. Sem hesitação, Kaufman caiu de joelhos e beijou o concreto sujo com seus lábios ensanguentados, silenciosamente jurando lealdade eterna à sua continuação. O Palácio das Delícias recebeu a adoração sem comentários.

E o Diabo sorriu, pois seu pecado preferido
é o orgulho que imita a humildade.
— Samuel Taylor Coleridge —

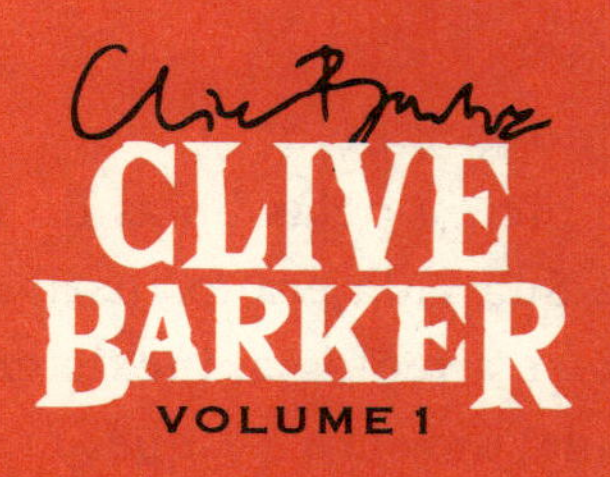

O YATTERING E JACK

O Yattering não conseguia compreender por qual razão os poderes (que dure o seu domínio; que dure a era de cagar luz nas cabeças dos condenados) tinham-no enviado do Inferno para perseguir Jack Polo. Sempre que tentava indagar sobre o sistema a seu mestre, apenas ao formular a simples pergunta, "O que estou fazendo aqui?", recebia como resposta uma breve repreensão por sua curiosidade. Fora de sua alçada, era a resposta, sua alçada era apenas cumprir. Ou morrer tentando. E após seis meses perseguindo Polo, o linguarudo Yattering começava a ver a extinção como uma opção possível. Aquela interminável brincadeira de esconde-esconde não beneficiava a ninguém, para a sua imensa frustração. Ele temia as úlceras, temia a lepra psicossomática (condição a que demônios inferiores como ele eram suscetíveis), ou o pior de tudo, temia perder completamente a calma e matar o homem num ataque de nervos incontrolável.

Mas o que era mesmo Jack Polo?

Um importador de picles; pelas bolas do Levítico, era um reles importador de picles. Sua vida era exaustiva, a família era chata, as políticas, simplórias, e a teologia, inexistente. O homem tinha a natureza de um pra nada, um zero à esquerda — por que se importar com um tipo como aquele? Não se tratava de um Fausto: um selador de pactos, um vendedor de almas. Ele não olharia duas vezes para a chance da inspiração divina: fungaria, daria de ombros, e continuaria com a importação de picles. Mesmo assim, o Yattering estava preso naquela casa, pela longa noite e o dia ainda mais longo, até que enlouquecesse o homem, ou chegasse perto disso. Seria um serviço demorado, quiçá interminável. Sim, havia momentos em que até a lepra psicossomática parecia suportável, se ela significasse o afastamento por invalidez dessa missão impossível.

De sua parte, Jack J. Polo continuava a ser o mais leso dos homens. Sempre tinha sido assim; na verdade, sua história era permeada de vítimas de sua ingenuidade. Quando a falecida e lamentada esposa o traía (ele estava em casa em pelo menos duas vezes, vendo televisão), ele era o último a saber. E as pistas que deixavam! Um homem cego, surdo e estúpido teria suspeitado de algo. Mas não Jack. Ele passava o tempo todo cuidando do trabalho chato dele e jamais percebia o aroma do perfume do amante, ou a regularidade anormal com que a esposa trocava os panos de cama.

Não ficou menos desinteressado nos eventos, quando a filha mais nova, Amanda, lhe confessou a lesbianidade. A resposta foi um suspiro e um olhar intrigado.

"Tudo bem, querida, só não engravide", respondeu, e foi passear no jardim, jovial como nunca. Que chances tinha ele contra um homem desses?

A uma criatura treinada para enfiar os dedos intrometidos nas feridas da psique humana, Polo fornecia uma superfície tão glacial, tão inteiramente desprovida de marcas distintivas, que negava à malícia qualquer domínio.

Os eventos não pareciam abrir nenhuma fissura em sua indiferença completa. Os desastres de sua vida pareciam não ferir a mente de maneira nenhuma. Quando volta e meia era confrontado com a verdade a respeito da infidelidade da esposa (que encontrou trepando no banheiro), não se sentiu machucado ou humilhado.

"Acontece", disse a si mesmo, saindo do banheiro para deixá-los finalizar o que tinham começado.

"*Che serà, serà.*"[1]

Che serà, serà. O sujeito proferia aquela maldita frase com uma regularidade monótona. Parecia viver sob a filosofia do fatalismo, permitindo que ataques à masculinidade, ambição e dignidade escorressem de seu ego como água da chuva naquela cabeça calva.

O Yattering tinha ouvido a esposa de Polo confessar tudo ao marido (estava pendurado de cabeça para baixo no bocal da lâmpada, completamente invisível) e a cena o fez estremecer. A pecadora estava perturbada, implorando para que ele a acusasse, gritasse com ela, até mesmo batesse nela, porém em vez de lhe dispensar a satisfação do ódio, Polo somente deu de ombros e deixou-a dizer tudo sem interrupção, até que ela não tivesse mais nada guardado no peito. Ao fim, ela acabou liberando mais frustração e tristeza do que culpa; o Yattering já tinha ouvido ela contar ao espelho do banheiro como se sentia insultada pela ausência de manifestações de raiva do marido. Pouco depois, ela se jogou da varanda do Cinema Roxy.

O suicídio, de algumas maneiras, era conveniente ao demônio. Com a esposa morta e as filhas longe de casa, ele podia planejar truques mais elaborados para abalar os nervos da vítima, sem precisar se preocupar nem mesmo com a revelação de sua presença a criaturas que os poderes não proibiam atacar.

Mas a ausência da esposa deixava a casa vazia durante os dias, e isso logo se tornou um fardo tedioso, quase insuportável para o Yattering. O intervalo das 9h às 17h, sozinho na casa, parecia não ter fim. Ele lastimava e circulava, planejando vinganças bizarras e impraticáveis

1 "O que será, será." [Nota da Fazenda Macabra]

contra o tal do Polo, passando pelos cômodos, rancoroso, acompanhado apenas dos cliques e zumbidos da casa, quando os radiadores esfriavam, ou o refrigerador ligava e desligava. A situação rapidamente ficou tão desesperadora, que a chegada da correspondência de meio-dia era o ponto alto da rotina, e uma melancolia inabalável tomava o Yattering quando o carteiro não tinha nada para entregar e passava direto até a casa vizinha.

Quando Jack voltava, os jogos começavam pra valer. A habitual rotina de aquecimento: ele encontrava Jack diante da porta e impedia a chave de girar na fechadura. A disputa duraria um ou dois minutos, até Jack por acaso encontrar o limite da resistência do demônio e vencer aquele dia. Uma vez lá dentro, ele balançava todos os abajures. O homem apenas ignorava a performance, por mais violenta que fosse a movimentação. Às vezes, dava de ombros e murmurava: "Subsidência", baixinho, e então, inevitavelmente, "*Che serà, serà*".

No banheiro, o Yattering passava pasta de dente no assento do vaso sanitário e entupia o chuveiro com papel higiênico encharcado. Chegava a dividir o banho com Jack, pendurado invisível na barra que segurava a cortina do box, murmurando sugestões obscenas no ouvido dele. Sempre funcionava, ensinavam aos demônios na Academia. As obscenidades no ouvido jamais falhavam em perturbar os clientes, fazendo-os pensar que eram eles mesmos que concebiam esses atos perniciosos, e levando-os à aversão a si próprios, depois à rejeição, e enfim à loucura. Claro, em alguns casos as vítimas ficavam tão inflamadas com as sugestões dos sussurros, que saíam às ruas e agiam de acordo com elas. Sob tais circunstâncias, as vítimas geralmente eram detidas e encarceradas. A prisão as levava a outros crimes, e a uma lenta redução de reservas morais — e a vitória era obtida por essa rota. De um jeito ou de outro, a insanidade extravasava.

No entanto, por algum motivo, a regra não se aplicava a Polo; ele era imperturbável: uma torre de propriedade.

Na verdade, do modo como as coisas estavam andando, o Yattering é quem ficaria doido. Estava cansado, cansadíssimo. Dias intermináveis atormentando o gato, lendo as tirinhas do jornal do dia anterior, assistindo a programas de auditório: isso o esgotava. Nos últimos tempos, ficou apaixonado pela mulher que vivia do outro lado da rua. Uma jovem viúva que parecia passar a maior parte do tempo desfilando completamente nua pela casa. Às vezes era quase insuportável, no meio do dia, quando o carteiro não passava, observar a mulher e saber que não podia ultrapassar os limites da casa de Polo.

Era a lei. O Yattering era um demônio menor, e sua captura de almas estava estritamente confinada aos perímetros da casa da vítima. Dar um passo para fora seria ceder todos os poderes à vítima: colocar-se à mercê da humanidade.

Durante os meses inteiros de junho, julho, e a maior parte de agosto, ele suou em sua prisão, e durante todos esses meses quentes e iluminados, Jack Polo manteve completa indiferença aos ataques do Yattering.

Era demasiado embaraçoso, e isso aos poucos destruía a autoconfiança do demônio, ver a plácida vítima sobreviver a cada tentativa de provação ou ardil realizado.

O Yattering chorava.

O Yattering gritava.

Num ataque de angústia descontrolada, ferveu a água do aquário, escalfando os barrigudinhos.

Polo nada viu. Nada ouviu.

Até que, no final de setembro, o Yattering quebrou uma das primeiras regras de sua condição e apelou diretamente aos mestres.

O outono é a estação do Inferno; e os demônios de dominações mais elevadas sentiam-se benignos. Concederam uma audiência a sua criatura.

"Qual o seu desejo?", perguntou Belzebu, e a voz escureceu o ar da sala.

"Esse homem...", começou o Yattering nervosamente.

"Sim?"

"Esse tal de Polo..."

"Sim?"

"Não consigo fazer nada com ele. Não consigo deixá-lo em pânico. Não consigo causar medo, nem mesmo uma leve preocupação. Sou estéril, ó, Senhor das Moscas, e queria me livrar de minha miséria."

Por um momento o rosto de Belzebu surgiu no espelho sobre a cornija da lareira.

"E qual o seu desejo?"

Belzebu era parte elefante, parte vespa. O Yattering ficou apavorado.

"Eu... desejo morrer."

"Não pode morrer."

"Neste mundo. Morrer apenas neste mundo. Desaparecer. Ser substituído."

"Não morrerá."

"Mas não consigo vencê-lo!", gritou o Yattering, lacrimoso.

"Você deve."

"Por quê?"

"Porque nós ordenamos." Belzebu sempre usava o "nós", no plural majestático, embora não tivesse qualificação para isso.

"Permiti-vos ao menos que eu saiba por que estou nesta casa", apelou o Yattering. "O que ele é? Nada! Ele não é nada!"

Belzebu achou estupendo. Riu, zumbiu, trombeteou.

"Jack Johnson Polo é filho de uma idólatra da Igreja da Salvação Perdida. Ele nos pertence."

"Mas por que o desejais? Ele é tão chato."

"Desejamos porque sua alma nos foi prometida, e a mãe não nos entregou. Ou a si mesma, por sinal. Ela nos enganou. Morreu nos braços de um padre e foi escoltada com segurança ao..." A palavra seguinte era um anátema. O Senhor das Moscas mal conseguia pronunciá-la. "Paraíso", concluiu Belzebu, com infinita perda na voz.

"Paraíso", repetiu o Yattering, sem saber muito bem o que a palavra significava.

"Polo deve ser caçado em nome do Antigo, e punido pelos crimes da mãe. Tormento algum é demasiado intenso para uma família que nos enganou."

"Estou cansado", suplicou o Yattering, ousando se aproximar do espelho.

"Por favor. Eu vos imploro."

"Capture esse homem", disse Belzebu, "ou sofrerá em seu lugar."

A figura no espelho balançou o tronco preto e amarelo e desapareceu.

"Onde está seu orgulho?", disse a voz do mestre, diminuindo à distância. "Orgulho, Yattering, orgulho."

Então se foi.

Em sua frustração, o Yattering pegou o gato e o lançou no fogo, onde ele foi rapidamente cremado. Se ao menos a lei permitisse que uma crueldade fácil como essa fosse aplicada em carne humana, pensou. Ao menos isso. *Ao menos isso.* Então, ele faria Polo sofrer esses tormentos. Mas não. O Yattering conhecia as leis tão bem como a palma da mão; elas haviam sido escorchadas em seu córtex exposto, por seus professores, quando ele era um demônio novato. E a Primeira Lei dizia: "Não tocarás em tuas vítimas".

Jamais tinham lhe explicado a pertinência dessa lei, mas ela vigorava.

"Não tocarás..."

Então, todo o doloroso processo continuava. Dia vem, dia vai, e o homem ainda não demonstrava qualquer sinal de submissão. Nas semanas seguintes, o Yattering matou outros dois gatos, que Polo levara para casa com a intenção de que substituíssem o amado Freddy (agora cinzas).

A primeira dessas pobres vítimas foi afogada no vaso sanitário numa ociosa tarde de sexta-feira. Foi uma grande satisfação ver a expressão de desgosto registrada na face de Polo ao abrir o zíper da braguilha e olhar para baixo. Mas qualquer prazer que o Yattering tenha sentido com o transtorno de Jack, foi cancelado ao perceber como o homem lidou com o gato morto de modo despreocupadamente eficaz, içando o monte de pelos molhados do vaso, enrolando-o com uma toalha e enterrando-o no jardim dos fundos, mal emitindo um murmúrio.

O terceiro gato que Polo trouxe para casa percebeu a presença invisível do demônio desde o começo. Aquela semana no meio de novembro foi de fato divertida, quando a vida do Yattering quase se tornou interessante, enquanto brincava de gato e rato com Freddy III. Freddy fazia o papel de rato. Como os gatos não são animais especialmente brilhantes, a brincadeira não era lá um grande desafio intelectual, mas animava aqueles intermináveis dias de espera, assombro e fracasso. Pelo menos a criatura reconhecia a presença do Yattering. Ao fim, entretanto, num péssimo humor (causado pelo novo casamento da vizinha nua), o demônio perdeu a paciência com o gato. Ele estava afiando as unhas no carpete de náilon, arranhando e escarpelando o monte por horas sem fim. O barulho deixou os dentes metafísicos da criatura no limite. Ele olhou para o gato uma vez, sem demora, e o explodiu como se o animal tivesse engolido uma granada ativada.

O efeito foi espetacular. Os resultados eram nojentos. Miolos de gato, pelos de gato, entranhas de gato por toda parte.

Polo chegou exausto em casa aquela noite, e parou na porta da sala de jantar, a face enojada, examinando a carnificina restante de Freddy III.

"Malditos cães", disse. "Malditos cães, *malditos!*"

Havia raiva em sua voz. Sim, exultou o Yattering, raiva. O homem estava irritado: havia uma clara evidência de emoção no rosto.

Exaltado, o demônio correu pela casa, determinado a capitalizar em cima da vitória. Ele abriu e bateu todas as portas. Destruiu vasos. Balançou os abajures.

Polo apenas limpou o gato.

O Yattering se jogou escada abaixo, rasgou um travesseiro. Personificou uma coisa manca com apetite por carne humana no sótão, dando risadinhas.

Polo apenas enterrou Freddy III, ao lado do túmulo de Freddy II, e das cinzas de Freddy I.

Então se retirou para a cama, sem o travesseiro.

O demônio ficou completamente perplexo. Se o sujeito no máximo piscava de preocupação quando o gato explodia na sala de jantar, quais as chances de vencer o desgraçado?

Restava uma última oportunidade.

O Natal estava chegando, e as filhas de Jack retornariam ao seio da família. Talvez elas pudessem convencê-lo de que nem tudo estava bem no mundo; talvez pudessem cravar as unhas em sua sólida indiferença, e iniciar a sua derrocada. Apostando todas as fichas, o Yattering esperou as semanas até o fim de dezembro, planejando ataques com toda a malícia imaginativa que podia reunir.

Enquanto isso, a vida de Jack prosseguia. Ele parecia viver separado da sua experiência, levando a vida como um autor que pode escrever um conto absurdo, e nunca se envolver muito a fundo na narrativa. De vários modos significativos, no entanto, demonstrou entusiasmo pelo feriado que se aproximava. Limpou o quarto das filhas de modo impecável. Arrumou as camas com cobertores cheirosos. Removeu cada mancha de sangue de gato do carpete. Até montou uma árvore de natal na sala, ornada com bolas brilhantes, ouropel e presentes.

De vez em quando, ao cuidar dos preparos, Jack pensava no jogo que disputava, e calculava em silêncio as suas chances. Nos próximos dias teria de pesar não apenas o próprio sofrimento, mas também o das filhas, contra a possível vitória. E sempre, enquanto fazia esses cálculos, a chance de vitória parecia compensar os riscos.

Assim continuava a escrever a sua vida, e a esperar.

Começou a nevar, com leves pancadas nas janelas e na porta. As crianças apareciam para entoar cantigas, e ele era generoso com elas. Era possível, por um breve momento, acreditar na paz na terra.

No fim do dia 23 de dezembro, as filhas chegaram com um redemoinho de caixas e beijos. A mais jovem, Amanda, chegou em casa primeiro. De seu ponto de vista favorável, no patamar da escada, o Yattering deu um olhar maligno para a jovem. Ela não parecia o material ideal para se induzir um ataque de nervos. Na verdade, ela parecia perigosa. Gina chegou umas duas horas depois; uma mulher requintada, de 24 anos, que em cada aspecto parecia tão intimidante quanto a irmã. Elas entraram na casa causando alvoroço e gargalhadas; rearrumaram a mobília; jogaram fora as porcarias do freezer, contaram uma à outra (e ao pai) como sentiam falta um do outro. No espaço de algumas horas, aquela casa enfadonha foi repintada com luz, alegria e amor.

Isso nauseava o Yattering.

Lamuriando-se, ele tapou os ouvidos para bloquear a barulheira de afeto no quarto, mas ela era envolta por ondas de choque. Tudo o que ele podia fazer era esperar, escutar e refinar sua vingança.

Jack estava alegre com suas beldades em casa. Amanda tão cheia de opiniões, e tão forte quanto a mãe. Gina ainda mais parecida com a mãe: estável, perceptiva. Ele estava tão feliz com a presença delas, que poderia chorar; e ali estava, o pai orgulhoso, pondo as duas em risco. Mas qual a alternativa? Se tivesse cancelado a celebração do Natal, pareceria bastante suspeito. Teria até mesmo estragado toda a sua estratégia, e alertado ao inimigo para o seu truque.

Não; precisava aguentar. Fazer-se de desentendido, como o inimigo esperava.

Chegaria o momento da ação.

Às 3h15 da manhã de Natal, o Yattering inaugurou as hostilidades ao derrubar Amanda da cama. Uma performance ordinária, na melhor das hipóteses, mas que teve o efeito pretendido. Sonolenta, esfregando a cabeça machucada, ela voltou à cama, apenas para ver a cama dar um pinote e balançar e derrubá-la novamente, como um potro irrequieto.

O barulho despertou o resto da casa. Gina chegou primeiro ao quarto da irmã.

“O que está acontecendo?”

“Tem alguém debaixo da cama.”

“O quê?”

Gina pegou um peso de papel da cômoda e mandou o invasor sair. O Yattering, invisível, sentou-se no batente da janela e fez gestos obscenos para as mulheres, dando nós na genitália.

Gina conferiu debaixo da cama. Agora o Yattering se dependurou no suporte da luz, balançando para frente e para trás, fazendo o quarto rodar.

“Não tem nada aqui...”

“Tem.”

Amanda sabia. Ah, sabia sim.

“Tem alguma coisa aqui”, disse. “Alguma coisa no quarto com a gente, tenho certeza.”

“Não.” Gina foi definitiva. “Está vazio.”

Amanda estava olhando atrás do guarda-roupa, quando Polo entrou.

“Que barulheira é essa?”

“Tem alguma coisa na casa, Papai. Me derrubaram da cama.”

Jack olhou para os lençóis amarrotados, as almofadas desarrumadas, e então para Amanda. Era o primeiro teste: precisava mentir com o máximo de casualidade.

"Parece que você teve um pesadelo, querida", disse, fingindo um sorriso inocente.

"Tem alguma coisa debaixo da cama", insistiu Amanda.

"Agora não tem ninguém."

"Mas eu senti."

"Bem, vou conferir o resto da casa", sugeriu ele, sem entusiasmo pela atividade. "Vocês duas fiquem aqui, por precaução."

Assim que Polo deixou o quarto, o Yattering balançou a luz mais um pouco.

"Subsidência", disse Gina.

Estava frio no andar de baixo, e Polo podia ter passado sem pisar descalço nos azulejos da cozinha, mas estava quietamente satisfeito que a batalha fosse deflagrada de modo tão ordinário. Receava que o inimigo pegasse pesado com essas vítimas tão dóceis à disposição. Mas não: julgara a mente da criatura com muita precisão. Era de categoria inferior. Poderosa, porém lenta. Passível de ser induzido a ultrapassar os limites do autocontrole. Basta tomar cuidado, disse a si mesmo, basta tomar cuidado.

Deambulou pela casa inteira, abrindo armários e conferindo atrás da mobília com a devida atenção, então retornou às filhas, que se sentavam no topo da escada. Amanda parecia pequena e pálida, não a mulher de 22 anos que era, mas uma criança de novo.

"Nada", contou ele com um sorriso. "É manhã de Natal e do piso até o teto..."

Gina completou a rima.

"Nada se move; nem mesmo um inseto."

"Nem mesmo um inseto, querida."

Naquele momento, o Yattering aproveitou a deixa para derrubar um vaso da lareira da sala.

Até Jack deu um pulo.

"Merda", disse. Precisava dormir um pouco, mas estava bem claro que o Yattering não tinha intenção de deixá-los em paz tão cedo. *"Che serà, serà"*, murmurou, catando os pedaços do vaso de porcelana, colocando-os num pedaço de jornal. "A casa tem afundado um pouco do lado esquerdo, sabem", disse em voz alta. "Está assim faz anos."

"A subsidência", comentou Amanda com muita certeza, "não me derrubaria da cama."

Gina não falou nada. As opções eram limitadas. As alternativas nada atraentes.

"Bem, talvez fosse o Papai Noel", disse Polo, tentando aliviar a tensão.

Fez um pacote com os pedaços do vaso e atravessou a cozinha, certo de que estava sendo seguido de perto a cada passo. "O que mais poderia ser?" Soltou a pergunta por cima do ombro enquanto enfiava o jornal na lixeira. "A única explicação além dessa..." Aqui ele quase se exaltou por encostar tanto na verdade. "A única explicação além dessa é absurda demais para falar."

Era uma ironia primorosa, negar a existência do mundo invisível tendo a absoluta certeza de que agora mesmo ele fungava vingativo em seu cangote.

"Você se refere a *poltergeists*?", perguntou Gina.

"Eu me refiro a qualquer coisa que faça barulho durante a noite. Mas somos adultos, não é? Não acreditamos no Bicho-Papão."

"Não", disse Gina com desânimo. "Não, mas também não acredito que a casa esteja afundando."

"Bem, isso vai ter que servir por agora", declarou Jack, encerrando a conversa com despreocupação. "O Natal começa logo. Não vamos estragar tudo falando de *gremlins*, não é?"

Riram juntos.

Gremlins. Essa doeu muito. Chamar uma cria do Inferno de *gremlin*.

O Yattering, fraco de frustração, lágrimas ácidas queimando as bochechas intangíveis, rangeu os dentes e se manteve em silêncio. Ainda chegaria o momento de arrancar aquele sorriso ateu do rosto liso e gordo de Jack Polo. Bastante tempo. Sem melindres a partir de agora. Sem sutileza. Seria um ataque aberto.

Faça-se sangue. Faça-se agonia. Que todos sejam vencidos.

Amanda estava na cozinha, preparando o jantar de Natal, quando o Yattering armou o próximo ataque. Pela casa ressonava o Coro do King's College, "Ó, Cidade de Belém, como pareces calma". Os presentes tinham sido abertos, gins tônicas eram sorvidos, e a casa era um abraço caloroso do teto ao porão.

Na cozinha, um frio repentino perpassou o aquecimento e o vapor, fazendo Amanda tremer; ela foi até a janela, que estava entreaberta para deixar o ar escapar, e a fechou. Talvez estivesse adoecendo.

O Yattering observava as suas costas enquanto ela se ocupava com a cozinha, aproveitando um dia de vida doméstica. Amanda sentia o olhar. Deu a volta. Ninguém, nada. Continuou a lavar a couve-de-bruxelas, cortando uma que tinha uma minhoca enrolada dentro. Ela a mergulhou na água.

O Coro continuava cantando.

Na sala, Gina e Jack riam de alguma coisa.

Então, um ruído. Primeiro algo chacoalhou, seguido por pancadas de punhos numa porta. Amanda soltou a faca na tigela de couve-de-bruxelas e se virou da pia, seguindo o som. Ficava cada vez mais alto. Como algo trancado num dos armários, desesperado para escapar; um gato preso numa caixa, ou um pássaro.

Vinha do forno.

O estômago de Amanda se revirou, pois ela passou a esperar o pior.

Teria deixado algo preso no forno enquanto colocava o peru? Chamou o pai, enquanto pegava o pano de prato e andava em direção ao fogão, que balançava com o pânico de seu prisioneiro. Imaginou um gato escaldado saltando nela, os pelos queimados, a carne um pouco assada.

Jack chegou na porta da cozinha.

"Tem alguma coisa no forno", explicou ela, como se isso fosse necessário. O fogão estava em frenesi; as porradas de dentro só faltavam arrancar a porta.

Ele pegou o pano da mão dela. Essa é nova, pensou. Você é melhor do que eu imaginava. Isso é inteligente. É original.

Agora Gina chegou na cozinha.

"O que está queimando?", gracejou.

Porém a piada se perdeu, pois o fogão começou a dançar, e as panelas de água fervente foram lançadas das bocas para o chão. Água escaldante queimou a perna de Jack. Ele gritou, esbarrando em Gina, antes de saltar para o fogão com um grito tão afiado quanto o de um samurai.

O puxador do forno estava escorregadio com o vapor e a gordura, mas ele o segurou e abriu a porta.

Uma onda de calor vaporoso e intenso saiu do forno, com um cheiro suculento de gordura de peru. Mas a ave lá dentro ao que parecia não tinha intenções de ser comida. Estava se jogando de um lado para o outro da assadeira, espirrando gotas de molho em todas as direções. As asas marrons e crocantes batiam e se debatiam penosamente, as pernas carimbaram uma tatuagem no teto do forno.

Então pareceu notar a porta aberta. As asas se esticaram em cada lado do corpo recheado, ele deu um pulinho e pousou na porta do forno, numa imitação de quando era vivo. Sem cabeça, derramando recheio e cebolas, saltou como se ninguém tivesse avisado ao maldito ser que ele estava morto, enquanto a gordura ainda borbulhava nas costas cobertas de bacon; Amanda gritou.

Jack se jogou até a porta quando a ave se moveu no ar, cega, porém vingativa. O que pretendia fazer após alcançar as três vítimas encolhidas, elas jamais souberam. Gina puxou Amanda para o corredor, com o pai seguindo na cola, e a porta foi batida quando a ave cega se lançou no painel, se chocando nele com toda a força. O molho escuro e gorduroso escorreu pela brecha debaixo da porta.

A porta não tinha tranca, mas Jack raciocinou que a ave não seria capaz de girar a maçaneta. Ao recuar, sem fôlego, xingou sua confiança. A oposição tinha mais cartas na manga do que ele pensava.

Amanda estava recostada na parede, choramingando, a face suja com manchas de gordura de peru. Não parecia capaz de outra coisa, além de negar o que tinha visto, balançando a cabeça e repetindo a palavra "não" como um mantra contra o horror ridículo que ainda se lançava contra a porta. Jack a acompanhou até o outro lado da sala. O rádio ainda entoava cantigas que abafavam a barulheira da ave, mas suas promessas de bondade pareciam um consolo fraco.

Gina serviu um conhaque forte para a irmã e se sentou ao lado dela no sofá, servindo-lhe álcool e conforto em igual medida. Isso pouco alterou Amanda.

"O que foi que aconteceu?", Gina perguntou ao pai, num tom que demandava uma resposta.

"Não sei", respondeu Jack.

"Histeria coletiva?", o desprazer de Gina era pleno. Seu pai tinha um segredo: sabia o que estava acontecendo na casa, mas por alguma razão ele se recusava a contar.

"Pra quem eu ligo: pra polícia ou pra um exorcista?"

"Nenhum dos dois."

"Pelo amor de Deus."

"Não há nada acontecendo, Gina. Sério."

O pai se afastou da janela e olhou para a filha. Seus olhos diziam o que a boca se recusava a contar — que agora era guerra.

Jack ficou com medo.

A casa de repente se tornara uma prisão. O jogo de repente se tornara letal. O inimigo, em vez de disputar jogos tolos, queria machucá-los, machucá-los de verdade.

Na cozinha, o peru enfim concedera a derrota. As cantigas no rádio deram lugar a um sermão sobre as bençãos divinas.

O que era doce tornava-se amargo e perigoso. Ele olhou para Amanda e Gina do outro lado da sala. Devido às próprias razões, as duas tremiam. Polo queria lhes contar, queria explicar o que estava acontecendo. Mas a coisa devia estar lá, deduziu, contemplando.

Estava errado. O Yattering havia se retirado para o sótão, bastante satisfeito com os próprios feitos. A ave, sentia, tinha sido um lance de gênio. Agora podia descansar um pouco: recuperar. Deixar os nervos dos inimigos se entregarem devido à antecipação. Então, em seu próprio tempo, ele daria o golpe de misericórdia.

Ociosamente, ficou pensando se algum dos inspetores tinha visto seu trabalho com o peru. Talvez ficassem impressionados o suficiente com a originalidade do Yattering para melhorarem as suas perspectivas de trabalho. Com certeza ele não frequentara todos aqueles anos de treinamento apenas para perseguir imbecis desmiolados como Polo. Devia ter algo mais desafiador que aquilo à disposição. Sentia a vitória em seus ossos invisíveis: era uma ótima sensação.

Agora a perseguição a Polo sem dúvida se impulsionaria. Suas filhas o convenceriam (se ele já não estivesse bem convencido) de que logo ocorreria algo terrível. Ele cederia. Ficaria em frangalhos. Talvez enlouquecesse à maneira clássica: arrancaria os cabelos, rasgaria as roupas; se lambuzaria com os próprios excrementos.

Ah, sim, a vitória era iminente. E os mestres não o amariam? Não seria inundado de elogios e poder?

Bastava apenas mais uma manifestação. Uma intervenção final, inspiradora, e Polo se tornaria uma carne chorosa.

Cansado, porém confiante, o Yattering desceu até a sala.

Amanda dormia estirada no sofá. Decerto estava sonhando com o peru. Os olhos se viravam sob as pálpebras finas, o lábio inferior tremia. Gina sentava-se ao lado do rádio, agora em silêncio. Tinha um livro aberto no colo, mas não estava lendo.

O importador de picles não estava no cômodo. Não era o seu passo na escada? Sim, ele estava subindo para aliviar a bexiga cheia de conhaque.

O momento ideal.

O Yattering cruzou o cômodo. Amanda sonhava com algo escuro passando rápido em sua frente, algo maligno, de gosto amargo.

Gina tirou o olho do livro.

As bolas prateadas estavam balançando, devagar. Não apenas as bolas. O ouropel e os galhos também. Na verdade, a árvore. A árvore inteira balançava como se alguém a segurasse.

Gina teve uma má impressão a respeito. Levantou-se. O livro deslizou até o chão.

A árvore começou a girar.

"Minha nossa", disse ela. "Minha nossa senhora."

Amanda continuava dormindo.

A árvore pegou velocidade.

Gina atravessou a sala até o sofá com o máximo de firmeza e tentou acordar a irmã. Amanda, presa nos sonhos, resistiu por um momento.

"Pai", disse Gina. A voz foi alta e chegou ao corredor. Ela também acordou Amanda.

No andar de baixo, Polo ouviu um barulho parecido com o de um cão ganindo. Não, como dois cães ganindo. Ao descer correndo as escadas, o dueto se tornou um trio. Ele irrompeu na sala esperando que os anfitriões do Inferno estivessem ali, com cabeças de cães, dançando sobre suas beldades.

Mas não. Era a árvore que gania, gania como um bando de cães, enquanto girava e girava.

As lâmpadas haviam sido arrancadas dos bocais muito antes. O ar fedia a plástico queimado e seiva de pinheiro. A árvore em si girava como um pião, atirando as decorações e os presentes para fora dos galhos torturados com a liberalidade de um rei louco. Jack tirou os olhos do espetáculo da árvore e encontrou Gina e Amanda agachadas, apavoradas, atrás do sofá. "Deem o fora daqui!", gritou ele.

Enquanto falava, a televisão impertinentemente ficou numa perna só e começou a girar como a árvore, acelerando depressa. O relógio sobre a lareira se juntou à pirueta. Os atiçadores ao lado do fogo. As almofadas. Os ornamentos. Cada objeto acrescentou sua nota singular à orquestra de ganidos, que segundo a segundo chegava a um volume ensurdecedor. O ar começou a se infestar com o odor de madeira queimada, conforme a fricção aquecia os piões até o ponto de queima. A fumaça rodopiava pela sala.

Gina segurou o braço de Amanda e a puxou em direção à porta, protegendo o rosto dela da saraivada de agulhas de pinheiro disparadas pela árvore ainda em aceleração.

Agora as luzes giravam.

Os livros, após saltarem das estantes, haviam se juntado à tarantela.

Jack podia ver, com o olho da mente, o inimigo correndo entre objetos como um malabarista girando pratos em varetas, tentando mantê-los todos em movimento ao mesmo tempo. Devia ser um trabalho exaustivo, pensou. O demônio com certeza estava prestes a entrar em colapso. Não tinha como estar raciocinando direito. Superexcitado. Impulsivo. Vulnerável. Essa devia ser a hora, se houvesse alguma, de enfim entrar na batalha. Encarar a coisa, desafiá-la, pegá-la.

De sua parte, o Yattering gozava da sua orgia de destruição. Lançava cada objeto móvel na confusão, fazendo tudo girar.

Observou com satisfação as filhas se contraírem e se debandarem; riu ao ver o velho encarar, de olho arregalado, aquele disparatado balé.

Sem dúvida estava prestes a enlouquecer, não é?

As beldades alcançaram a porta, com o cabelo e a pele cheias de agulhas de pinheiro. Polo não as viu sair. Atravessou a sala correndo, desviando de uma chuva de ornamentos, e pegou um garfo trinchante de bronze que o inimigo deixara passar despercebido. Bricabraques preenchiam o ar em torno de sua cabeça, dançando com uma velocidade nauseante. Seu corpo foi ferido e perfurado. Mas a empolgação de entrar em batalha o empolgara, e ele começou a bater nos livros e nos relógios e a espatifar a louça. Como um homem numa nuvem de gafanhotos, ele correu em volta da sala, derrubando seus livros favoritos numa balbúrdia de páginas flutuantes, destruindo a porcelana rodopiante, estilhaçando as lâmpadas. Uma bagunça de objetos quebrados inundou o chão, alguns dos quais ainda se virando, conforme a vida se esvaía dos fragmentos. Mas para cada objeto abatido, uma dúzia ainda girava, ainda gania.

Ele podia escutar Gina diante da porta, gritando para ele sair, deixar aquilo pra trás.

Mas era tão divertido, combater o inimigo de modo mais direto do que jamais lhe fora permitido antes. Não queria desistir. Queria que o demônio se mostrasse, se fizesse conhecido, reconhecido.

Queria confrontar o emissário do Antigo de uma vez por todas.

Do nada, a árvore cedeu aos ditados da força centrífuga e explodiu. O barulho foi como um uivo de morte. Galhos, ramos, agulhas, bolas, luzes, fios, fitas, voaram pela sala. Jack, de costas para a explosão, sentiu uma rajada de energia lhe atingir com força, e foi derrubado no chão. A nuca e o escalpo ficaram cheios de agulhas de pinheiro. Um galho sem folhas passou raspando por sua cabeça e espetou o sofá. Fragmentos de árvore tamborilavam ao seu redor, sobre o carpete.

Agora outros objetos em volta da sala, que giravam mais que a tolerância de suas estruturas, explodiam como a árvore. A televisão estourou, mandando uma onda letal de vidros pela sala, muitos dos quais se enterraram na parede do outro lado. Fragmentos internos da televisão, tão quentes que chamuscavam a pele, acertaram Jack, enquanto ele se acotovelava em direção à porta, como um soldado sob um bombardeio.

Os resquícios do bombardeio de cacos eram tão espessos que parecia haver uma névoa na sala. Os travesseiros deram um toque à cena, nevando no carpete. Restos de bibelôs: um braço belamente esmaltado e uma cabeça de cortesã saltitavam no chão, diante de seu nariz.

Gina estava agachada diante da porta, apressando-o, os olhos estreitos contra o ataque. Quando Jack alcançou a porta e sentiu os braços da filha a sua volta, jurava que podia escutar as risadas da sala. Risadas tangíveis e audíveis, ostensivas e satisfeitas.

Amanda estava de pé no corredor, com o cabelo repleto de agulhas de pinheiro, olhando para Jack. Ele passou as pernas pela porta, que Gina logo bateu para isolar a demolição.

"Mas que diabos é isso?", indagou. "*Poltergeist*? Fantasma? O fantasma da mãe?"

Jack achou engraçado a ideia de que a esposa morta fosse responsável por toda aquela destruição em larga escala. Amanda deu um sorriso amarelo. Bom, pensou ele, pelo menos ela está saindo dessa. Então notou o olhar vazio e a verdade veio à tona. Ela está devastada, sua sanidade se refugiava onde o fantástico não podia alcançar.

"O que é aquilo lá dentro?", perguntou Gina, apertando o braço dele com tanta força, que conteve o fluxo de sangue.

"Não sei", mentiu ele. "Amanda?"

O sorriso de Amanda não sumiu. Ela apenas olhava para ele, através dele.

"Sabe sim."

"Não."

"Mentira."

"Acho que..."

Ele se ergueu do chão, tirando da camisa e das calças os cacos de porcelana, as penas, o vidro.

"Acho que... Vou dar uma caminhada."

Atrás dele, na sala, os últimos indícios dos ganidos haviam cessado. O ar do corredor estava elétrico, com presenças imperceptíveis. O Yattering estava muito perto dele, totalmente invisível, mas pertinho. Era o momento mais perigoso. Não devia perder o controle agora. Devia se levantar como se nada tivesse acontecido; deixar Amanda em paz, deixar as explicações e recriminações para depois que tudo terminasse.

"Caminhada?", disse Gina, descrente.

"Sim... Caminhada... Preciso tomar um ar fresco."

"Você não pode deixar a gente aqui."

"Vou procurar alguém pra ajudar na limpeza."

"Mas, e a Mandy?"

"Ela vai superar. Deixa ela."

Foi difícil. Quase imperdoável. Mas agora já tinha sido dito.

Ele cambaleou até a porta, sentindo-se nauseado após tanto giro. Gina estava furiosa às suas costas.

"Você não pode simplesmente sair! Está maluco?"

"Preciso tomar um ar fresco", respondeu ele, de forma tão casual quanto seu coração acelerado e sua garganta seca podiam permitir. "Então vou dar uma saidinha."

Não, disse o Yattering. Não, não, não.

Estava atrás dele, Polo podia sentir. Morrendo de raiva, morrendo de vontade de arrancar a cabeça dele. Mas não tinha permissão para tocá-lo. Jack podia sentir o seu rancor como uma presença física.

Deu mais um passo em direção à porta da frente.

Ainda estava com ele, seguindo cada passo. A sombra, a busca; inabalável. Gina gritou com ele. "Seu filho da puta, olha para a Mandy! Ela está fora de si!"

Não, ele não podia olhar para ela. Se olhasse, iria chorar, iria ceder, como a coisa desejava, e tudo estaria perdido.

"Ela vai ficar bem", respondeu, com pouco mais que um sussurro. Esticou o braço para a maçaneta. A criatura bateu a porta depressa, ruidosamente. Sem ânimo para fingimentos agora.

Jack, mantendo os movimentos estáveis ao máximo, destravou a porta em cima e embaixo. O Yattering a travou de novo.

Era emocionante, esse jogo; também era assustador. Se ele forçasse a barra, será que a frustração faria o demônio atropelar as lições das aulas?

Com gentileza e suavidade, destravou a porta mais uma vez. Com a mesma gentileza e a mesma suavidade, o Yattering a travou.

Jack se perguntou por quanto tempo ele insistiria nisso. Precisava sair de alguma maneira: tinha que fazê-lo cruzar o limiar da porta. Um passo fora era tudo o que a lei requeria, de acordo com suas pesquisas.

Um simples passo.

Destrava. Trava. Destrava. Trava.

Gina estava a dois ou três metros do pai. Não entendia o que via, mas era óbvio que o pai estava disputando uma batalha com alguém, ou alguma coisa.

"Papai", começou ela.

"Silêncio", disse ele com calma, sorrindo enquanto destravava a porta pela sétima vez. Havia um toque de loucura no sorriso, era muito aberto e muito calmo.

Inexplicavelmente, ela devolveu o sorriso. Era severo, mas genuíno. Seja qual fosse a questão aqui, ela o amava.

Polo partiu para a porta dos fundos. O demônio se adiantou três passos dele, disparando pela casa como um velocista, e travando a porta antes que Jack sequer alcançasse a maçaneta. Mãos invisíveis giraram a chave na fechadura, e depois ela foi pulverizada no ar.

Jack simulou um movimento em direção à janela ao lado da porta dos fundos, mas as persianas foram fechadas e as venezianas batidas. O Yattering, preocupado demais com a janela para prestar atenção em Jack, não notou que ele dava a volta.

Quando viu o truque que estava sendo feito, emitiu um pequeno guincho e correu atrás dele, quase escorregando no chão polido e batendo em Jack. Evitou a colisão com perfeitos movimentos de balé. Realmente seria fatal: tocar o homem no calor do momento.

Polo voltou à porta da frente, e Gina, ciente da estratégia do pai, havia destravado a porta enquanto Jack e o Yattering brigavam na porta dos fundos. Jack rezava para que ela tivesse aproveitado a oportunidade de abri-la. Ela tinha. Estava um pouco entreaberta: o ar gelado da tarde limpa adentrava o corredor.

Jack percorreu os últimos metros até a porta com velocidade, sentindo, sem escutar, o uivo de reclamação que o Yattering soltou ao ver a vítima escapar para o mundo externo.

Ele não era uma criatura ambiciosa. Tudo o que desejava naquele momento, acima de qualquer outro sonho, era segurar esse crânio humano com as palmas das mãos e esmagá-lo. Destruí-lo em pedacinhos, e jogar o pensamento quente na neve. Acabar com Jack J. Polo, para todo o sempre.

Era pedir demais?

Polo havia pisado na neve fresquinha, enterrando as pantufas e as barras das calças no gelo. Quando a criatura alcançou o degrau, Jack já estava a três ou quatro metros de distância, marchando a caminho do portão. Escapando. Escapando.

O Yattering uivou de novo, se esquecendo dos anos de treinamento. As lições aprendidas, as regras de batalha gravadas em seu crânio foram submersas, por causa do mero desejo de tirar a vida de Polo.

Ele atravessou a porta e o perseguiu. Era uma transgressão imperdoável. Em algum lugar do Inferno, os poderes (que dure o seu domínio; que dure a era de cagar luz nas cabeças dos condenados) sentiram o pecado, e souberam que a guerra pela alma de Jack Polo estava perdida.

Jack também sentiu. Ouviu o som de água fervendo, pois os passos da criatura derretiam a neve no caminho. Estava indo atrás dele! A coisa tinha quebrado sua primeira regra de existência. Era uma falta. Ele sentiu a vitória na espinha e na barriga.

O demônio o ultrapassou no portão. Sua respiração era visível no ar, embora o corpo que a emanasse ainda não pudesse ser visto.

Jack tentou abrir o portão, mas o Yattering o bateu.

"*Che serà, serà*", disse Jack.

O Yattering não conseguiu aguentar mais. Segurou a cabeça de Jack, querendo pulverizar o osso frágil. O toque foi seu segundo pecado: e era uma agonia insuportável ao Yattering. Ele ladrou como um *banshee* e cambaleou para longe do contato, escorregando na neve e caindo de costas.

Sabia de seu erro. As lições recebidas emergiram de vez. Também sabia da punição por deixar a casa, por tocar no homem. Estava sujeito a um novo senhor, escravizado por essa criatura idiota diante dele. Polo tinha vencido.

Ele riu, observando o modo como os contornos do demônio apareciam na neve sobre o caminho de entrada. Como uma fotografia surgindo numa folha de papel, sua imagem ficou nítida. A lei estava cobrando o seu encargo. O Yattering jamais poderia se esconder do mestre de novo. Ali estava ele, diante dos olhos de Polo, com toda a sua glória sem charme. Carne castanha e olhos brilhantes sem pálpebra, braços moles, cauda derretendo a neve.

"Desgraçado", disse. Seu sotaque tinha uma cadência australiana.

"Você não falará até que lhe seja ordenado", disse Polo, com uma autoridade calma, porém absoluta. "Entendido?"

O olho sem pálpebra obnubilou-se com humildade.

"Sim", disse o Yattering.

"Sim, *senhor Polo*."

"Sim, senhor Polo."

Pôs o rabo entre as pernas como um cão açoitado.

"Levante-se."

"Obrigado, senhor Polo."

Levantou-se. Uma visão nada aprazível, mas que, não obstante, agradava a Jack.

"Ainda o pegarão", disse o Yattering.

"Quem?"

"Você sabe", disse, hesitante.

"Diga o nome."

"Belzebu", respondeu, orgulhoso em falar o nome do antigo mestre. "Os poderes. O próprio Inferno."

"Acho que não", refletiu Polo. "Não com você sujeito a mim como prova de minhas habilidades. Não sou o melhor?"

O olho pareceu irritado.

"Não sou?"

"Sim", cedeu, de maneira amarga. "Sim. Você é o melhor."

Ele começou a tremer.

"Está com frio?", perguntou Polo.

Ele acenou, simulando o aspecto de uma criança perdida.

"Então precisa de um pouco de exercício", disse. "É melhor voltar pra dentro de casa e começar a arrumar tudo."

O Yattering pareceu estupefato, até mesmo desapontado, com essa ordem.

"Nada mais?", perguntou, incrédulo. "Nenhum milagre? Nenhuma Helena de Tróia? Nada de voar?"

Polo sentia frio só de pensar em voar numa tarde coberta de neve como aquela. Era, em sua essência, um homem de gostos simples: tudo o que pedia na vida era o amor das filhas, uma casa confortável, e um bom preço comercial para os picles.

"Nada de voar", respondeu.

Ao se arrastar pelo caminho até a porta, o Yattering pareceu se iluminar com uma nova maldade. Ele se virou a Polo, obsequioso, mas inconfundivelmente arrogante.

"Posso falar uma coisinha?", disse.

"Fale."

"É justo que o senhor seja informado de que é considerado irreligioso ter qualquer contato com seres como eu. Até mesmo herético."

"É mesmo?"

"Sim", respondeu o Yattering, intensificando a sua profecia. "Pessoas foram queimadas por menos."

"Não nesta época", respondeu Polo.

"Mas o Serafim verá", disse. "E isso significa que o senhor jamais irá àquele lugar."

"Que lugar?"

O Yattering se atrapalhou buscando a palavra especial que ouvira Belzebu utilizar.

"O paraíso", disse, triunfante. Um sorriso feio surgiu em seu rosto; era a manobra mais sagaz que já tinha tentado; aquilo era malabarismo teológico.

Jack acenou com leveza, mordiscando o lábio inferior.

A criatura certamente estava contando a verdade: a associação com ele ou com os seus semelhantes não seria vista com bons olhos pelo Anfitrião dos Santos e dos Anjos. Provavelmente seria barrado nas planícies do paraíso.

"Bem", respondeu, "já sabe o que tenho a dizer sobre isso, não é?"

O Yattering olhou para ele, franzindo o cenho. Não, ele não sabia. Então o sorriso de satisfação que ele dava se arrefeceu, como se acabasse de perceber aonde Polo queria chegar.

"O que eu digo?", perguntou Polo.

Derrotado, o Yattering murmurou a frase.

"*Che serà, serà.*"

Polo sorriu.

"Você ainda tem uma chance", disse ele, e entrou na casa, fechando a porta com muita serenidade no rosto.

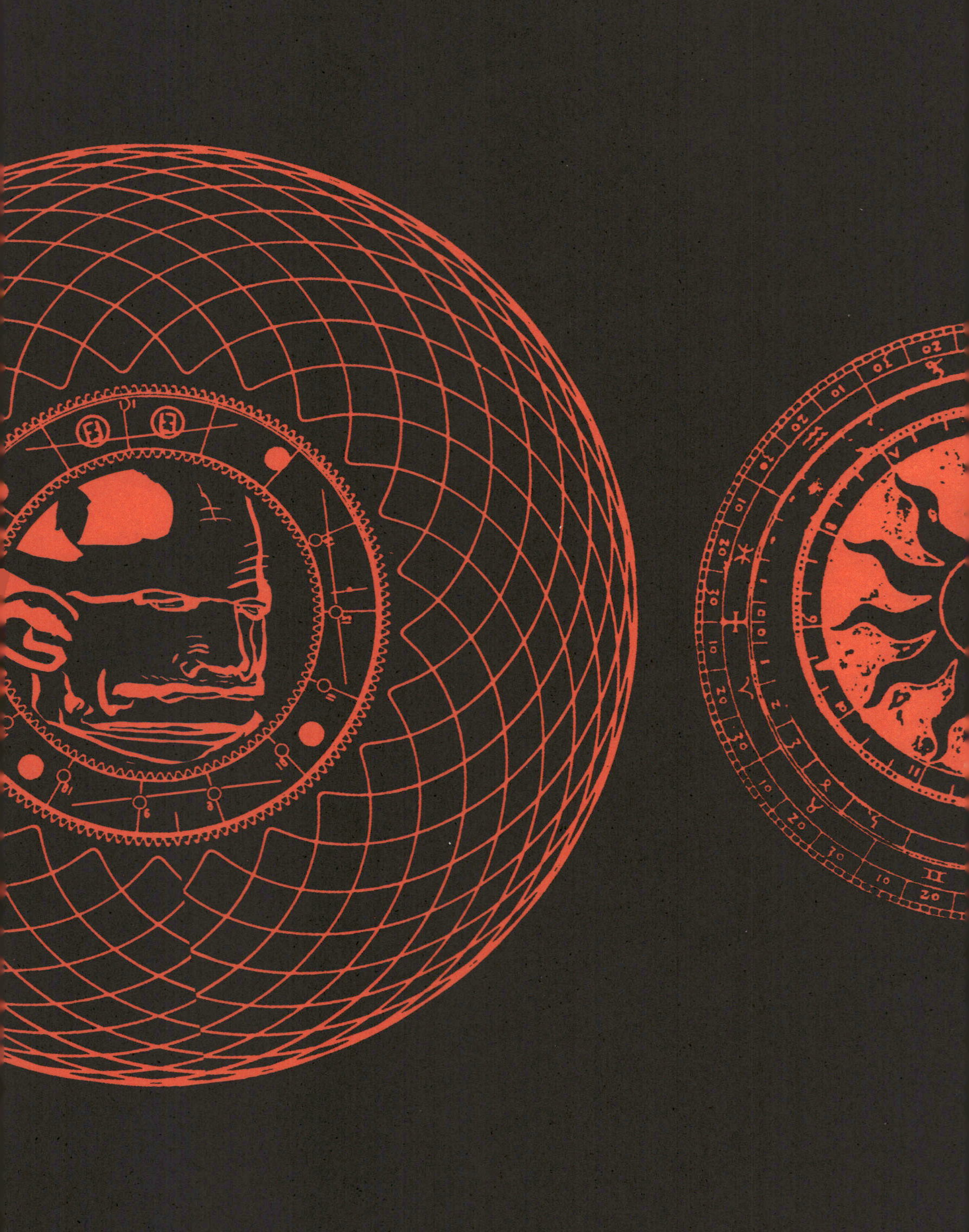

Que alma não tem um defeito?

— Rimbaud —

O BLUES DO SANGUE DE PORCO

Dava para sentir o cheiro daqueles moleques antes mesmo de vê-los, o suor juvenil azedando em corredores com janelas gradeadas, o hálito acre enclausurado, as cabeças rançosas. Então as vozes, baixas devido às regras de confinamento. Proibido correr. Proibido gritar. Proibido assobiar. Proibido brigar.

Chamavam-no de Centro de Detenção de Infratores Adolescentes, mas era quase tão terrível quanto uma prisão. Havia trancas e chaves e guardas. Os gestos de liberalismo eram raríssimos e não disfarçavam a verdade muito bem; Tetherdowne era uma prisão de nome mais suave, e os internos sabiam disso.

Não que Redman nutrisse qualquer ilusão quanto aos futuros alunos. Eram difíceis e foram presos por algum motivo. A maioria o roubaria sem pensar duas vezes assim que o visse; o aleijaria se fosse o caso, sem esforço. Passara anos demais na força policial, para acreditar na mentira sociológica. Conhecia as vítimas, e conhecia os jovens. Eles não eram idiotas incompreendidos, eram ágeis e afiados e amorais, como as lâminas que escondiam debaixo da língua. Sentimentos não tinham utilidade para eles, que só pensavam em sair.

"Bem-vindo a Tetherdowne."

A mulher se chamava Leverton, ou Leverfall, ou...

"Sou a Doutora Leverthal."

Leverthal. Sim. Uma vadia osso duro de roer que ele havia conhecido em...

"Nos conhecemos na entrevista."

"Sim."

"Prazer em vê-lo, sr. Redman."

"Neil; por favor, me chame de Neil."

"Tentamos não utilizar primeiros nomes diante dos garotos, acreditamos que eles acham que têm um dedo em nossas vidas pessoais. Então eu gostaria que o senhor reservasse os nomes de batismo apenas para as horas de folga."

Não falou o dela. Provavelmente algo rígido.

Yvonne. Lydia. Ele inventaria algum nome apropriado.

Parecia ter 50 anos, mas sem dúvida era uns dez anos mais nova.

Sem maquiagem, e os cabelos amarrados para trás de modo tão severo que parecia que os olhos saltariam para fora.

"Suas aulas começarão depois de amanhã. O diretor me pediu para recebê-lo no Centro no lugar dele, e pede desculpas por não poder comparecer em pessoa. Estamos com problemas de fundos."

"Como sempre, não é?"

"Infelizmente. Receio que estamos nadando contra a correnteza; o país está com um espírito bastante orientado para a Lei e a Ordem."

Era uma maneira bonita de dizer o quê? Que deviam descer o cacete em qualquer moleque que fosse pego atravessando a rua com o sinal fechado? Ele já tinha agido assim na sua época, e aquele era beco sem saída odioso em todos os aspectos, tão ruim quanto o sentimentalismo.

"A verdade é que podemos perder Tetherdowne de uma vez por todas", declarou ela; "e isso seria uma pena. Sei que não parece muito..."

"...Mas é nosso lar", gracejou ele. A piada era popular entre os ladrões. Ela sequer pareceu escutá-la.

"O senhor", o tom que ela usava ficou mais ríspido, "o senhor tem uma sólida (ela disse insólita?) trajetória na Força Policial. Esperamos que o seu compromisso conosco seja apreciado pelas autoridades que nos financiam."

Então era isso. Um ex-policial simbólico, contratado apenas para agradar aos poderes vigentes e para mostrar que eles estavam interessados na questão da disciplina. Não o queriam ali. Queriam algum sociólogo que redigiria relatórios sobre os efeitos do sistema de classes na brutalidade entre adolescentes. Nas entrelinhas, ela estava dizendo que ele era um estranho no ninho.

"Eu te contei por que saí da polícia?"

"Mencionou algo. Afastado por invalidez."

"Me recusei a trabalhar numa mesa de escritório, simples assim; não me deixaram praticar a minha especialidade. Um perigo para mim mesmo, de acordo com alguns deles."

Ela pareceu se sentir um pouco desconfortável com a explicação. Também era psicóloga; ela deveria estar devorando esse tipo de coisa, ele estava revelando sua ferida íntima. Estava abrindo o jogo, pelo amor de Deus.

"Agora eu saí das sombras, depois de 24 anos." Ele hesitou, então falou o que pretendia. "Não sou um policial simbólico; não sou nenhum tipo de policial. A força e eu nos separamos. Está me entendendo?"

"Bom, bom." Ela não entendeu porra nenhuma. Ele tentou outra abordagem.

"Eu gostaria de saber o que vocês contaram para os garotos."

"Contaram?"

"A meu respeito."

"Bem, algo sobre sua trajetória."

"Entendo." Avisaram para eles. Os porcos estavam chegando.

"Parecia importante."

Ele grunhiu.

"Veja bem, vários desses garotos têm sérios problemas de agressão. Isso gera dificuldades para um número enorme deles. Eles não conseguem se controlar e, como consequência, sofrem bastante."

Ele não discordou, mas ela o encarou de forma severa, como se tivesse discordado.

"Sim, sofrem bastante. É por isso que nos esforçamos tanto para demonstrar um pouco de compaixão pela situação; para ensinar que existem alternativas."

Ela andou até a janela. Do segundo andar era possível observar bem o terreno. Tetherdowne era uma espécie de complexo, com uma grande área anexada ao prédio principal. Um campo desportivo, a grama ressecada devido à seca de verão. Depois disso, um conjunto de banheiros externos, algumas árvores exaustas, um matagal, e então um terreno baldio até o muro. Ele tinha visto o muro do outro lado. Alcatraz se orgulharia.

"Tentamos oferecer um pouco de liberdade, um pouco de educação e um pouco de empatia. Há uma noção popular de que delinquentes sentem prazer com atividades criminais, não é? Não é essa a minha experiência, de modo algum. Eles chegam a mim sentindo-se culpados, devastados."

Passeando pelo corredor, uma vítima devastada fez um V com os dedos, às costas de Leverthal. Cabelo lambido e partido em três lugares. Duas tatuagens caseiras incompletas no antebraço.

"Mas mesmo assim cometeram crimes", observou Redman.

"Sim, mas..."

"Presumo que precisem ser lembrados."

"Não acho que dependam de alguém para isso, sr. Redman. Acho que eles se corroem de culpa."

Então ela era da vertente da culpa, o que não o surpreendeu. Esses analistas haviam tomado o púlpito. Estavam no lugar antes ocupado pelos pregadores da *Bíblia*, com sermões baratos sobre o fogo do inferno, porém com um vocabulário bem menos colorido. Fundamentalmente, no entanto, era a mesma história, inteirada com promessas de cura, caso os rituais fossem seguidos. Contemplai, os justos herdarão o Reino de Deus.

Havia uma perseguição no campo desportivo, percebeu. Perseguição, e agora uma captura. Uma vítima descia a bota em outra vítima menor; uma exibição um tanto impiedosa.

Leverthal percebeu a cena na mesma hora que Redman.

"Com licença. Preciso..."

Começou a descer as escadas.

"Sua oficina fica na terceira porta à esquerda, caso queira dar uma olhada", gritou por cima do ombro. "Volto num instante." Até parece que volta. A julgar pela progressão da cena no campo, seria preciso três pés-de-cabra para separar os dois.

Redman foi até a oficina. A porta estava trancada, mas pelo vidro aramado pôde ver os bancos, os tornilhos, as ferramentas. Nada mau. Poderia até mesmo lhes ensinar um pouco de carpintaria, se lhe deixassem sozinho o suficiente.

Um pouco frustrado por não conseguir entrar, voltou ao corredor, e desceu a escada no rastro de Leverthal, encontrando com facilidade a saída para o ensolarado campo desportivo. Havia um pequeno círculo de espectadores ao redor da briga, ou do massacre, que agora já tinha terminado. Leverthal estava de pé, observando o garoto no chão. Um dos guardas ajoelhava diante da cabeça do garoto; os ferimentos pareciam graves.

Alguns dos espectadores olharam para cima e encararam o novo rosto, conforme Redman se aproximava. Houve cochichos entre eles, e sorrisos.

Redman olhou para o garoto. Talvez 16 anos, deitado com a bochecha no chão, como se escutasse algo na terra.

"Lacey", Leverthal disse a Redman o nome do garoto.

"Machucou muito?"

O homem ao lado de Lacey balançou a cabeça.

"Nada grave. Foi só uma queda. Sem fraturas."

O nariz esmagado do garoto sangrava. Os olhos estavam fechados. Pacíficos. Podia estar morto. "Cadê essa droga de maca?", disse o guarda. Claramente estava desconfortável sobre o chão endurecido pela seca. "Já está vindo, senhor", respondeu alguém. Redman achou que era o agressor. Um sujeito magricela de uns 19 anos. Com um olhar que podia azedar leite a vinte passos de distância.

De fato, um pequeno pelotão de garotos emergiu do prédio principal, carregando uma maca e um cobertor vermelho. Todos com sorrisos arreganhados.

O bando de espectadores começou a se dispersar, agora que o melhor havia passado. Não era muito divertido catar os cacos. "Calma, calma", disse Redman. "Não precisamos das testemunhas aqui? Quem foi que fez isso?"

Alguns deram de ombros casualmente, mas a maioria se fingiu de surdo. Escapuliram como se ele não tivesse falado nada. Redman declarou: "A gente viu. Da janela".

Leverthal não ofereceu apoio.

"Não foi?", perguntou a ela.

"Acho que estávamos longe demais para fazermos qualquer acusação. Mas não quero mais saber de nenhum tipo de briga, estão todos me ouvindo?"

Ela tinha visto Lacey, que foi facilmente reconhecido daquela distância. Por que não reconheceu o agressor também? Redman se lamentou por não ter prestado atenção; sem nomes e personalidades para acompanhar os rostos, era difícil distingui-los. O risco de fazer uma acusação enganosa era alto, mesmo tendo quase certeza de que era o garoto com olhos de azedar leite. Não era o momento de cometer enganos, refletiu; dessa vez teria de deixar o caso passar. Leverthal parecia indiferente a tudo aquilo.

"Lacey", disse ela em voz baixa, "sempre Lacey."

"Ele pede", comentou um dos garotos com a maca, tirando dos olhos uma mecha de cabelos loiros, "não sabe fazer outra coisa."

Ignorando a observação, Leverthal supervisionou a transferência de Lacey para a maca, e começou a andar de volta ao prédio principal, com Redman na cola. Foi tudo muito casual.

"Lacey é um pouco debilitado", observou de maneira enigmática, quase como uma explicação; e isso era tudo. Sem mais compaixão.

Redman olhou para trás enquanto cobriam a forma inerte de Lacey com o cobertor vermelho. Duas coisas aconteceram, quase simultaneamente.

A primeira: alguém no grupo falou, "Esse que é o porco"; a segunda: os olhos de Lacey se abriram e encararam Redman, arregalados, claros e verdadeiros.

Redman passou boa parte do dia seguinte organizando a oficina. Muitas das ferramentas estavam quebradas ou inutilizadas por manuseio destreinado: serras sem dentes, cinzéis lascados ou cegos, tornilhos quebrados. Precisaria de dinheiro para suprir de novo a oficina com as ferramentas básicas do ofício, mas agora não era o momento de começar a fazer pedidos. Melhor esperar e ser visto realizando um trabalho decente. Já estava acostumado com as políticas institucionais; na polícia era do mesmo jeito. Por volta das quatro e meia uma sineta começou a tocar, bem longe da oficina. Ele a ignorou, mas após algum tempo seus instintos prevaleceram. Sinetas eram alarmes, e alarmes soavam para alertar as pessoas. Deixou a arrumação, trancou a porta da oficina atrás de si, e seguiu os ouvidos.

A sineta tocava no que era risivelmente chamado de Unidade Hospitalar, dois ou três cômodos separados do bloco principal e embelezados com alguns quadros e cortinas nas janelas. Não havia sinal de fumaça no ar, então com certeza não era um incêndio. Porém havia gritaria. Mais que gritaria. Um uivo.

Ele apertou o passo pelos corredores intermináveis e, ao dobrar em direção à Unidade, uma figura pequena trombou com ele enquanto corria. O impacto tirou o fôlego dos dois, mas Redman agarrou o braço do rapaz antes que ele escapasse. O cativo reagiu depressa, acertando os pés descalços na canela de Redman. Mas ele estava segurando o rapaz com força.

"Me solta seu filho da..."

"Calma! Calma!"

Os perseguidores estavam quase lá. "Segura ele!"

"Caralho! Caralho! Caralho! Caralho!"

"Segura ele!"

Era como enfrentar um crocodilo: o moleque tinha toda a força do medo. Mas o melhor de sua fúria havia se exaurido. Lágrimas jorravam dos olhos machucados, quando ele cuspiu no rosto de Redman. Segurava Lacey, o debilitado Lacey.

"Certo. Pegamos ele."

Redman deu um passo para trás enquanto o guarda cuidava daquilo, prendendo Lacey de um jeito que parecia capaz de quebrar o seu braço. Mais dois ou três surgiram no local. Dois garotos e uma enfermeira, uma criatura repulsiva.

"Me solta... Me solta...", gritava Lacey, sem mais vontade de lutar. Fez um bico em derrota, e os olhos bovinos, grandes e castanhos se viraram para cima, acusando Redman. Parecia ter menos de 16 anos, quase um pré-adolescente. Tinha uns fiapos de pelos na bochecha, e mais um pouco entre os machucados e o curativo mal aplicado no nariz. Um rosto bem feminino, um rosto virginal, de uma época que ainda existiam virgens. E ainda os olhos.

Leverthal apareceu tarde demais para fazer qualquer diferença.

"O que está acontecendo?"

O guarda sibilou. A caça tinha tirado o seu fôlego, e sua paciência.

"Ele se trancou nos lavatórios. Tentou fugir pela janela."

"Por quê?"

A pergunta era dirigida ao guarda, não à criança. Uma confusão e tanto. O guarda, aturdido, deu de ombros.

"Por quê?", Redman repetiu a pergunta a Lacey. O garoto apenas encarou, como se nunca lhe tivessem feito uma pergunta antes.

"O senhor é o porco?", disse de repente, com catarro saindo do nariz.

"Porco?"

"Significa policial", disse um dos garotos. O substantivo foi proferido com precisão zombeteira, como que dirigida a um imbecil.

"Conheço o significado, garoto", disse Redman, ainda determinado a encarar Lacey. "Conheço muito bem o significado."

"O senhor é?"

"Calado, Lacey", disse Leverthal, "já chega de confusão."

"Sim, filho. Eu sou o porco."

A guerra de olhares continuou, uma batalha particular entre garoto e homem.

"O senhor não sabe é de nada", disse Lacey. Não era um comentário sarcástico, o garoto estava apenas contando sua versão da verdade; o olhar não piscava.

"Tudo bem, Lacey, já chega." O guarda tentou levá-lo; a barriga ficou à mostra entre a parte de cima e a de baixo do uniforme, um domo liso de pele leitosa.

"Deixa o menino falar", disse Redman. "Do que eu não sei?"

"Ele pode contar pro diretor o lado dele nessa história", disse Leverthal, antes que Lacey pudesse responder. "Isso não compete ao senhor."

Mas lhe competia bastante. O olhar passou a lhe competir; tão cortante, tão maldito. O olhar demandava que competisse a ele.

"Deixa o menino falar", disse Redman, a autoridade na voz desbancou Leverthal. O guarda afrouxou um pouco os braços.

"Por que tentou fugir, Lacey?"

"Porque ele voltou."

"Quem voltou? Um nome, Lacey. De quem você está falando?"

Durante vários segundos Redman sentiu que o garoto enfrentava um pacto com o silêncio; então Lacey balançou a cabeça, rompendo o câmbio elétrico entre os dois. Pareceu perder o rumo em algum lugar; uma espécie de atordoamento o sufocava.

"Ninguém vai te machucar."

Lacey olhou para os próprios pés, franzindo o cenho. "Quero voltar para a cama agora", disse. Um pedido virginal.

"Não vão te machucar, Lacey. Prometo."

A promessa pareceu ter um efeito mínimo; Lacey permaneceu mudo. Mas não deixava de ser uma promessa, e esperava que Lacey entendesse. O menino parecia exausto devido ao esforço com a fuga malograda, a perseguição, os olhares. O rosto estava cinzento. Permitiu que o guarda o virasse, levando-o de volta. Antes de dobrar o canto, pareceu mudar de ideia; ele lutou para se soltar, não deu certo, mas conseguiu girar o rosto e encarar o interrogador. "Henessey", disse, reencontrando os olhos de Redman. Isso foi tudo. Retiraram-no de vista antes que pudesse dizer qualquer outra coisa.

"Henessey?", disse Redman, de repente sentindo-se um estranho. "Quem é Henessey?"

Leverthal estava acendendo um cigarro. As mãos tremiam um pouco enquanto ela fazia isso. Ele não havia percebido esse detalhe no dia anterior, mas não ficou surpreso. Ainda estava para ver um psicólogo que não tivesse os próprios problemas.

"O garoto está mentindo", disse ela. "Henessey não está mais conosco."

Uma breve pausa. Redman não reagiu de pronto, o que apenas a deixaria sobressaltada.

"Lacey é esperto", prosseguiu ela, colocando o cigarro nos lábios sem cor. "Ele sabe exatamente o ponto."

"Hum?"

"O senhor é novo por aqui, e ele quer passar a impressão de que tem um mistério só dele."

"Então não é nenhum mistério?"

"Henessey?", roncou. "Meu Deus, não. Ele escapou da detenção no começo de maio. Ele e Lacey..." Ela hesitou sem querer. "Ele e Lacey tinham algo juntos. Drogas, talvez, jamais descobrimos. Cheirar cola, masturbação mútua, sabe lá Deus o quê."

Ela realmente se incomodava com todo aquele assunto. Desgosto estava escrito com letras miúdas numa dúzia de lugares de seu rosto.

"Como Henessey fugiu?"

"Ainda não descobrimos", respondeu. "Apenas não apareceu para a chamada em certa manhã. O centro foi vasculhado de cabo a rabo. Mas ele desapareceu."

"É possível que ele volte?"

Uma risada genuína.

"Por Deus que não. Ele odiava este lugar. Além do mais, como poderia entrar?"

"Do mesmo jeito que saiu."

Leverthal aceitou o argumento com um murmúrio. "Ele não era muito brilhante, mas era inteligente. Não fiquei de todo surpresa quando desapareceu. Algumas semanas antes da fuga, andava bastante introspectivo. Eu não conseguia extrair nada dele, e antes disso ele conversava muito."

"E Lacey?"

"Beijava os pés dele. Acontece muito. O mais novo idolatra o indivíduo mais velho e experiente. Lacey tem um histórico familiar muito instável."

Perfeito, pensou Redman. Tão perfeito que ele não acreditava em nenhuma palavra daquela conversa. As mentes não eram pinturas numa exposição, todas numeradas e penduradas por ordem de influência, uma classificada como "inteligente", a outra como "impressionável". Elas eram rabiscos; pichações aleatórias, imprevisíveis, impossíveis de se confinar.

E o pequeno Lacey? Estava escrito em água.

As aulas começaram no dia seguinte, num calor tão opressivo que às 11h a oficina se transformava num forno. Mas os garotos reagiram rápido aos modos diretos de Redman. Reconheceram nele um homem que podiam respeitar sem gostar. Não esperavam favores e não recebiam nenhum. Era um arranjo estável.

Redman achou a equipe de funcionários no geral bem menos comunicativa que os garotos. Um bando de excêntricos, a maioria. Sequer uma pessoa corajosa entre eles, deduziu. A rotina de Tetherdowne, seus rituais de classificação, de humilhação, pareciam moê-los até se transformarem em cascalho comum. Pouco a pouco, flagrava-se evitando conversar com os colegas. A oficina se tornou um santuário, um lar fora de casa, com cheiro de corpos e madeira recém-cortada.

Foi apenas na segunda-feira seguinte que um dos garotos mencionou a fazenda.

Ninguém lhe dissera que havia uma fazenda no terreno do Centro, e Redman achou absurda essa ideia.

"Ninguém vai muito lá", disse Creeley, um dos piores carpinteiros deste mundo de Deus. "É fedida."

Risada geral.

"Tudo bem, chega."

A risada diminuiu, finalizada com piadinhas sussurradas.

"Onde fica essa fazenda, Creeley?"

"Não chega a ser uma fazenda de verdade, senhor", disse Creeley, mascando a língua (um hábito incessante). "São só uns barracos. Fedem, fedem muito, senhor. Especialmente agora."

Apontou através da janela para a mata que havia depois do campo desportivo. Desde a última vez que observara a vista, naquele primeiro dia com Leverthal, o terreno baldio tinha verdejado no calor úmido, ficando repleto de ervas daninhas. Creeley apontou para um muro de tijolos distante, quase oculto por uma cerca de arbustos.

"Está vendo, senhor?"

"Sim, estou vendo."

"É o chiqueiro, senhor."

Outra leva de risadinhas.

"Qual a graça?", virou-se para a classe. Uma dúzia de cabeças voltou ao trabalho.

"Eu não iria lá, senhor. Só se estivesse chapado."

Creeley não estava exagerando. Mesmo no frio relativo do final da tarde, o miasma da fazenda era de revirar o estômago. Redman apenas seguiu o faro através do campo e depois dos banheiros externos. As construções que avistou da janela da oficina surgiram. Alguns barracos decrépitos construídos com ferro corrugado e madeira podre, um galinheiro, e uma pocilga feita de tijolos era tudo o que a fazenda tinha a oferecer. Bem como Creeley dissera, não chegava a ser uma fazenda de verdade. Era uma versão minúscula e domesticada do campo de concentração de Dachau; imundo e descuidado. Alguém com certeza alimentava os poucos prisioneiros: as galinhas, meia dúzia de gansos, os porcos, mas ninguém parecia preocupado em limpar nada. Por isso aquele fedor tremendo. Os porcos, em especial, viviam num leito feito com o próprio esterco, ilhas de cocô requentadas pelo sol à perfeição, e povoadas por milhares de moscas.

A pocilga em si era dividida em dois compartimentos separados, divididos por um muro alto de tijolos. No terreno frontal de um deles, um porco pequeno e malhado deitava-se de lado na imundície, o flanco repleto de carrapatos e besouros. Outro porco, menor, podia ser visto na escuridão da parte interna, deitado na palha coberta de merda. Nenhum deles demonstrou qualquer interesse por Redman.

O outro compartimento parecia vazio.

Não havia excrementos no terreno, muito menos moscas na palha. Nem por isso o odor acumulado da matéria fecal era menos pungente, e Redman estava prestes a se virar, quando ouviu um barulho do lado de dentro, e um corpo enorme se endireitou. Inclinou-se diante do portão de madeira trancado a cadeado, suprimindo o futum com sua força de vontade, e espiou pela porta da pocilga.

A porca se aproximou para observá-lo. Tinha três vezes o tamanho de seus companheiros, uma suína gigantesca, que poderia muito bem ser a mãe dos porcos no chiqueiro adjacente. Mas onde suas crias eram imundas, a porca era imaculada, e o corpanzil rosado irradiava saúde. O tamanho impressionou Redman. Devia pesar o dobro dele, chutou. Uma criatura formidável. Um animal glamoroso, ao seu modo nauseabundo, tinha cílios loiros espiralados e um focinho brilhante com delicada pelugem, que engrossava até as cerdas em torno das orelhas pendentes, e contava com o aspecto oleoso e elegante dos olhos castanho-escuros.

Redman, menino da cidade, pouco tinha visto a realidade viva por detrás, ou prévia, à carne do prato. Essa porca maravilhosa surgiu como uma revelação para ele. A má fama que os porcos sempre tiveram, a reputação que os tornava sinônimo de sujeira, não passava de uma mentira.

A porca era bonita, do focinho fungando ao delicado rabo em forma de saca-rolhas, uma sedutora de cascos. Os olhos encaravam Redman como um igual, ele não tinha dúvidas, admirando-o ainda menos do que ele a admirava. Ela se sentia segura, assim como ele. Eram iguais sob um sol cintilante.

De perto, o corpo cheirava bem. Alguém claramente estivera ali na mesma manhã, enxaguando-a, alimentando-a. O cocho, agora Redman percebia, ainda transbordava com um monte de lavagem, os restos da comida do dia anterior. Ela não tocara naquilo; não era uma glutona.

Logo pareceu ter se cansado dele, e, grunhindo, virou-se com as patas ligeiras e retornou ao frescor do interior. A audiência havia terminado.

Aquela noite ele foi atrás de Lacey. O garoto tinha sido retirado da Unidade Hospitalar e levado ao seu quartinho miserável. Pelo visto, continuava a ser maltratado pelos outros garotos do dormitório, e a alternativa era esse confinamento solitário. Redman o encontrou sentado sobre uma pilha de gibis velhos, encarando a parede. As capas vivazes dos gibis deixavam o seu rosto mais leitoso que nunca. O curativo havia sido retirado do nariz, e a ferida se amarelava.

Apertou a mão de Lacey, e o garoto olhou para ele. Havia uma mudança completa desde o último encontro. Lacey estava calmo, até mesmo dócil. O aperto de mão, um ritual que Redman realizava sempre que encontrava os garotos na oficina, foi fraco.

"Você está bem?"

O garoto acenou com a cabeça.

"Gosta de ficar só?"

"Sim, senhor."

"Mais cedo ou mais tarde vai ter que voltar para o dormitório."

Lacey balançou a cabeça.

"Não pode ficar aqui para sempre, sabe."

"Ah, sei disso, senhor."

"Vai ter que voltar."

Lacey acenou. De alguma forma, o garoto parecia desprezar a lógica. Ele virou a página de um gibi do Super-Homem e olhou para a página dupla sem prestar atenção.

"Escuta, Lacey. Quero que a gente se entenda. Certo?"

"Sim, senhor."

"Não posso te ajudar se você mentir para mim. Posso?"

"Não."

"Por que semana passada você mencionou o nome de Kevin Hennessey? Sei que ele não está mais aqui. Fugiu, não foi?"

Lacey olhou para o herói de três cores na página do gibi.

"Não foi?"

"Ele está aqui", disse Lacey, muito baixo. O menino de repente ficou apreensivo. Estava na voz, e no modo como o rosto se fechava.

"Se ele fugiu, então por que voltaria? Isso realmente não faz sentido para mim, faz sentido para você?"

Lacey balançou a cabeça. Havia lágrimas no nariz, o que abafava as suas palavras, mas elas foram claras o suficiente.

"Ele não fugiu."

"Como assim?"

"Ele é esperto. O senhor não conhece Kevin. Ele é esperto." Ele fechou o gibi e olhou para Redman.

"Esperto como?"

"Ele planejou tudo, senhor. Tudinho."

"Você precisa ser mais claro."

"O senhor não vai acreditar em mim. Então não adianta eu falar mais, porque o senhor não vai acreditar em mim. Ele escuta, sabe, está por toda parte. Não se importa com as paredes. Os mortos não se importam com nada disso."

Morto. Uma palavra menor que fugitivo, mas que tirava o fôlego.

"Ele pode ir aonde quiser", afirmou Lacey, "quando quiser."

"Então está me dizendo que Henessey está morto?", perguntou Redman. "Cuidado, Lacey."

O garoto hesitou: sabia que estava andando numa corda bamba, prestes a perder o protetor.

"O senhor prometeu", disse de repente, frio como gelo.

"Prometi que não vão te machucar. Não vão. Falei a verdade. Mas isso não significa que você pode me contar mentiras, Lacey."

"Que mentiras, senhor?"

"Henessey não está morto."

"Está sim, senhor. Todo mundo sabe disso. Ele se enforcou. Com os porcos."

Redman já havia escutado muitas mentiras, contadas por especialistas, e se considerava um excelente identificador de mentirosos.

Conhecia todos os sinais delatores. Porém, o garoto não exibia nenhum deles. Estava contando a verdade. Redman sentia nos próprios ossos.

A verdade; somente a verdade; nada mais que.

Isso não significava que era verdade o que o garoto dizia. Ele estava simplesmente contando a verdade conforme a entendia. Acreditava que Henessey havia falecido. Isso não provava nada.

"Se Henessey estivesse morto..."

"Está, senhor."

"Se estivesse, como poderia estar aqui?"

O garoto olhou para Redman sem qualquer traço de malícia no rosto. "Não acredita em fantasmas, senhor?"

Uma solução tão transparente que desconcertou Redman. Henessey estava morto, e mesmo assim Henessey estava aqui. Logo, Henessey era um fantasma.

"Não acredita, senhor?"

O garoto não tinha feito uma pergunta retórica. Ele desejava — não, demandava — uma resposta racional a uma pergunta racional.

"Não, garoto", respondeu Redman. "Não, não acredito."

Lacey não pareceu se incomodar com esse conflito de opinião. "O senhor vai ver", disse, apenas. "Vai ver."

No chiqueiro nos limites do terreno, a enorme porca sem nome estava faminta.

Avaliava o ritmo dos dias e, conforme eles progrediam, seus desejos ficavam mais fortes. Sabia que os tempos de comer lavagem estragada num cocho haviam terminado. Outros apetites tomavam o lugar daqueles prazeres suínos.

Desde a primeira vez, desenvolveu um apetite por alimentos com certa textura, com certa ressonância. Não demandava comida o tempo inteiro, apenas quando a necessidade a dominava. Não era uma grande demanda: volta e meia bastava abocanhar a mão que lhe oferecia alimento.

Estava diante do portão de sua prisão, letárgica por conta da expectativa, esperando e esperando. Grunhia, rosnava, a impaciência transformava-se em raiva cega. No chiqueiro adjacente, seus filhotes castrados, por sua vez, pressentindo o seu estresse, se agitavam. Conheciam a sua natureza, e era perigosa. Afinal de contas, ela devorara dois de seus irmãos ainda vivos, ainda molhados, recém-saídos de seu próprio útero.

Então surgiram barulhos no véu azulado do crepúsculo, o suave som da passagem pelo matagal, acompanhada do murmúrio de vozes.

Dois garotos se aproximavam do chiqueiro com respeito e cuidado a cada passo. Ela os deixava nervosos, com razão. As histórias de seus feitos eram inúmeras.

Não era ela que quando se irritava assumia uma voz possessa, torcendo a boca gorda e porcina para conversar com uma língua furtada? Às vezes, não se erguia nas patas traseiras, rosas e imperiais, e demandava que os garotos menores fossem até a sombra para mamar nela, nus como seus filhotes? E não batia no chão com os cascos terríveis, até que a comida fosse cortada em pedacinhos e levada a sua bocarra por polegar e indicador tremendo? Tudo isso ela fazia.

E pior.

Nessa noite, os garotos sabiam, não levavam o que ela desejava. A carne do prato que eles carregavam não era adequada. Não era a carne branca e gostosa que ela tinha pedido com aquela voz, uma carne que, se quisesse, ela podia pegar à força. Hoje a comida era um simples bacon estragado, afanado da cozinha. A refeição que ela de fato almejava, a carne que havia sido perseguida e apavorada para os músculos se incharem, depois amassada como carne batida por martelo, para o deleite dela, essa carne estava sob proteção especial. Demoraria um pouco até que conduzissem essa carne até o matadouro. Enquanto isso, os garotos esperavam que ela aceitasse as desculpas e as lágrimas, e não os devorasse por raiva. Um dos garotos cagou nas calças ao chegarem no muro da pocilga, e a porca sentiu o cheiro. Sua voz assumiu um timbre diferente, saboreando a pujança do medo que eles sentiam.

Em vez do rosnado baixo, emitiu uma nota mais alta e ardente. Dizia: sei, sei. Venham aos seus veredictos.

Sei, sei.

Ela os observava por entre as ripas do portão, os olhos chispando como joias naquela noite soturna; mais brilhantes que a noite, pois continham vida, mais puros que a noite, pois continham desejo.

Os garotos se ajoelharam diante do portão, as cabeças curvadas em súplica, o prato que ambos seguravam coberto de leve por um pano de musselina manchado.

"Então?", disse ela. A voz soou inconfundível aos seus ouvidos. Era a voz dele, saindo pela boca da porca.

O mais velho, um menino negro com fenda palatina, falou baixinho aos olhos reluzentes, extraindo o melhor do próprio medo: "Não é o que você queria. Desculpa".

O outro garoto, desconfortável nas calças cheias, também murmurou suas desculpas.

"Mas vamos pegar ele para você. Vamos mesmo, sério. Vamos trazer ele em breve, assim que for possível."

"Por que não trouxeram hoje?", disse a porca.

"Ele está sob proteção."

"Um novo professor, o sr. Redman."

A porca parecia já saber de tudo. Lembrou-se do confrontamento do outro lado do muro, do modo como ele a encarava, como se ela fosse um espécime de zoológico. Então esse era o inimigo. Ela o devoraria. Ah, sim. Os garotos ouviram a promessa de vingança, e pareceram contentes porque agora o assunto estava fora de suas mãos.

"Dá a carne para ela", disse o garoto negro.

O outro se levantou, retirando a musselina. O bacon cheirava mal, mas mesmo assim a porca emitiu ruídos úmidos de entusiasmo. Talvez os tivesse perdoado.

"Anda logo, rápido."

O garoto segurou a primeira tira de bacon com o indicador e o polegar e o estendeu. A porca torceu a boca de lado e a devorou, exibindo os dentes amarelos. A tira desapareceu rapidamente. O mesmo aconteceu com a segunda, a terceira, a quarta, a quinta. A sexta e última tira ela mordeu junto com os dedos, arrancados com tanta elegância e velocidade que o garoto só gritou quando os dentes já mastigavam os dígitos finos e os engolia. Ele retirou a mão de cima do muro do chiqueiro, pasmo com a mutilação. Ela causara pouco dano, pensando bem. A cabeça do polegar e metade do indicador se foram. Os ferimentos sangraram muito rápido, à toda, espirrando na camisa e nos sapatos. Ela grunhiu e rosnou e pareceu satisfeita.

O garoto deu um grito e correu.

"Amanhã", disse a porca ao suplicante remanescente. "Não quero saber dessa porcaria. A carne precisa ser branca. Branca e lacerada." Ela achava engraçado esses trocadilhos.

"Sim", disse o garoto, "sim, claro."

"Sem falta", ordenou ela.

"Sim."

"Senão eu mesma vou lá. Está me ouvindo?"

"Sim."

"Eu mesma vou lá, aonde ele estiver escondido. Posso comer o menino na própria cama, se eu quiser. Quando ele estiver dormindo, eu como os pés, e as pernas, e as bolas, e a cintura..."

"Sim, sim."

"Quero ele", disse a porca, girando os cascos na palha. "Ele é meu."

"Henessey morto?", disse Leverthal, cabeça ainda baixa, enquanto redigia um de seus relatórios intermináveis. "Outra invenção. Num minuto o moleque diz que ele está no Centro, no outro, que está morto. O garoto nem conta a história dele direito."

Era difícil argumentar contra as incoerências, a não ser que se aceitasse a ideia dos fantasmas com a mesma disposição de Lacey. Não tinha como Redman tentar discordar do argumento da mulher. Essa parte era uma maluquice. Fantasmas eram bobagem; apenas os medos tornados visíveis. Porém a possibilidade do suicídio de Henessey fazia mais sentido a Redman. Ele insistiu nesse argumento.

"Mas de onde Lacey tirou essa história da morte de Henessey? É algo muito curioso de se inventar."

Ela se dignou a olhar para cima, o rosto contraído como um caracol dentro da concha.

"Imaginações férteis são uma constante neste lugar. Tenho cada relato em vídeo; o exotismo de alguns deixaria o senhor surpreso."

"Já ocorreu algum suicídio aqui?"

"Enquanto estou aqui?" Ela pensou por um momento, a caneta suspensa. "Duas tentativas. Nenhuma, acredito, com intenção de sucesso. Gritaram por ajuda."

"Henessey foi um deles?"

Ela se permitiu um pouco de escárnio enquanto balançava a cabeça.

"Henessey era instável de uma maneira completamente diferente. Achava que viveria para sempre. Esse era o seu pequeno sonho: Henessey, o Super-Homem nietzscheano. Sentia algo parecido com desprezo pela horda comum. Tinha certeza que pertencia a uma espécie diferente. Estava acima dos reles mortais como nós, assim como estava acima daquela..."

Ele sabia que ia dizer porca, mas ela se interrompeu antes de proferir a palavra.

"Daquela fazenda lamentável", finalizou, voltando o olhar para o relatório.

"Henessey passava algum tempo na fazenda?"

"Não mais que qualquer outro garoto", mentiu ela. "Nenhum deles gosta de trabalhar na fazenda, mas isso faz parte da escala de trabalho. Limpar esterco não é uma ocupação muito prazerosa. Posso garantir ao senhor."

Saber que ela havia contado uma mentira fez Redman segurar o detalhe final de Lacey: que Henessey tinha morrido no chiqueiro.

Ele deu de ombros, e tentou uma abordagem distinta.

"Lacey está sob alguma medicação?"

"Alguns sedativos."

"Os garotos sempre são sedados quando participam de uma briga?"

"Apenas quando tentam fugir. Não temos um quadro de funcionários que dê conta de supervisionar todos os garotos como Lacey. Não entendo por que o senhor está tão preocupado."

"Quero que ele confie em mim. Foi uma promessa. Não quero decepcioná-lo."

"Francamente, tudo isso soa como uma proteção especial. O garoto é apenas um entre muitos. Sem problemas singulares, e sem qualquer esperança em particular de redenção."

"Redenção?" Era uma palavra estranha.

"Reabilitação, como queira chamar. Veja bem, Redman, serei franca. Há uma sensação geral de que o senhor não está aqui de brincadeira."

"Hum?"

"Todos sentimos, e acho que isso inclui o diretor, que o senhor deveria nos deixar trabalhar do modo como estamos acostumados. Aprenda o básico antes de começar a..."

"Interferir."

Ela acenou com a cabeça. "Boa palavra. Está fazendo inimigos."

"Obrigado pelo aviso."

"Esse trabalho já é bem difícil sem inimigos, pode acreditar."

Ela tentou dar um olhar conciliatório, que Redman ignorou.

Podia conviver com inimigos, mas não com mentirosos.

Já fazia uma semana que a sala do diretor estava trancada. As explicações a respeito do seu paradeiro variavam. Encontros com entidades financiadoras era a razão que prevalecia entre os funcionários, embora o Secretário alegasse não saber muito bem. Alguém explicou que ele coordenava seminários na universidade, sobre pesquisas concernentes aos problemas dos Centros de Detenção. Talvez o diretor estivesse em um desses. Caso desejasse, o sr. Redman poderia deixar uma mensagem, que o diretor a receberia.

De volta à oficina, Lacey estava esperando por ele. Eram quase 19h15: as aulas haviam acabado.

"O que está fazendo aqui?"

"Esperando, senhor."

"O quê?"

"O senhor. Queria lhe entregar uma carta. Para a minha mãe. O senhor pode entregar a ela?"

“Você pode enviar da maneira normal, não? Entregue para a secretária, que ela repassa a carta. Você tem permissão para mandar duas cartas por semana.”

O rosto de Lacey ficou abatido.

“Eles leem, senhor; para evitar que alguém escreva algo que não deve. E se fizer isso, eles queimam a carta.”

“E você escreveu algo que não devia?”

Ele acenou com a cabeça.

“O quê?”

“Sobre Kevin. Contei tudo sobre Kevin, sobre o que aconteceu com ele.”

“Não estou muito certo de que seus fatos sobre Henessey estão corretos.”

O garoto deu de ombros. “É verdade, senhor”, disse, baixo, aparentemente sem se importar em convencer ou não o sr. Redman. “É verdade, senhor. Ele está lá. Dentro dela.”

“Dentro de quem? Do que está falando?”

Talvez Lacey estivesse falando, como Leverthal tinha sugerido, apenas por medo. Sua paciência com o garoto precisava de um limite, e era esse.

Uma batida na porta, e um indivíduo sarapintado chamado Slape o encarava do outro lado do vidro aramado.

“Entre.”

“Chamada urgente para o senhor. Lá na Secretaria.”

Redman odiava telefones. Máquina infausta; nunca trazia boas notícias.

“Urgente? De quem?”

Slape deu de ombros e cutucou o próprio rosto.

“Pode ficar com Lacey, por favor?”

Slape não pareceu feliz com isso.

“Aqui, senhor?”, perguntou.

“Aqui.”

“Sim, senhor.”

“Estou confiando em você, então não me decepcione.”

“Não, senhor.”

Redman se virou para Lacey. O olhar machucado tornava-se uma ferida aberta, agora que ele chorava.

"Me dê a carta. Eu levo para a secretaria."

Lacey tinha enfiado o envelope no bolso. Ele o retirou, relutante, e passou para Redman.

"Diga obrigado."

"Obrigado, senhor."

Os corredores estavam vazios.

Era o horário da televisão, quando começava a idolatria noturna do caixote. Eles ficavam colados ao aparelho em preto e branco que dominava a sala de recreação, diante duma papa de Programas Policiais e Programas de Auditórios e Programas sobre Guerras do Mundo, com as mandíbulas abertas e as mentes fechadas. Um silêncio hipnotizado dominava o grupo até surgir uma promessa de violência ou algumas pitadas de sexo. Então a sala entrava em erupção com assobios, obscenidades e gritos de encorajamento, apenas para diminuir de novo durante os diálogos, até um silêncio sinistro, enquanto esperavam por outra arma ou outros seios. Ele podia escutar dali os tiros e a música ecoando pelo corredor.

A secretaria estava aberta, mas o secretário não estava lá. Em casa, talvez. O relógio da secretaria marcava 20h19. Redman ajustou o seu relógio.

O telefone estava no gancho. Quem ligou ficou cansado de esperar, sem deixar mensagem. Embora estivesse aliviado por não ter sido uma chamada urgente o bastante para manter a pessoa esperando, agora sentia-se desapontado por não conversar com o mundo exterior. Assim como Crusoé ao avistar uma vela, apenas para vê-la passar direto pela ilha. Ridículo: ele não estava preso. Podia sair sempre que quisesse. Sairia naquela mesma noite: e não seria mais Crusoé.

Cogitou deixar na mesa a carta de Lacey, mas pensou melhor. Prometera proteger os interesses do garoto, e era o que faria. Se fosse necessário, ele mesmo postaria a carta.

Sem pensar em nada específico, voltou em direção à oficina. Vagas pontadas de desconforto ocupavam o seu sistema, atravancando suas reações. Suspiros presos na garganta, caretas no rosto. Que lugar desgraçado, disse em voz alta, referindo-se não às paredes e ao piso, mas à armadilha que representavam. Sentia que podia morrer ali, com as boas intenções enfileiradas em sua volta, como flores ao redor de um morto, e ninguém saberia, ou se importaria, ou choraria. O idealismo era uma fraqueza ali, assim como a compaixão e a indulgência. O desconforto era tudo: o desconforto e o – silêncio.

Era isso o que estava errado. Apesar de a televisão ainda estrondar e gritar pelo corredor, estava acompanhada pelo silêncio. Nada de uivos de lobo, nada de assobios.

Redman voltou correndo ao vestíbulo e atravessou o corredor até a sala de recreação. Era permitido fumar nessa seção do prédio, e o lugar fedia a cigarros rançosos. Logo adiante, a barulheira continuava inabalada. Uma mulher gritou o nome de alguém. Um homem respondeu e foi interrompido por uma rajada de fogo. Histórias contadas pela metade pairavam no ar.

Ele alcançou a sala e abriu a porta.

A televisão falou com ele. "Abaixe-se!"

"Ele está armado!"

Outro tiro.

A mulher, uma loira de seios grandes, levou o tiro no coração e morreu na calçada, ao lado do homem que amava. A tragédia não tinha testemunhas. A sala de recreação estava vazia, as velhas poltronas e as banquetas pichadas dispostas em volta da televisão estavam arrumadas para uma audiência que tinha entretenimento melhor aquela noite. Redman desviou dos assentos e desligou a televisão. A fluorescência azul-prateada arrefeceu, e a insistente batida da música foi cortada, então ele percebeu, no escuro, no silêncio, que havia alguém diante da porta.

"Quem é?"

"Slape, senhor."

"Eu mandei você ficar com Lacey."

"Ele precisou sair, senhor."

"Sair?"

"Saiu correndo, senhor. Não consegui impedir."

"Maldito seja. Como assim, não conseguiu impedir?"

Redman começou a atravessar de volta a sala, batendo o pé numa banqueta. Ela raspou no linóleo, um pequeno protesto.

Slape se contraiu.

"Desculpa, senhor", disse. "Não consegui segurar Lacey. Tenho um pé doente."

Sim, Slape de fato mancava.

"Para que lado ele foi?"

Slape deu de ombros.

"Não sei ao certo, senhor."

"É melhor se lembrar."

"Não precisa ficar com raiva, senhor."

O "senhor" era um melindre: uma paródia de respeito. Redman estava doido para dar um soco nesse adolescente cheio de pus. Estava a alguns centímetros da porta. Slape não se moveu.

"Sai da frente, Slape."

"Sério, senhor, não tem como ajudar Lacey agora. Ele já era."

"Eu mandei sair da frente."

Ao avançar um passo para empurrar Slape para o lado, houve um clique na altura do umbigo e o desgraçado pressionou uma faca retrátil contra a barriga de Redman. A ponta tocava a gordura da barriga.

"Não há mesmo necessidade de ir atrás dele, senhor."

"Pelo amor de Deus, o que você está fazendo, Slape?"

"Estamos apenas brincando", disse por entre os dentes acinzentados. "Ninguém vai se machucar de verdade. Melhor deixar quieto."

A ponta da faca havia tirado sangue. Calorosamente, ela desceu até a virilha de Redman. Slape estava disposto a matá-lo; sem dúvidas. Qualquer que fosse aquela brincadeira, Slape estava se divertindo sozinho. Matar um professor, esse era o nome do jogo. A faca ainda estava sendo pressionada, infinitesimalmente devagar, pela parede da carne de Redman. O pequeno riacho de sangue engrossou até se tornar um rio.

"Kevin aprecia uma brincadeira de vez em quando", disse Slape.

"Henessey?"

"Sim, o senhor gosta de chamar a gente pelos sobrenomes, não é? É mais macho, hein? Isso quer dizer que não somos mais moleques, quer dizer que somos homens. Só que Kevin não é exatamente um homem, veja bem, senhor. Nunca quis ser um homem. Na verdade, acho que ele odiava a ideia. Sabe por quê? (A faca agora cortava músculos com a mesma suavidade). Ele achava que assim que você virasse um homem, começava a morrer: e Kevin costumava falar que nunca ia morrer."

"Nunca ia morrer."

"Nunca."

"Quero conhecer Kevin."

"Todo mundo quer, senhor. Ele é carismático. Essa foi a palavra da doutora para ele: carismático."

"Quero conhecer esse sujeito carismático."

"Em breve."

"Agora."

"Eu disse que em breve."

Redman segurou pelo pulso a mão que agarrava faca, tão depressa que Slape não teve chances de pressionar a arma de volta. A reação do adolescente foi lenta, talvez dopada, e Redman tirou vantagem disso. A faca caiu da mão quando Redman apertou com mais força, e a outra mão estrangulou Slape, circundando com facilidade o pescoço emaciado. A palma de Redman pressionou o pomo de adão de seu agressor, sufocando-o.

"Onde está Henessey? Me leve até ele."

Os olhos que observavam Redman ficaram tão melindrados quanto as suas palavras, as íris como uma picada de agulha.

"Me leva até ele!", demandou Redman.

A mão de Slape encontrou a barriga cortada de Redman e deu um soco na ferida. Redman xingou, afrouxando a mão, e Slape quase escapuliu, mas Redman dobrou o joelho com força e rapidez na virilha do outro. Slape tentou se dobrar em agonia, mas o pescoço preso não permitiu. O joelho subiu de novo, mais forte. E de novo. De novo.

Lágrimas espontâneas escorreram pelo rosto de Slape, percorrendo o campo minado de espinhas.

"Posso machucar duas vezes mais que você", disse Redman, "então se quiser continuar fazendo isso a noite inteira, fico feliz que nem pinto no lixo."

Slape balançou a cabeça, tomando fôlego pela traqueia contraída, com lufadas curtas e dolorosas.

"Quer mais?"

Slape balançou a cabeça de novo. Redman o soltou e o jogou na parede do outro lado do corredor. Choramingando de dor, o rosto comprimido, deslizou escorado na parede até ficar em posição fetal, com as mãos entre as pernas.

"Onde está Lacey?"

Slape começou a tremer; as palavras tombaram.

"Onde você acha? Kevin pegou ele."

"Onde está Kevin?"

Slape olhou para Redman, aturdido.

"Você não sabe?"

"Se eu soubesse não estava perguntando, né?"

Slape pareceu se jogar para a frente enquanto falava, emitindo um suspiro de dor. A primeira coisa que Redman pensou foi que o jovem estava entrando em colapso, mas Slape tinha outras ideias. A faca de repente estava em sua mão, apanhada do chão, e Slape a levava à virilha de Redman. Ele desviou do corte por pouco, e Slape ficou de pé novamente, a dor esquecida. A faca fatiava o ar de um lado para o outro, Slape sibilando sua intenção por entre os dentes.

"Te mato, porco. Te mato, porco."

Então a boca se arreganhou e ele começou a gritar: "Kevin! Kevin! Me ajuda!".

As investidas eram cada vez menos precisas, conforme Slape perdia o controle de si mesmo, lágrimas, catarro e suor melavam o seu rosto enquanto ele cambeteava em direção à pretensa vítima.

Redman escolheu o momento, e acertou uma pancada dilacerante no joelho de Slape, na perna fraca, ele chutou. Chutou certo.

Slape gritou, e cambaleou para trás, girando e batendo de cara na parede. Redman foi atrás e pressionou as suas costas. Percebeu tarde demais o que fizera. O corpo de Slape amoleceu e a mão que segurava a faca, apertada entre a parede e o corpo, desceu, ensanguentada e vazia. Slape exalou o ar da morte e desabou pesadamente contra a parede, enfiando a faca ainda mais nas próprias tripas. Estava morto antes de tocar o chão.

Redman virou o corpo para cima. Jamais se acostumara com a extemporaneidade da morte. Partir com tanta velocidade, como a imagem da tela de uma televisão. Após ser desligada, o vazio. Sem mensagens.

O silêncio profundo dos corredores era arrebatador, quando ele retornou ao vestíbulo. O corte na barriga não era profundo, e o sangue na camisa tinha criado a própria crosta de bandagem, colando o algodão à carne e fechando o ferimento. Nem doía muito. Mas o corte era o menor dos problemas: agora ele tinha mistérios a desvendar, exausto. Não havia saúde nisso, ou bondade, ou razão.

De repente passou a acreditar em fantasmas.

No vestíbulo havia uma luz acesa, uma lâmpada isolada suspensa no espaço sem vida. Debaixo dela, leu a carta amassada de Lacey. As palavras borradas no papel eram como fósforos acesos na madeira de seu pânico.

Mamãe,

Eles me deram pra porca comer. Não acredite neles se disserem que eu não te amava, ou se disserem que eu fugi. Não fugi. Eles me deram pra porca comer. Te amo.

Tommy.

Guardou a carta no bolso e saiu correndo do prédio, através do campo. Agora estava bem escuro: uma escuridão profunda, sem estrelas, e com mormaço no ar. Nem mesmo durante o dia ele tinha certeza do caminho até a fazenda; à noite era pior. Logo se perdeu em algum lugar entre o campo desportivo e as árvores. Estava longe demais para ver os contornos do prédio principal atrás de si, e as árvores à frente eram todas parecidas.

O ar noturno estava pestilento; sem vento para refrescar seus membros cansados. Do lado de fora o ar estava tão parado quanto lá dentro, como se o mundo inteiro se tornasse um ambiente fechado: um quarto sufocante cujo teto era uma pintura de nuvens.

Ele parou no escuro, o sangue latejando na cabeça, e tentou se orientar. À esquerda, onde chutara que estariam os banheiros externos, uma luz piscou. Ficou claro que ele estava completamente enganado quanto à própria posição. A luz vinha do chiqueiro. Ela delineou a silhueta do galinheiro decrépito enquanto ele observava. Havia pessoas lá, várias; assistiam de pé a um espetáculo que ele ainda não conseguia ver.

Seguiu em direção ao chiqueiro, sem saber o que faria quando chegasse. Se estivessem todos armados como Slape e compartilhassem de suas intenções homicidas, seria o seu fim. O pensamento não o preocupou. De alguma forma, naquela noite parecia uma opção atrativa partir deste mundo miserável. Uma desgraça.

E ainda havia Lacey. Duvidara por um momento, após conversar com Leverthal, quando se perguntou por que se importava tanto com o garoto. Aquela acusação de apelo especial continha certa verdade. Tinha algo em si que o fazia desejar Thomas Lacey despido ao seu lado? Não seria esse o subtexto do comentário de Leverthal? Mesmo agora, correndo sem segurança em direção às luzes, tudo no que ele conseguia pensar era nos olhos do garoto, enormes e exigentes, olhando no fundo dos seus.

Adiante surgiram figuras da noite, se afastando da fazenda. Podia enxergá-los contra a luz do chiqueiro. Já havia terminado? Fez um longo desvio à esquerda das construções, para evitar os espectadores que deixavam a cena. Não emitiam nenhum ruído: sem conversa ou risadas entre eles. Como uma congregação deixando um funeral, andavam enfileirados no escuro, um separado do outro, cabeças curvadas. Era bizarro, ver esses delinquentes sem Deus tão silenciados pela reverência.

Chegou ao galinheiro sem encontrar nenhum deles face a face.

Ainda havia algumas figuras paradas em volta da pocilga. No muro do compartimento da porca havia dúzias e dúzias de velas enfileiradas.

Queimavam de maneira uniforme no ar estático, projetando uma luz forte e quente nos tijolos e nos rostos dos poucos que ainda assistiam aos mistérios do chiqueiro.

Leverthal estava entre eles, assim como o guarda que tinha se ajoelhado diante da cabeça de Lacey no primeiro dia. Também havia dois ou três garotos cujas faces reconhecia, mas era incapaz de dizer o nome.

Ouviu um barulho no chiqueiro, o som das patas da porca sobre a palha, enquanto ela recebia seus olhares. Alguém estava discursando, mas ele não conseguiu discernir quem era. Uma voz adolescente, algo melodiosa. Quando a voz interrompeu o monólogo, o guarda e um dos garotos saíram de sua formação, como que em dispensa, e adentraram a escuridão. Redman chegou um pouco mais perto. Agora o tempo era de suma importância. Em breve, o primeiro da congregação cruzaria o campo e voltaria ao Prédio Principal. Encontraria o cadáver de Slape: faria alarde. Precisava encontrar Lacey agora, se ainda fosse possível encontrá-lo, na verdade.

Leverthal foi a primeira a vê-lo. Tirou os olhos do chiqueiro e acenou em cumprimento, aparentemente despreocupada com a aparição. Era como se a sua chegada no local fosse inevitável, como se todos os caminhos levassem à fazenda, ao barraco de palha e ao fedor de excremento. Até que fazia sentido ela acreditar nisso. Ele mesmo quase acreditava.

"Leverthal", disse ele.

Ela sorriu abertamente. O garoto ao lado ergueu a cabeça e também sorriu.

"Você é Henessey?", perguntou, olhando para o garoto.

O jovem gargalhou, assim como Leverthal.

"Não", respondeu ela. "Não. Não. Não. Henessey está ali."

Apontou para dentro da pocilga.

Redman percorreu os metros que faltavam até o muro da pocilga, esperando e sem ousar esperar, a palha e o sangue e a porca e Lacey.

Mas Lacey não estava lá. Apenas a porca, grande e lustrosa como nunca, de pé em meio ao próprio estrume, as orelhas enormes e ridículas batendo por cima dos olhos.

"Onde está Henessey?", perguntou Redman, encontrando o olhar da porca.

"Aí", disse o garoto.

"Isso é uma porca."

"Ela comeu ele", declarou o jovem, ainda sorrindo. Pelo visto adorava a ideia. "Ela comeu ele, e ele fala por meio dela."

Redman quis rir. Os fantasmas de Lacey pareciam plausíveis, em comparação. Estavam dizendo que a porca estava possuída.

"Henessey se enforcou, como Tommy disse?"

Leverthal acenou com a cabeça.

"No chiqueiro?"

Outro aceno.

De repente a porca assumiu um aspecto diferente. Em sua imaginação, Redman a viu se erguendo para fungar nos pés do corpo espasmódico de Henessey, sentindo a morte o dominando, salivando ao pensar em sua carne. Imaginou-a lambendo o sumo que escorria da pele dele ao apodrecer, passando a língua, mordiscando com delicadeza, então devorando. Não era muito difícil imaginar como os garotos poderiam ter criado uma mitologia da atrocidade: composto hinos a isso, servindo à porca como a uma deusa. As velas, a reverência, o pretenso sacrifício de Lacey: eram evidências de doença, mas não mais estranha que mil outros ritos de fé. Até passou a compreender a lassidão de Lacey, sua inabilidade em enfrentar os poderes que o subjugavam.

Mamãe, eles me deram pra porca comer.

Não mamãe, me ajude, me salve. Apenas: me deram pra porca.

Tudo isso ele podia compreender: eram moleques, muitos sem educação, alguns à beira da instabilidade mental, todos suscetíveis à superstição. Mas isso não explicava Leverthal. Ela voltou a observar o chiqueiro, e Redman registrou pela primeira vez que os cabelos estavam soltos, sobre os ombros, cor de mel à luz das velas. "Para mim parece uma porca, pura e simplesmente", disse.

"Ela fala com a voz dele", disse Leverthal, em voz baixa. "Fala em idiomas, podemos dizer assim. Logo você vai ouvir. O meu querido garoto."

Então ele compreendeu. "Você e Henessey?"

"Não fique tão assustado", respondeu ela. "Ele já tinha 18 anos: o cabelo mais preto que você já viu. E me amava."

"Por que ele se enforcou?"

"Para viver eternamente", respondeu, "jamais tornar-se um homem, e morrer."

"Demoramos seis dias para encontrar ele", disse o jovem, quase sussurrando no ouvido de Redman, "e mesmo depois disso, ela não deixava ninguém encostar nele, pois ele era só dela. Falo da porca. Não da doutora. Todo mundo amava Kevin, veja bem", sussurrou intimamente. "Ele era bonito."

"E onde Lacey está?"

O sorriso amoroso de Leverthal desapareceu.

"Com Kevin", respondeu o jovem, "onde Kevin deseja." Apontou para o portão do chiqueiro. Havia um corpo deitado na palha, de costas para o portão.

"Se quiser, pode ir lá pegar ele", disse o garoto, e no momento seguinte segurou a nuca de Redman como um tornilho.

A porca respondeu com ação repentina. Começou a bater os cascos na palha, exibindo o branco dos olhos.

Redman tentou se livrar dos braços do garoto, ao mesmo tempo lhe dando uma cotovelada na barriga. O garoto recuou, xingando sem fôlego, apenas para ser substituído por Leverthal.

"Vai lá pegar", disse ela ao puxar os cabelos de Redman. "Vai lá pegar se você quer tanto assim." Passou-lhe as unhas na têmpora e no nariz, poupando seus olhos por pouco.

"Sai de cima de mim!", disse ele, tentando tirar a mulher, mas ela estava presa, a cabeça indo para frente e para trás enquanto tentava pressioná-lo contra o muro.

O resto aconteceu com uma velocidade horrível. Seus cabelos compridos passaram na chama de uma vela e a cabeça pegou fogo, as chamas subindo com velocidade. Gritando por ajuda, ela trombou de forma pesada contra o portão. Ele não suportou o peso dela, e cedeu para dentro. Redman assistiu sem poder fazer nada, enquanto a mulher em chamas caía na palha. As chamas se espalharam entusiasticamente pelo terreiro, queimando a palha, em direção à porca.

Mesmo agora, em situação extrema, a porca ainda era uma porca. Nada de milagres: sem fala, ou súplica, ou línguas. O animal entrou em pânico com as chamas em sua volta, encurralando o corpanzil e chamuscando os flancos. O ar se empesteou com o fedor de bacon queimado quando o fogo subiu pelos lados e pela cabeça, alcançando as cerdas como um incêndio florestal.

A voz era voz de porca; as reclamações, reclamações de porca. Guinchos histéricos escapavam dos lábios e ela atravessou o terreno da pocilga e saiu pelo portão quebrado, pisoteando Leverthal.

O corpo da porca, ainda em chamas, era uma coisa mágica na noite, enquanto ela chispava através do campo, retorcida de dor. Os guinchos não diminuíram após ela ser engolida pelas trevas, pareciam apenas ecoar de um lado ao outro do campo, incapaz de encontrar uma saída daquele quarto fechado.

Redman passou por cima do cadáver incinerado de Leverthal e entrou no chiqueiro. A palha queimava de todos os lados, e o fogo crepitava em direção à porta. Ele semicerrou os olhos contra a fumaça lancinante e se jogou na pocilga. Lacey estava deitado, como estivera o tempo inteiro, de costas para a porta. Redman virou o garoto. Estava vivo. Estava acordado. O rosto, inchado com lágrimas e terror, tirou os olhos do travesseiro de palha, olhos tão arregalados que pareciam prestes a saltar da cabeça.

"Levante-se", disse Redman, curvando-se sobre o garoto.

O corpo pequeno estava rígido, e tudo o que Redman podia fazer era separar seus membros. Com pequenas palavras de cuidado, levantou o garoto enquanto a fumaça começava a rodopiar pela pocilga.

"Vamos, está tudo bem, vamos."

Ele ficou ereto e alguma coisa raspou em seu cabelo. Redman sentiu uma pequena chuva de vermes no rosto e viu Henessey em cima dele, ou seus restos mortais, ainda pendurados na viga da pocilga. Os traços estavam inidentificáveis, reduzidos a uma meleca mole e escura. O corpo estava roído na cintura, e as entranhas expostas da carcaça fétida pendiam repletas de vermes, diante do rosto de Redman.

Não fosse a fumaça espessa, o cheiro do corpo teria sido sobrepujante. Tal como o vira, Redman sentiu apenas revolta, e a revolta fortaleceu o seu braço. Ele arrastou Lacey para longe da sombra do corpo e o empurrou pela porta.

Do lado de fora, a palha não queimava mais com tanta intensidade, porém a luz do incêndio e das velas e do corpo em chamas ainda lhe obrigaram a apertar os olhos após sair do interior escuro.

"Vamos, cara", disse ele, erguendo o menino em meio às chamas. Os olhos do garoto tinham um brilho vivaz, um brilho lunático. Nada diziam.

Cruzaram o chiqueiro até o portão, saltando o corpo de Leverthal, e seguiram para dentro da escuridão do campo aberto. O garoto parecia sair do estado absorto a cada passo que se afastava da fazenda. Atrás deles, o chiqueiro agora não passava de uma memória chamejante. À frente, a noite continuava estática e impenetrável como nunca.

Redman tentou não pensar na porca. Agora com certeza estava morta.

No entanto, enquanto corriam, pareceu notar um ruído de algo enorme pisando na terra, satisfeito em manter distância, agora precavido, mas inabalável em sua perseguição.

Puxou o braço de Lacey, e apertou o passo sobre o solo esturricado de sol. Lacey agora choramingava, ainda sem falar nada, mas ao menos emitindo algum ruído. Era um bom sinal, o sinal de que Redman precisava.

Bastava de insanidade.

Alcançaram o prédio sem quaisquer incidentes. Os corredores estavam tão vazios quanto uma hora antes, quando ele tinha saído. Talvez ainda não tivessem encontrado o corpo de Slape. Era possível. Nenhum dos garotos parecia num humor adequado para a recreação. Talvez tivessem seguido em silêncio até os dormitórios, para dormir após a idolatria.

Hora de procurar um telefone e chamar a polícia.

O homem e o garoto atravessaram o corredor de mãos dadas até o escritório do diretor. Lacey retomara o silêncio, mas sua expressão não estava mais tão maníaca; parecia prestes a se lavar em lágrimas. Fungava; fazia barulhos com a garganta.

Ele apertou a mão de Redman com força, então relaxou completamente.

Adiante, o vestíbulo estava escuro. Alguém havia quebrado a lâmpada pouco tempo antes. Ela ainda balançava de forma suave no cabo, iluminada por uma luz fraca que penetrava pela janela.

"Vamos. Não precisa ter medo. Vamos, garoto."

Lacey se curvou até a altura da mão de Redman e a mordeu. O truque foi tão rápido que ele soltou o garoto sem perceber e, quando viu, Lacey já mostrava os calcanhares, afastando-se do vestíbulo pelo corredor. Sem problemas. Não podia ir muito longe. Só assim para Redman se contentar com os muros e as barras daquele lugar.

Redman cruzou o vestíbulo escurecido e foi até a Secretaria. Nada se mexia. Quem tinha quebrado a lâmpada estava bastante quieto e imóvel.

O telefone também tinha sido destruído. Não apenas quebrado, mas esbagaçado.

Redman deu a volta até a sala do diretor. Lá havia um telefone; não seria impedido por vândalos. A porta estava trancada, claro, mas Redman estava preparado para isso. Destruiu com o cotovelo o vidro fosco da janela da porta, e esticou o braço para o outro lado. Sem chave.

Mas que droga, pensou, e bateu com o ombro na porta. Era feita de madeira firme e resistente, e a tranca era de qualidade. O ombro doeu e o ferimento na barriga se reabriu, quando a tranca enfim cedeu e ele ganhou acesso à sala.

O chão estava sujo de palha; o fedor fazia o chiqueiro parecer cheiroso. O diretor estava deitado atrás da mesa, com o coração comido.

"A porca", disse Redman. "A porca. A porca." E ainda dizendo "a porca", pegou o telefone.

Barulho. Ele se virou e recebeu uma pancada na cara. Quebrou o malar e o nariz. A sala ficou embaçada, e depois branca.

O vestíbulo não estava mais escuro. Velas ardiam, pareciam centenas, em cada canto, em cada extremo. Mas a cabeça estava rodando, a visão turva devido à concussão. Podia ser uma única vela, multiplicada pelos sentidos que não eram mais confiáveis para discernir a verdade.

Estava parado no meio da arena do vestíbulo, sem saber muito bem como continuava de pé, pois as pernas estavam dormentes e inúteis. Na visão periférica, além da luz de velas, podia escutar pessoas conversando. Não, não exatamente conversando. Não eram palavras de verdade. Eram sons sem sentido, feitos por pessoas que podiam ou não estar lá.

Então ouviu o grunhido, o grunhido baixo e asmático da porca, e bem na frente ela surgiu das ondulantes luzes das velas. Não estava mais bela e reluzente. Os flancos estavam chamuscados, os olhos lustrosos ressecados, o focinho de algum modo retorcido e disforme. Cambaleou em sua direção bem devagar, e bem devagar a figura montada nela ficava visível. Claro que era Tommy Lacey, nu como no dia em que nasceu, o corpo rosado e sem pelos como um dos porquinhos dela, a face desprovida de sentimento humano. Seus olhos agora eram os olhos dela, e ele guiava a grande porca pelas orelhas. E o barulho da porca, o barulho arrastado, não saía pela boca da porca, mas pela boca dele. A voz da porca era dele.

Redman disse o seu nome em voz baixa. Não Lacey, mas Tommy. O garoto não parecia escutar. Apenas nesse momento, conforme a porca e seu jóquei se aproximavam, Redman percebeu por que não caía de cara no chão.

Havia uma corda em volta de seu pescoço.

Exatamente enquanto pensava isso, o laço se apertou, e ele foi suspenso no ar.

Não houve dor, porém um horror profundo, pior, muito pior que a dor, abriu-se nele, um desfiladeiro de perda e pesar, onde tudo o que existia se afundava.

Abaixo dele, a porca e o garoto pararam sob os pés suspensos. O garoto, ainda grunhindo, tinha saído de cima da porca e estava agachado ao lado da besta. No ar acinzentado, Redman podia ver a curva da espinha do garoto, a pele imaculada de suas costas. Também viu a corda com um nó que se projetava do meio das nádegas brancas, a ponta esfiapada. Igualzinho a um rabo de porco.

A porca ergueu a cabeça, como se os olhos vissem além.

Ele gostou de pensar que ela estava sofrendo, e agora sofreria até a morte. Era quase o suficiente pensar nisso. Então a porca abriu a boca e falou. Ele não entendeu bem como as palavras saíam, mas saíam. Uma voz de garoto, melodiosa.

"Eis a condição do animal", declarou a voz, "comer e ser comido."

Então a porca sorriu e, embora acreditasse que estava anestesiado, Redman sentiu o primeiro choque de dor, quando os dentes de Lacey arrancaram um pedaço de seu pé, e então o garoto, rosnando, escalou o corpo de seu salvador para dar um beijo fatal.

O caminho que leva ao Paraíso começa no Inferno.

— Dante Alighieri —

SEXO, MORTE E ESTRELAS

Diane passou os dedos perfumados na barbicha ruiva que Terry não fazia há dois dias.

“Amo”, disse. “Até as partes grisalhas.”

Amava tudo nele, ao menos era o que dizia.

Quando ele a beijava: amo.

Quando a despia: amo.

Quando baixava a cueca: amo, amo, amo.

Caía de boca com um entusiasmo tão puro, que tudo o que ele podia fazer era observar o topo da cabeça loira balançando na virilha, e esperar por Deus que ninguém entrasse por acaso no camarim. Era casada, afinal de contas, ainda que fosse uma atriz. Até ele tinha uma esposa em algum lugar. Esse *tête-à-tête* daria uma manchete suculenta em algum dos tabloides locais, e ele tentava angariar uma reputação de diretor sério; sem artifícios, sem fofocas; só arte.

No entanto, todos os pensamentos ambiciosos eram dissolvidos na língua com que ela devastava seus terminais nervosos. Como atriz não era lá essas coisas, mas, meu Deus, que performance. Técnica impecável; noção de tempo perfeita: por instinto ou por ensaio, sabia exatamente quando intensificar o ritmo e levar a cena inteira a uma conclusão satisfatória.

Quando ela terminou de ordenhá-lo, ele quase desejava aplaudir. Todo o elenco da produção de *Noite de Reis* de Calloway sabia do caso, claro. Trocavam comentários sarcásticos casuais, quando a atriz e o diretor se atrasavam para os ensaios, ou se ela chegasse toda contente e ele ruborizasse. Ele tentava persuadi-la a controlar o aspecto de gata manhosa que lhe perpassava o rosto, mas ela apenas não fingia muito bem. O que era risível, considerando-se a profissão.

Mas La Duvall, como Edward insistia em chamá-la, não precisava atuar muito bem, pois era famosa. E daí que recitasse Shakespeare como um Hiawatha, dum de dum de dum de dum? E daí que o alcance psicológico fosse duvidoso, a lógica falha, a projeção inadequada? E daí que tivesse tanta noção de poesia quanto de conduta moral? Era uma estrela, e isso era valioso.

Não era possível tirar isso dela: seu nome era dinheiro. A publicidade do Teatro Elysium anunciava o motivo de sua fama com fonte Roman Bold de sete centímetros, preto sobre amarelo: "Diane Duvall: estrela de *A Filha do Amor*".

A Filha do Amor. Talvez a pior telenovela a se infiltrar nas telas da nação em toda a história do gênero, duas sólidas horas semanais de personagens mal escritos e diálogos emburrecedores cujos resultados, bastante consistentes, eram altos índices de audiência, e seus atores quase da noite para o dia se tornaram estrelas radiantes no céu de glitter da televisão. E ali estava, fulgurante, o mais brilhante dos brilhos, Diane Duvall.

Talvez não tivesse nascido para atuar nos clássicos, mas Nossa Senhora, como era boa de bilheteria. E nessa época, com teatros desertos, tudo o que importava era o número de apostadores nos assentos.

Calloway se resignara ao fato de que não faria a *Noite de Reis* definitiva, mas se a produção fizesse sucesso, e com Diane no papel de Viola as chances eram grandes, isso poderia lhe abrir algumas portas no West End. Além do mais, trabalhar com a sempre adorável e sempre exigente Senhorita D. Duvall tinha algumas compensações.

Calloway puxou para cima as calças de sarja e olhou para ela. Dava a ele o sorriso cativante usado na cena da carta. Expressão Cinco do repertório de Duvall, em algum lugar entre o Virginal e o Materno.

Ele manifestou apreço pelo sorriso usando um do próprio estoque, um olhar curto e amoroso que se passava por genuíno a um metro de distância.

Então conferiu o relógio.

"Meu Deus, estamos atrasados, querida."

Ela lambeu os lábios. Realmente gostava tanto assim do sabor?

"É melhor eu arrumar o cabelo", disse ela, levantando-se e olhando no espelho comprido ao lado do chuveiro.

"Sim."

"Tudo bem com você?"

"Não podia estar melhor", respondeu. Beijou-a de maneira suave no nariz e a deixou sozinha se penteando.

A caminho do palco, enfiou-se no Camarim Masculino para ajustar a roupa e molhar as bochechas ardentes com água gelada. O sexo sempre fazia emergir no rosto e na parte superior do peito uma mancha que o denunciava. Curvando-se para espirrar água em si mesmo, Calloway examinou de forma crítica os próprios traços no espelho da pia. Após 36 anos repelindo os sinais de velhice, começava a ficar parecido com o personagem. Não era mais o protagonista juvenil. Havia um inchaço indiscutível debaixo dos olhos que nada tinha a ver com a falta de sono, além de rugas na testa e ao redor da boca. Não parecia mais um garoto prodígio; os segredos da devassidão estavam escritos em todo o rosto. Os excessos do sexo, da bebida e da ambição, a frustração de aspirar e apenas desperdiçar a grande chance tantas vezes. Como estaria agora, pensou com amargura, caso se contentasse em ser um zé-ninguém, sem graça, trabalhando num pequeno teatro ambulante, com um público garantido de dez aficionados todas as noites, e devotado a Brecht? Sem dúvida teria o rosto liso como a bunda de um bebê, aparência da maioria das pessoas do teatro socialmente engajado. Vazio e contente, pobre gado.

"Bem, quem não paga, não leva", disse a si mesmo. Deu uma última olhada para o exausto querubim no espelho, refletindo que, com ou sem pés de galinha em sua pele, as mulheres ainda não podiam resistir a ele, e saiu para enfrentar os contratempos e as atribulações do Ato III.

No palco ocorria um debate caloroso. O carpinteiro, chamado Jake, havia produzido duas cercas-vivas para o jardim de Olívia. Ainda precisavam ser cobertas de folhas, mas pareciam um tanto impressionantes, passando do fundo do palco ao ciclorama, onde o resto do jardim seria pintado. Nada desses troços simbólicos. Um jardim era um jardim: grama verde, céu azul. Era assim que a audiência gostava, no Norte de Birmingham, e Terry apreciava esses gostos simples.

"Terry, amor."

Eddie Cunningham o segurou na mão e no cotovelo, conduzindo-o ao combate.

"Qual o problema?"

"Terry, amor, não fode (saiu aos tropeços da língua: fode), é sério esse papo de cerca-viva? Diz pro Titio Eddie que não é sério, antes que eu tenha um ataque." Eddie apontou para as ofensivas cercas-vivas. "Que dizer, olha pra isso." Enquanto falava, uma fina pluma de cuspe silvou no ar.

"Qual o problema?", perguntou Terry de novo.

"Problema? As marcações, amor, as marcações. Pense nisso. Ensaiamos toda essa cena comigo correndo pra cima e pra baixo que nem uma lebre no cio. Para cima à direita, para baixo à esquerda — mas elas não funcionam se não tenho acesso para dar a volta por trás. E veja! Essas porcarias estão niveladas com o cenário de fundo!"

“Elas precisam ficar lá por causa da ilusão, Eddie.”

“Mas aí não consigo dar a volta, Terry. Você precisa entender o que estou falando.”

Então apelou aos outros presentes no palco: carpinteiros, dois técnicos, três atores.

“Quer dizer — não dá tempo.”

“Eddie, vamos refazer as marcações.”

“Oh.”

Aquilo tirou o ar de seus pulmões.

“Não?”

“Hum.”

“Acho que parece mais fácil, não?”

“Sim... Mas eu gostava...”

“Eu sei.”

“Bem. Necessidades na frente. E quanto aos tacos?”

“Vamos cortar também.”

“E todo aquele lance com os tacos de croqué? As obscenidades?”

“Vamos ter que tirar tudo. Desculpa, não tinha pensado muito nisso. Não estava pensando direito.”

Eddie se agitou.

“Mas você só faz isso, amor, pensar direito...”

Risos. Terry deixou passar. A crítica de Eddie era genuína; ele não havia considerado os problemas do desenho das cercas-vivas.

“Desculpa por isso tudo; mas não tem como a gente acomodar essas coisas todas.”

“Você não vai cortar as partes de mais ninguém, disso eu tenho certeza”, afirmou Eddie. Deu uma olhada para Diane por cima do ombro de Calloway, então se dirigiu ao camarim. Saída de ator enfurecido, palco à esquerda. Calloway não fez nenhuma tentativa de impedi-lo. Paparicá-lo teria piorado bastante a situação. Apenas exalou um silencioso “meu Deus” e esfregou a mão aberta no rosto. Eis o defeito fatal da profissão: atores.

“Alguém pode trazer ele de volta?”, falou.

Silêncio.

"Cadê o Ryan?"

O Diretor de Palco apresentou o rosto de óculos por cima das ofensivas cercas-vivas.

"Pois não?"

"Ryan, amor — poderia me fazer o favor de levar uma xícara de café para Eddie e resgatá-lo ao seio familiar?"

Ryan fez uma cara que dizia: você ofendeu, você busca.

Mas Calloway já havia passado por esse problema em particular: era mestre nisso. Apenas encarou Ryan, desafiando-o a contrariar o pedido, até que ele baixou os olhos e acenou em concordância.

"Claro", respondeu, fazendo cara feia.

"Bom garoto."

Ryan lhe lançou um olhar acusatório e desapareceu em busca de Ed Cunningham.

"Não existe peça sem Belch", comentou Calloway, tentando animar um pouco a atmosfera. Alguém grunhiu e o pequeno semicírculo de observadores começou a se dispersar. Fim do espetáculo.

"Certo, certo", disse Calloway, juntando os cacos, "vamos trabalhar. Vamos repassar do início da cena. Diane, está pronta?"

"Sim."

"Certo. Podemos começar?"

Ele deu as costas ao jardim de Olívia e aos atores que esperavam, para organizar os pensamentos. Apenas as luzes de trabalho do palco estavam ligadas, e o auditório estava na escuridão. Fileiras e fileiras de assentos vazios bocejavam com insolência, desafiando-o a lhes entreter. Ah, a solidão do diretor de longas distâncias. Havia dias nesse ramo em que a vida de contador lhe parecia uma consumação a ser devotamente desejada, para parafrasear o Príncipe da Dinamarca. Alguém se moveu no camarote do Elysium. Calloway se ausentou dos próprios dilemas e observou o ambiente escuro. Eddie havia se instalado na última fileira dos fundos? Não, com certeza não. Para começar, ele nem teria tempo de subir até lá.

"Eddie?", aventurou-se Calloway, protegendo os olhos com a mão. "É você?"

Conseguia discernir apenas os contornos da figura. Não, figura não — figuras. Duas pessoas, passando pela fileira dos fundos, a caminho da saída. Quem quer que fossem, com certeza não estavam com Eddie.

"Eddie não está aí, não é?", perguntou Calloway, virando-se para o jardim de mentira.

"Não", respondeu alguém.

Foi Eddie quem falou. Estava de volta ao palco, recostado numa das cercas-vivas, cigarro enfiado entre os lábios.

"Eddie..."

"Tudo bem", disse o ator com bom humor, "nada de bajulação. Não suporto ver bajulação vinda de um homem bonito."

"Vamos ver se conseguimos encaixar a parte do taco em algum lugar", declarou Calloway, a modo de conciliação.

Eddie balançou a cabeça e tirou as cinzas do cigarro com uma batida.

"Não precisa."

"Sério..."

"De qualquer maneira, nem funcionava bem mesmo."

A porta do Grand Circle estalou atrás dos visitantes. Calloway não se importou em olhar para lá. Tinham ido embora, quem quer que fossem.

"Tinha alguém aqui no teatro hoje de tarde."

Hammersmith tirou o olho dos relatórios financeiros que estava analisando.

"Hum?"

As sobrancelhas eram erupções de pelos grossos como arames que pareciam ambicionar mais que o trabalho. Ergueram-se acima dos olhos minúsculos de Hammersmith, com uma surpresa bastante falsa. Puxou o lábio inferior com dedos manchados de nicotina.

"Tem ideia de quem seja?"

Ele continuou puxando, ainda encarando o jovem, com desprezo indisfarçado no rosto.

"Isso é um problema?"

"Eu só queria saber quem estava assistindo ao ensaio, só isso. Acho que tenho todo o direito de perguntar."

"Todo o direito", afirmou Hammersmith, dando um leve aceno com a cabeça e fazendo um muxoxo de desdém.

"Ouvi a conversa de que vinha alguém do Teatro Nacional", disse Calloway. "Meus agentes estavam armando algo. Só não quero que ninguém compareça sem eu saber. Ainda mais se for alguém importante."

Hammersmith já voltava a examinar os relatórios financeiros. A voz estava cansada.

"Terry, se vier alguém do South Bank para assistir à sua obra, prometo que você vai ser o primeiro a ser informado. Tudo bem?"

A entonação era rude demais. Muito "sai-daqui-moleque". Calloway teve vontade de lhe dar uma porrada.

"Não quero as pessoas assistindo aos ensaios a não ser que eu autorize, está me ouvindo, Hammersmith? E quero saber quem apareceu hoje."

O Administrador deu um suspiro profundo.

"Pode acreditar, Terry", respondeu, "não fiquei sabendo de nada. Sugiro que fale com Tallulah — ela ficou na frente do teatro hoje de tarde. Se alguém entrou, imagino que ela tenha visto."

Suspirou mais uma vez.

"Tudo bem... Terry?"

Calloway parou por aí. Tinhas suas suspeitas quanto a Hammersmith. O homem estava cagando para o teatro, e nunca perdia a chance de deixar isso muito claro; demonstrava exaustão sempre que mencionavam alguma coisa além do dinheiro, como se questões estéticas estivessem abaixo de sua percepção. E ele tinha uma palavra, administrada em voz alta, para se referir tanto aos atores como aos diretores: borboletas. Sem vida longa. No mundo de Hammersmith, o dinheiro era eterno, e o Teatro Elysium se assentava sobre um terreno de qualidade, um terreno onde um homem inteligente podia lucrar bastante se usasse direito as suas cartas.

Calloway tinha certeza de que ele venderia o lugar no dia seguinte, se conseguisse acertar tudo a tempo. Uma cidade-satélite como Redditch, crescendo no mesmo ritmo de Birmingham, não precisava de teatros, precisava era de escritórios, supermercados, armazéns:

precisava, para citar as autoridades, crescer por meio de investimentos em novas indústrias. Também precisava de terrenos de qualidade sobre os quais construir essas indústrias. A mera arte não poderia sobreviver a tais pragmatismos.

Tallulah não estava na bilheteria, nem no foyer, nem na coxia.

Irritado com a falta de civilidade de Hammersmith e com a desaparição de Tallulah, Calloway voltou ao auditório a fim de pegar o casaco e sair para encher a cara. O ensaio tinha acabado e os atores ido embora muito antes. As cercas-vivas nuas pareciam bem pequenas, se olhadas assim da fileira dos fundos da plateia. Talvez precisassem de alguns centímetros a mais. Ele anotou algo no verso de uma grade de programação que encontrou no bolso:

Cerca-vivas maiores?

O som de um passo o fez olhar para cima, e uma figura surgiu no palco. Uma entrada suave, até o centro do palco superior, no ponto em que as cerca-vivas convergiam. Calloway não reconheceu o homem.

"Senhor... Calloway? Senhor... Terrence Calloway?"

"Pois não?"

O visitante desceu do palco até onde, tempos antes, ficariam as luzes da ribalta, e parou olhando para o auditório.

"Peço desculpas por interromper seu fluxo de pensamentos."

"Sem problemas."

"Queria trocar uma palavra."

"Comigo?"

"Se possível."

Calloway desceu para a frente da plateia, analisando o estranho.

Ele usava tons de cinza da cabeça aos pés. Terno cinza de lã, sapatos cinza, gravata cinza. Empetecado, foi a conclusão imediata e nada generosa de Calloway. De qualquer modo, o homem tinha uma aparência impressionante. O rosto sob as sombras do chapéu era difícil de discernir.

"Permita-me que me apresente."

A voz era persuasiva, culta. Ideal para a locução de anúncios: comerciais de novelas, talvez. Depois dos maus modos de Hammersmith, a voz surgiu como um sopro de fineza.

"Meu nome é Lichfield. Não que eu espere que isso signifique muita coisa para um homem de pouca idade."

Pouca idade; ora, ora. Talvez ainda restasse algo do garoto prodígio em seu rosto.

"O senhor é um crítico?", indagou Calloway.

A gargalhada que emanou de debaixo do chapéu impecável continha certa ironia maturada.

"Pelo amor de Deus, não", respondeu Lichfield.

"Desculpa, o senhor me deixou confuso."

"Não precisa se desculpar."

"O senhor veio no teatro hoje à tarde?"

Lichfield ignorou a pergunta. "Percebo que é um homem ocupado, sr. Calloway, e não desejo desperdiçar o seu tempo. O teatro é meu ramo de negócios, assim como o seu. Acho que devemos nos considerar aliados, embora não nos conheçamos."

Ah, a grande irmandade! Fazia Calloway querer cuspir, os apelos familiares de sentimento. Quando pensava no número de supostos aliados que haviam lhe apunhalado pelas costas com alegria; e, por outro lado, nos dramaturgos cuja obra ele esculachava às gargalhadas, nos atores que tinha esmagado com um chiste casual. Foda-se a irmandade, ali era cão comendo cão, assim como em qualquer outra profissão muito disputada.

"Tenho", dizia Lichfield, "um interesse permanente no Elysium." Havia uma ênfase curiosa na palavra "permanente". Soava deveras funérea nos lábios de Lichfield. Permaneça comigo.

"Hã?"

"Sim, passei muitas horas felizes neste teatro, durante anos, e, sendo bem franco, me é doloroso veicular o fardo das notícias."

"Que notícias?"

"Sr. Calloway, devo informá-lo que sua *Noite de Reis* será a última produção que o Elysium verá."

A declaração não foi uma surpresa muito grande, mas ainda assim dolorosa, e a crispação interna deve ter ficado registrada no rosto de Calloway.

"Ah... então o senhor não sabia. Achei que não. Eles sempre mantêm os artistas desinformados, não é? É uma satisfação à qual os apolíneos jamais renunciam. A vingança do tesoureiro."

"Hammersmith", disse Calloway.

"Hammersmith."

"Desgraçado."

"Não se pode confiar nessa laia, mas isso eu acho que não preciso te avisar."

"Tem certeza do fechamento?"

"Absoluta. Ele fecharia o teatro amanhã, se pudesse."

"Mas por quê? Já encenei Stoppard aqui, Tennessee Williams - sempre teve uma bilheteria decente. Não faz sentido."

"Receio que financeiramente faça um sentido admirável, e se pensarmos em números, assim como Hammersmith, não há argumento contra a aritmética simples. O Elysium está ficando velho. Estamos todos ficando velhos. Rangemos. Sentimos em nossas juntas: nosso instinto vai se deitar e partir desta."

Partir desta: a voz ficou melodramaticamente fina, um murmúrio de anseio.

"Como sabe disso?"

"Por muitos anos fui gestor do teatro, e depois que me aposentei, decidi — qual era a expressão? — ficar ligado nas coisas. É difícil, hoje em dia, evocar o triunfo que este palco já testemunhou..." Sua voz vagueava para longe, como um devaneio. Parecia verdadeira, não apenas palavras para causar emoção.

Então, mais uma vez, agindo como administrador: "Este teatro está prestes a morrer, sr. Calloway. O senhor estará presente em seus últimos ritos, embora não seja culpa sua. Pensei que deveria ser avisado".

"Obrigado. Fico grato. Pode me dizer se o senhor já foi ator?"

"O que o faz achar isso?"

"A voz."

"Demasiado retórica, sei. Minha maldição, receio. Não consigo nem pedir uma xícara de café sem soar como Lear na tempestade."

Riu bastante da própria piada. Calloway começava a se animar com o sujeito. Talvez a aparência fosse um pouco antiquada, quiçá um tanto absurda, mas certa pujança nos modos cativava a imaginação de Calloway. Lichfield não era apologético quanto ao próprio amor pelo teatro, como tanta gente na área, que pisa no palco como uma segunda opção, tendo as almas vendidas aos filmes.

"Confesso que já me aventurei na atividade por um tempo", confidenciou Lichfield, "mas não disponho da energia necessária, receio. Minha esposa, no entanto..."

Esposa? Calloway ficou surpreso que Lichfield tivesse algum osso heterossexual no corpo.

"A minha esposa Constantia já atuou aqui em várias ocasiões, e posso afirmar que com bastante sucesso. Antes da guerra, claro."

"É uma pena fecharem o lugar."

"É mesmo uma pena. Porém não há mais milagre de ato final a ser encenado. O Elysium será escombros daqui a seis semanas, e há um fim para isso. Só queria que soubesse que outros interesses, além do grosseiramente comercial, estarão cuidando da sua produção de encerramento. Pense em nós como anjos da guarda. Queremos bem ao senhor, Terence, todos queremos bem ao senhor."

Era um sentimento genuíno, proferido com simplicidade. Calloway ficou tocado com a preocupação desse homem, e sofreu um pouco com isso. Colocava suas próprias ambições de ascensão numa perspectiva nada lisonjeira. Lichfield prosseguiu: "Desejamos ver este teatro encerrar os seus dias com dignidade, antes de uma morte honrosa".

"Que droga."

"Tarde demais para lamentos de longa duração. Jamais deveríamos ter trocado Dionísio por Apolo."

"O quê?"

"Nós nos vendermos para contadores, para a aceitação, para tipos como o sr. Hammersmith, cuja alma, se tiver alguma, deve ser do tamanho de minha unha, e cinza como as costas de um piolho.

Deveríamos ter demonstrado coragem em nossas representações, acho. Servir à poesia e viver sob as estrelas."

Calloway não entendeu muito bem aquelas alusões, mas captou o fluxo geral, e respeitou o ponto de vista.

À esquerda, de fora do palco, a voz de Diane cortou a atmosfera como uma faca de plástico.

"Terry? Você está aí?"

O encanto foi quebrado: Calloway não tinha percebido como era hipnótica a presença de Lichfield, até que a outra voz interveio entre eles. Ouvi-lo era como ser ninado em braços familiares. Lichfield andou até a beira do palco, baixando a voz até o tom de um sussurro conspiratório.

"Só mais uma coisa, Terence..."

"Sim?"

"Essa sua Viola. Falta nela, se me permite apontar, as qualidades especiais que a personagem demanda."

Calloway ficou em suspenso.

"Eu sei", continuou Lichfield, "as lealdades pessoais repelem a honestidade, nessas questões."

"Não", respondeu Calloway, "o senhor está certo. Mas ela é popular."

"As lutas de ursos com cães também já foram, Terence."

Um sorriso luminoso se arreganhou sob o chapéu, pairando na sombra, como o sorriso do Gato de Cheshire.

"Só estou brincando", disse Lichfield, o sussurro agora um riso abafado. "Ursos podem ser charmosos."

"Terry, aí está você."

Diane apareceu, com roupas escandalosas como de costume, de detrás das cortinas perpendiculares. Sem dúvida havia um confrontamento embaraçoso no ar. Mas Lichfield escapulia pela falsa perspectiva da cerca-viva, em direção ao fundo do palco.

"Aqui estou", disse Terry.

"Com quem estava conversando?"

Lichfield havia saído com a mesma leveza e silêncio com que entrara. Diane nem o viu passar.

"Ah, só com um anjo", disse Calloway.

Considerando-se o todo, o primeiro Ensaio Geral não foi tão ruim quanto Calloway esperava: foi muito pior. Deixas ignoradas, acessórios mal utilizados, entradas perdidas; o aspecto cômico parecia laborioso e de concepção ruim; as performances, forçadas ou medíocres de maneira irrecuperável. Era uma *Noite de Reis* que parecia durar um ano. Na metade do terceiro ato, Calloway olhou para o relógio e percebeu que uma encenação integral de *Macbeth* (com intervalo) teria aquela duração.

Sentava-se na plateia com a cabeça enterrada nas mãos, imaginando o quanto ainda precisava trabalhar para tornar aquela produção no mínimo aceitável. Não era a primeira vez nesse espetáculo que se sentia desamparado em face dos problemas com o elenco. Deixas podiam ser simplificadas, o uso de acessórios ensaiado, entradas praticadas até que ficassem gravadas na memória. Mas, um ator ruim é um ator ruim é um ator ruim. Ele podia ajustar e aperfeiçoar até o dia do juízo, mas seria incapaz de produzir uma bolsa de seda a partir daquela orelha de porco chamada Diane Duvall.

Com toda a habilidade de uma acrobata, ela logrou rodear cada significância, ignorar cada oportunidade de comover a audiência, evitar cada nuance que o dramaturgo insistia em pôr em sua frente. Era uma performance heroica em sua inépcia, que reduzia a um gemido monocórdio a delicada caracterização elaborada de forma dolorosa por Calloway. Tratava-se de uma Viola rasa, igual às telenovelas, menos humana que as cercas-vivas, e igualmente opaca.

Seria massacrada pelos críticos.

Ainda pior, Lichfield ficaria desapontado. Para sua considerável surpresa, o impacto da aparição de Lichfield não havia diminuído; Calloway não conseguia esquecer a projeção cênica, a pose, a retórica. Isso o comovia de maneira mais profunda do que estava disposto a admitir, e a ideia de que essa *Noite de Reis*, com essa Viola, seria o canto de cisne do amado Elysium de Lichfield, lhe deixava perturbado e constrangido. De alguma maneira, parecia ingrato.

Alertaram-no o bastante sobre os fardos do diretor, muito antes de se enredar seriamente no ofício. Seu caro guru do Centro de Atuação, o finado Wellbeloved (aquele do olho de vidro), dizia a Calloway desde o começo: "O diretor é a criatura mais solitária da Terra. Ele identifica o que é bom e o que é ruim num espetáculo, ou pelo menos deveria para fazer valer seu salário, mas precisa guardar essa informação para si e permanecer sorrindo".

Na época não parecia assim tão difícil.

"O importante desse trabalho não é fazer sucesso", sentenciava Wellbeloved, "e sim aprender a não ruir como um idiota." Revelou-se um bom conselho. Ainda podia visualizar Wellbeloved servindo numa bandeja essa pérola de sabedoria, com a reluzente cabeça calva, o olho vivo cintilando com deleite cínico. Nenhum homem da Terra, pensava Calloway, amava o teatro com mais paixão que Wellbeloved, e com certeza nenhum homem poderia ser mais mordaz quanto às próprias pretensões.

Era quase uma hora da manhã quando terminaram a horrorosa passagem de texto, revisaram as sugestões e, sorumbáticos e ressentidos uns com os outros, separaram-se noite adentro. Calloway não desejava a companhia de nenhum deles aquela noite: nada de beber na toca de algum deles, nada de massagens de ego mútuas. Tinha uma nuvem escura toda para si, e nem o vinho, nem as mulheres, nem as canções a dispersariam. Mal podia juntar coragem para encarar Diane. As sugestões para ela, transmitidas na presença do resto do elenco, foram ácidas. Não que isso fosse melhorar muita coisa.

No foyer, encontrou-se com Tallulah, ainda ativa, embora já houvesse passado muito da hora de uma velhinha dormir.

"Vai trancar o teatro hoje?", perguntou a ela, mais para ter algum assunto do que por curiosidade genuína.

"Sempre tranco", respondeu. Já tinha muito mais do que 70 anos; velha demais para o trabalho na bilheteria, porém muito tenaz, para ser removida tão fácil do cargo. Mas então tudo era acadêmico agora, não era? Perguntou-se qual seria a reação dela quando ouvisse a notícia do fechamento. Sem dúvida isso a deixaria desolada. Hammersmith não lhe contara que Tallulah trabalhava no teatro desde os 15 anos?

"Bem, boa noite, Tallulah."

Ela acenou com discrição, como sempre. Então levou a mão ao braço de Calloway.

"Sim?"

"O sr. Lichfield...", começou.

"O que tem o sr. Lichfield?"

"Ele não gostou do ensaio."

"Ele estava presente hoje?"

"Ah, sim", respondeu ela, como se Calloway fosse um imbecil por não saber disso, "claro que estava."

"Eu não vi."

"Bem... Não importa. Ele não ficou muito satisfeito."

Calloway tentou soar indiferente.

"Não há como evitar."

"Seu espetáculo está muito perto do coração dele."

"Sei disso", disse Calloway, evitando os olhares acusadores de Tallulah. Ele já tinha o bastante para manter-se acordado toda aquela noite, sem esses tons desapontados ressoando nos ouvidos.

Ele livrou o braço e foi até a porta. Tallulah não tentou pará-lo. Apenas disse: "Você precisava ter visto Constantia".

Constantia? Onde tinha ouvido aquele nome?

Claro, a esposa de Lichfield.

"Fazia uma Viola maravilhosa."

Ele estava cansado demais para essa arenga a respeito de atrizes; ela estava morta, não? Ele tinha dito que estava morta, não foi?

"Maravilhosa", repetiu Tallulah.

"Boa noite, Tallulah. Nos vemos amanhã."

A velhota não respondeu. Se ficou ofendida com seus modos bruscos, que lidasse com isso. Deixou-a com suas reclamações e encarou a rua.

Era final de novembro, e fazia frio. Sem bálsamo no ar noturno, apenas o cheiro de piche de uma rua recém-asfaltada, e poeira no vento.

Calloway puxou o colarinho do casaco para cima, e se apressou até o questionável refúgio da Pousada do Murphy.

No foyer, Tallulah deu as costas para o mundo exterior, frio e escuro, e arrastou os pés de volta ao templo dos sonhos. Agora cheirava a velho: fedido com o uso e a idade, como o próprio corpo dela. Era hora de permitir que os processos naturais cobrassem sua conta; não havia motivo para permitir que as coisas durassem mais do que lhes era devido. Isso valia para construções e para pessoas. Mas o Elysium precisava morrer como tinha vivido — com glória.

De maneira respeitosa, puxou as cortinas que cobriam os retratos do corredor que ligava o foyer à plateia. Barrymore, Irving: grandes nomes e grandes atores. Pinturas manchadas e desbotadas, talvez, mas as memórias eram tão claras e refrescantes quanto água mineral. E no lugar de destaque, o último da fila a ser desvelado, um retrato de Constantia Lichfield. Um rosto de beleza transcendente; uma estrutura óssea de fazer um anatomista chorar.

Jovem demais para Lichfield, claro, e isso fazia parte da tragédia. Lichfield, o manipulador, um homem com o dobro de sua idade, podia oferecer à cintilante beldade tudo o que ela desejava: fama, dinheiro, companhia. Tudo, exceto o dom que ela mais demandava: a própria vida.

Ela morreu antes de completar 20 anos, de câncer de mama. Levada de forma tão repentina que ainda era difícil acreditar que se fora.

As lágrimas rodearam os olhos de Tallulah quando ela se lembrou daquele gênio perdido e desperdiçado. Constantia perdeu vários papeis que iluminaria. Cleópatra, Hedda, Rosalinda, Electra...

Mas não era para ser. Estava morta, apagada como uma vela em um furacão, e aos que ficaram a vida era uma marcha lenta e infeliz por uma terra fria. Agora havia manhãs, encaminhando-se a uma nova aurora, em que ela se virava e rezava para morrer durante o sono.

As lágrimas neste momento a cegavam, ela estava encharcada. Meu Deus, havia alguém às suas costas, com certeza o sr. Calloway de volta em busca de algo, e ali estava ela prestes a explodir em uma crise de choro, comportando-se como uma velha boba - da mesma forma que ele a julgava. Um jovem como ele, o que compreendia sobre os sofrimentos dos anos, sobre a dor profunda da perda irrecuperável? Não conheceria isso tão cedo. Antes que ele pensasse, mas ainda não tão cedo.

"Tallie", disse alguém.

Sabia quem era. Richard Walden Lichfield. Virou-se e viu que ele não estava a mais que dois metros dela, uma figura masculina tão bela quanto em suas lembranças. Devia ser vinte anos mais velho que ela, mas a idade não parecia empená-lo.

Sentiu vergonha de suas lágrimas.

"Tallie", falou, com gentileza, "sei que é um pouco tarde, mas achei que você quisesse dar um oi."

"Um oi?"

As lágrimas cessavam, e agora ela percebia a companheira de Lichfield, parada a meio metro atrás dele, parcialmente obscurecida. A figura saiu da sombra de Lichfield e surgiu como uma estonteante beldade de belos ossos, que Tallulah reconheceu tão facilmente quanto o próprio reflexo. O tempo se estilhaçou e a razão abandonou o mundo. Faces muito esperadas de repente retornavam para preencher as noites vazias e oferecer novas esperanças a uma vida que se tornara enfadonha. Por que ela deveria duvidar das evidências diante dos olhos?

Era Constantia, a radiante Constantia, que tinha um braço em volta de Lichfield e acenava com a cabeça para cumprimentar Tallulah.

Constantia querida, coitada.

O ensaio estava marcado para as 9h30 do dia seguinte. Diane Duvall apareceu meia hora atrasada, como de costume. Parecia que havia passado a noite em claro.

"Desculpa pelo atraso", disse, as vogais abertas escoando pelo corredor até o palco.

Calloway não estava com humor para puxar o saco de ninguém.

"Temos uma estreia amanhã", desferiu, "e todo mundo está te esperando."

"Sério?", tremia, tentando parecer arrasada. Era muito cedo, e isso não funcionou.

"Certo, vamos do começo", anunciou Calloway, "e todo mundo, por favor, fique com suas cópias e canetas. Tenho uma lista de cortes aqui e quero ensaiar tudo antes da hora do almoço. Ryan, está com seu roteiro de cena?"

Houve uma troca apressada de olhares entre o Assistente de Palco e uma negativa culposa de Ryan.

"Então corre atrás. E não quero ouvir nenhuma reclamação de ninguém, já está tarde demais. A passagem de ontem à noite foi um velório, não uma performance. As deixas demoraram uma eternidade; estava uma porcaria. Farei cortes, e isso não será muito palatável."

Não foi. As reclamações vieram, com ou sem aviso, e argumentações, promessas, caras feias e insultos sussurrados. Calloway preferia estar pendurado pelos dedos dos pés em um trapézio do que lidando com catorze pessoas temperamentais em uma peça que dois terços delas mal compreendiam, e à qual o outro terço estava se lixando. Era de acabar com os nervos.

Ficou pior porque o tempo inteiro ele tinha a espinhosa sensação de estar sendo observado, embora o auditório estivesse vazio dos camarotes até os assentos da frente. Talvez Lichfield tivesse uma espiã em algum lugar, ponderou ele, então descartou a ideia como sendo os primeiros sinais de uma paranoia florescente.

Enfim, o almoço.

Calloway sabia onde encontrar Diane, e estava preparado para a cena que precisava fazer com ela. Acusações, lágrimas, conforto, mais lágrimas, reconciliação. Formato padrão.

Bateu na porta da Estrela.

"Quem é?"

Ela já estava chorando, ou falando através do copo de alguma bebida reconfortante.

"Sou eu."

"Ah."

"Posso entrar?"

"Sim."

Estava com uma garrafa de vodca e um copo. Nenhuma lágrima ainda.

"Sou inútil, não é?", perguntou, logo que ele fechou a porta. Os olhos imploravam por discordância.

"Não seja boba", desconversou ele.

"Não consigo pegar o jeito de Shakespeare", ela fez bico, como se a culpa fosse do Bardo. "Todas essas malditas palavras." A tempestade estava no horizonte, podia vê-la se formando.

"Tudo bem", mentiu ele, pondo o braço em volta dela. "Você só precisa de um pouco de tempo."

A face dela se nublou.

"Estreamos amanhã", comentou ela, sem graça. O argumento era difícil de refutar. "Vão me devorar viva, não é?"

Ele queria responder que não, mas sua língua teve um rompante de honestidade. "Sim. A não ser que..."

"Nunca mais vou arranjar trabalho, não é? Harry que me convenceu a fazer isso, judeu desmiolado de uma figa: disse que era bom para a minha reputação. Disse que me daria um pouco mais de influência. Mas o que ele sabe de verdade? Pega a porra dos dez por cento dele e me deixa tomando conta da criança. Eu é que vou ficar que nem uma idiota, não é?"

Com a ideia de parecer uma idiota, a tempestade desabou. Nada de chuvisco: era tormenta, ou nada. Ele fazia o possível, mas era difícil. Ela chorava tão alto que as pérolas de sabedoria ditas por ele foram inundadas. Então a beijou um pouco, como qualquer diretor decente deveria fazer, e (milagre após milagre) isso parecia resolver o problema. Aplicava a técnica com um pouco mais de estilo, as mãos vagando até os seios, tateando por dentro da blusa dela até os mamilos e deixando-os excitados com o polegar e o indicador.

Era miraculoso. Agora havia pontos de sol entre as nuvens; ela fungou e desafivelou o cinto, deixando o calor de Calloway secar os resquícios da chuva. Os dedos buscavam a borda de renda da calcinha, e ela suspirava enquanto ele a investigava, gentil, mas não tão gentil, insistente, mas não tão insistente. Em algum momento do ato, ela derrubou a garrafa de vodca, mas nenhum deles se importou em erguê-la da beira da mesa, então ela começou a pingar no chão, demarcando as instruções, as arfadas.

Então a porra da porta foi aberta, e uma corrente de ar passou entre eles, esfriando o ponto em questão.

Calloway quase se virou, então percebeu que estava desafivelado e preferiu apenas encarar o espelho atrás de Diane para ver o rosto do intruso. Era Lichfield. Olhando direto para Calloway com o rosto impassível.

"Desculpa, devia ter batido na porta."

A voz era suave como chantilly, sem revelar qualquer laivo de vergonha. Calloway se encolheu para sair de vista, afivelou o cinto e se virou para Lichfield, lamentando em silêncio por estar com as bochechas coradas.

"Sim... teria sido mais educado", falou.

"Peço desculpas de novo. Queria trocar uma palavra com...", os olhos, tão fundos que eram imperceptíveis, estavam em Diane. "Sua estrela", disse ele.

Calloway praticamente podia sentir o ego de Diane se expandir com a palavra. A abordagem o confundiu: Lichfield tinha sofrido uma reviravolta? Estaria indo lá, o admirador arrependido, para se ajoelhar diante da grandeza?

"Gostaria de trocar uma palavra em particular com a dama, se for possível", prosseguiu a voz jovial.

"Bem, estávamos apenas..."

"Claro", interrompeu Diane. "Permita-me um momento, sim?"

No mesmo instante ela tomou as rédeas da situação, lágrimas esquecidas.

"Estarei aqui fora", respondeu Lichfield, já saindo.

Antes que ele fechasse a porta atrás de si, Diane já estava em frente ao espelho, passando um lenço na beira do olho para limpar um riacho de rímel.

"Bem", arrulhava, "como é adorável ter um admirador. Sabe quem é?"

"O nome dele é Lichfield", respondeu Calloway. "Já foi gestor do teatro."

"Talvez queira me oferecer algo."

"Tenho minhas dúvidas."

"Ah, não seja chato, Terence", resmungou ela. "Você apenas não suporta que outras pessoas recebam atenção, não é?"

"Me desculpe."

Ela conferiu os próprios olhos.

"Como estou?", perguntou.

"Bonita."

"Sinto muito por antes."

"Antes?"

"Você sabe."

"Ah... sim."

"Te vejo no pub, então?"

Pelo visto ele estava sumariamente dispensado, sua função de amante ou confidente não era mais necessária.

No gélido corredor do lado de fora do camarim, Lichfield esperava de maneira paciente. Embora as luzes estivessem melhores que no palco mal iluminado, e ele agora estivesse mais perto do que na noite anterior, Calloway ainda não conseguia visualizar direito o rosto sob o largo chapéu. Havia algo — qual era o pensamento zumbindo em sua cabeça? — *artificial* a respeito dos traços de Lichfield. A carne do rosto não se movia como um sistema interligado de músculos e tendões, era rígida demais, rosa demais, quase um ferimento cicatrizado.

"Ela ainda não está pronta", falou Calloway.

"É uma mulher adorável", ronronou Lichfield.

"Sim."

"Não o culpo..."

"Hum?"

"Mas ela não é uma atriz."

"Está querendo interferir, Lichfield? Eu não vou deixar."

"Deixe de besteira."

O prazer voyeurístico que Lichfield claramente sentia com seu constrangimento deixou Calloway menos respeitoso do que antes.

"Não vou permitir que você incomode..."

"Meus interesses são os seus interesses, Terence. Tudo o que desejo é ver essa produção prosperar, acredite. Devo, sob tais circunstâncias, alarmar sua Protagonista? Serei dócil como uma ovelha, Terence."

"Seja o que for", foi a resposta teimosa, "ovelha o senhor não é."

O sorriso reapareceu no rosto de Lichfield, sem tecido em volta da boca que mal se esticava para acomodar sua expressão.

Calloway se retirou até o pub, com aquela foice predatória de dentes fixada na mente, ansioso, mas sem saber a razão.

No compartimento espelhado do camarim, Diane Duvall estava quase pronta para começar a sua cena.

"Pode entrar agora, sr. Lichfield", anunciou. Ele apareceu na porta antes que a última sílaba de seu nome morresse nos lábios dela.

"Senhorita Duvall", curvou-se um pouco, em deferência a ela. Ela sorriu; tão cortês. "Por favor, perdoe a minha gafe mais cedo."

Ela parecia recatada; isso sempre derretia os homens.

"O sr. Calloway...", disse ela.

"Um jovem muito insistente, penso eu."

"Sim."

"Não acima de suas intenções com a Protagonista, talvez?"

Ela franziu o cenho um pouco, com uma linha dançante onde os arcos depilados das sobrancelhas convergiam.

"Receio que sim."

"Nada profissional da parte dele", disse Lichfield. "Mas, se me perdoa — um ardor compreensível."

Ela se moveu para a frente daquele pequeno palco, em direção às luzes do próprio espelho, e se virou, sabendo que elas recairiam em seu cabelo de modo mais lisonjeiro.

"Bem, sr. Lichfield, em que posso ajudá-lo?"

"É uma questão bastante delicada", disse Lichfield. "O fato amargo é que — como dizer? — seus talentos não são idealmente adequados a essa produção. Seu estilo carece de delicadeza."

Ficaram em silêncio por um instante. Ela fungou, pensou na inferência do comentário, e então saiu do centro da sala para a porta. Não gostava do modo como essa cena havia começado. Esperava um admirador, e em vez disso tinha um crítico em mãos.

"Para fora!", exclamou com uma voz ríspida.

"Senhorita Duvall..."

"Ouviu o que eu disse."

"Não está confortável no papel de Viola, está?", prosseguiu Lichfield, como se a estrela não tivesse dito nada.

"Essa merda não é da sua conta", expeliu de volta.

"É, sim. Vi os ensaios. A senhorita estava sem graça, não convence. A comédia ficou chata, a cena da reunião, que deveria derreter nossos corações, é um chumbo."

"Não preciso de sua opinião, muito obrigada."

"Não tem estilo..."

"Cai fora daqui!"

"Nem estilo e nem presença. Tenho certeza que na televisão a senhorita é o esplendor em pessoa, mas o palco exige uma verdade especial, uma profundeza de alma que, sendo bem franco, lhe falta."

A cena estava esquentando. Ela queria bater nele, mas não encontrava um motivo apropriado. Não podia levar a sério um fanfarrão metido como esse. Ele era mais uma comédia musical do que um melodrama, com luvas cinza limpinhas, gravata cinza limpinha. Uma bicha estúpida e petulante, o que entendia de atuação?

"Cai fora antes que eu chame o Diretor de Palco", disse ela, mas ele deu um passo entre ela e a porta.

Uma cena de estupro? Era isso o que estavam encenando? Ele tinha excitação por ela? Nossa Senhora.

"Minha esposa", dizia, "fez Viola..."

"Que bom para ela."

"E ela sente que poderia dar um sopro de vida ao papel."

"Estreamos amanhã", encontrou-se replicando, como se defendesse a própria presença. Por que diabos tentava argumentar com ele? Se enfiando lá dentro e fazendo aqueles comentários terríveis. Talvez porque sentisse um pouco de medo. Seu hálito, agora de perto, cheirava a chocolates caros.

"Ela sabe as falas de cor."

"O papel é meu. Eu que vou fazer. Vou fazer mesmo que seja a pior Viola da história do teatro, está bem?"

Ela tentava manter a compostura, mas era difícil. Algo nele a deixava nervosa. Não era a violência o que temia nele: mas temia algo.

"Receio já ter prometido o papel à minha esposa."

"O quê?", ela arregalou os olhos para a sua petulância.

"E Constantia fará o papel."

Ela riu com o nome. Talvez isso fosse uma comédia sofisticada, afinal. Algo de Sheridan ou Wilde, algo afetado e malicioso. Mas ele falava com absoluta certeza. Constantia fará o papel; como se fosse tudo muito simples.

"Não vou mais discutir uma coisa dessas, seu imbecil, se a sua esposa quer fazer o papel de Viola, ela vai ter que fazer na porra da rua, está certo?"

"Ela estreia amanhã."

"É surdo, burro, ou as duas coisas?"

Controle-se, disse-lhe uma voz interna, você está exagerando na atuação, perdendo a condução da cena. Seja qual cena for.

Ele deu um passo em direção a ela, e as luzes do espelho alcançaram por inteiro o rosto debaixo do chapéu. Ela não tinha visto com atenção o bastante, quando ele surgiu: agora percebia as rugas profundas, os sulcos em volta dos olhos e da boca. Não era carne, tinha certeza. Ele usava aplicações de látex, que estavam coladas no rosto de maneira tosca. A mão dela simplesmente teve um espasmo com o desejo de arrancar e revelar o rosto verdadeiro.

Claro. Era isso. A cena que ela estava fazendo: o Desmascaramento.

"Veremos como é de verdade", afirmou ela, e sua mão foi à bochecha de Lichfield antes que ele pudesse pará-la, o sorriso ficando mais largo quando a mulher atacava. É isso o que ele deseja, entendeu ela, mas era tarde demais para arrependimentos ou desculpas. Os dedos encontraram a linha da máscara na altura dos olhos, e se dobraram para segurar melhor. Ela puxou de vez. O fino véu de látex saiu, e a verdadeira fisionomia foi exposta ao mundo. Diane tentou recuar, mas a mão dele estava em seu cabelo. Tudo o que podia fazer era observar aquela face sem carne. Alguns poucos cordões de músculo secos retorcidos aqui e ali, e um resto de barba saindo de um trapo de couro na garganta, mas todo o tecido vivo havia decaído muito tempo antes. A maior parte de seu rosto era apenas osso: manchado e gasto.

"Não fui embalsamado", declarou a caveira. "Ao contrário de Constantia."

Diane não absorveu a explicação. Não emitiu nenhum som de protesto, que a cena com certeza teria justificado bem. Tudo o que conseguiu fazer foi soltar um gemido, quando a mão dele se apertou e puxou sua cabeça para trás.

"Precisamos fazer uma escolha, mais cedo ou mais tarde", disse Lichfield, o hálito cheirando menos a chocolate e mais a uma profunda putrescência, "entre servir a nós mesmos ou servir à arte."

Ela não entendeu muito bem.

"Os mortos têm que escolher com mais cuidado do que os vivos. Não podemos desperdiçar nosso fôlego, se você me permite dizer, em nada menos que os mais puros deleites. A senhorita não deseja a arte, penso eu. Deseja?"

Ela balançou a cabeça, clamando a Deus que fosse a resposta esperada.

"Deseja a vida do corpo, não a vida da imaginação. E poderá consegui-la."

"Muito... obrigada."

"Se desejar o bastante, poderá obtê-la."

De repente a mão dele, que puxava o cabelo de forma tão dolorosa, fez uma concha atrás da cabeça de Diane, e levou os lábios aos dele. Ela teria gritado, enquanto aquela boca podre colava-se na sua, mas o cumprimento foi tão insistente que tirou o fôlego dela.

Ryan encontrou Diane no piso do camarim pouco depois das duas horas. Era difícil entender o que tinha acontecido. Não havia qualquer sinal de machucado na cabeça ou no corpo, e ela não estava completamente morta. Parecia em alguma espécie de coma. Talvez tivesse escorregado, e batido a cabeça ao cair. Seja qual fosse a causa, ela estava apagada.

Faltava poucas horas para o Ensaio Final e Viola estava numa ambulância, sendo levada à UTI.

"O quanto antes derrubarem este lugar, melhor", vaticinou Hammersmith. Andava bebendo durante o horário de trabalho, algo que Calloway jamais tinha visto ele fazer antes. A garrafa de uísque estava sobre a mesa, ao lado de um copo até a metade. Havia marcas redondas de copo nos relatórios, e a mão tinha uma dose ruim de tremedeiras.

"Quais as notícias do hospital?"

"É uma mulher bonita", comentou, olhando para o copo. Calloway podia jurar que estava à beira das lágrimas.

"Hammersmith? Como ela está?"

"Está em coma. Mas a condição dela é estável."

"Isso já é alguma coisa, imagino."

Hammersmith olhou para Calloway, as sobrancelhas em erupção se juntaram com raiva.

"Seu rato", disse, "estava comendo ela, não é? Você se acha, não é mesmo? Bem, deixa eu te falar uma coisa, Diane Duvall valia uma dúzia de Calloways. Uma dúzia!"

"Foi por isso que você deixou essa produção continuar, Hammersmith? Porque a viu e queria colocar essas mãozinhas quentes nela?"

"Você não entenderia. Seus miolos ficam nas calças." Pareceu ofendido de verdade com a interpretação dada por Calloway sobre sua admiração pela senhorita Duvall.

"Tudo bem, que seja. Ainda não temos uma Viola."

"É por isso que vou cancelar", declarou Hammersmith, demorando-se, para saborear bem o momento.

Tinha de acontecer. Sem Diane Duvall, não haveria *Noite de Reis*; e talvez fosse melhor assim.

Uma batida na porta.

"Quem diabos está batendo?", perguntou Hammersmith com suavidade. "Entre."

Era Lichfield. Calloway ficou quase contente por ver aquele rosto estranho marcado por cicatrizes. Embora tivesse várias perguntas para fazer a Lichfield, sobre o estado no qual deixara Diane, sobre a conversa dos dois, não era uma conversa que queria ter na frente de Hammersmith. Além disso, as acusações mal formuladas que ele poderia ter foram contrariadas pela presença do homem. Se Lichfield tivesse cometido qualquer ato de violência contra Diane, pelo motivo que fosse, com certeza não voltaria tão cedo, tão sorridente.

"Quem é você?", indagou Hammersmith.

"Richard Walden Lichfield."

"Continuo sem saber."

"Eu já gerenciei o Elysium."

"Ah."

"Sou do ramo do..."

"O que deseja?", interrompeu Hammersmith, irritado com a postura de Lichfield.

"Ouvi que a produção está em risco", respondeu Lichfield, com serenidade.

"Não há risco", disse Hammersmith, permitindo-se um tique no canto da boca. "Não há risco nenhum, porque não há mais espetáculo. Foi cancelado."

"Hum?", manifestou Lichfield. Ele então olhou para Calloway. "Isso tem o seu consentimento?", perguntou.

"Ele não tem voz no assunto; compete apenas a mim o direito de cancelamento, se as circunstâncias ditarem; está no contrato. O teatro está fechado a partir de hoje; não será reaberto."

"Será", afirmou Lichfield.

"O quê?" Hammersmith se levantou diante da mesa, e Calloway se deu conta que jamais tinha visto o homem de pé antes. Era muito baixo.

"Apresentaremos *Noite de Reis*, conforme o anúncio", ronronou Lichfield. "Minha esposa gentilmente concordou em substituir a senhorita Duvall no papel de Viola."

Hammersmith deu uma gargalhada rouca de açougueiro. No entanto ela morreu em seus lábios, pois o escritório impregnou-se com o odor de lavanda, e Constantia Lichfield fez sua entrada, reluzindo em seda e peles. Parecia tão perfeita quanto no dia da morte: até Hammersmith segurou o fôlego e fez silêncio ao vê-la.

"Nossa nova Viola", anunciou Lichfield.

Após um instante, Hammersmith encontrou sua voz. "Essa mulher não pode entrar na peça faltando apenas a metade de um dia."

"Por que não?", perguntou Calloway, sem tirar os olhos da mulher. Lichfield era um homem de sorte; Constantia era uma beldade extraordinária. Ele nem ousava respirar na presença dela, temendo que desaparecesse.

Então ela falou. Os versos eram do Ato V, Cena I.

“Se nada mais nos deixará felizes
Devido a falsos trajes masculinos
Não mais me abrace até que as circunstâncias
De lugar, tempo e fortuna esclareçam
Que Viola eu sou.”

A voz era leve e musical, mas parecia ressoar no corpo dela, preenchendo cada frase com uma subcorrente de paixão suprimida.

Além do rosto. Era deslumbrante e vivo, os traços encenando a história de seu discurso com delicada moderação.

Era encantadora.

“Desculpe-me”, disse Hammersmith, “mas há regras e regulamentos para esse tipo de coisa. Ela é afiliada à Associação de Atores?”

“Não”, respondeu Lichfield.

“Então, veja bem, é impossível. O sindicato coíbe de forma rigorosa essas coisas. Vão nos esfolar vivos.”

“O que lhe importa, Hammersmith?”, disse Calloway. “O que lhe importa essa merda toda? Você nunca mais vai pisar num teatro depois que demolirem este aqui.”

“Minha esposa assistiu aos ensaios. Ela está impecável.”

“Poderia ser mágico”, afirmou Calloway, seu entusiasmo disparando a cada momento em que olhava para Constantia.

“Você está se arriscando contra o sindicato, Calloway”, queixou-se Hammersmith.

“Compro o risco.”

“Como você mesmo disse, para mim isso não é nada. Mas se um passarinho contar isso tudo a eles, você vai passar vergonha.”

“Hammersmith, dê uma chance a ela. Dê uma chance a todos nós. Se a Associação me boicotar, o problema é só meu.” Hammersmith se sentou de novo.

“Não vem ninguém, você sabe disso, não é? Diane Duvall era uma estrela; teriam assistido a todo esse seu espetáculo mela-cueca só por causa dela, Calloway. Mas uma desconhecida... Bem, o funeral é seu. Vá em frente e faça o que quiser, lavo minhas mãos. É sua cabeça que está em risco, Calloway, não se esqueça. Tomara que te esfolem por isso.”

"Muito obrigado", disse Lichfield. "Pela sua gentileza."

Hammersmith começou a rearrumar a mesa, a dar mais proeminência à garrafa e ao copo. Fim do diálogo: não estava mais interessado nessas borboletas.

"Saiam", falou. "Apenas saiam."

"Tenho uns dois pedidos a fazer", declarou Lichfield a Calloway enquanto deixavam o escritório. "Alterações na produção, para aprimorar a performance de minha esposa."

"Quais alterações?"

"Para o conforto de Constantia, gostaria que as luzes fossem reduzidas. Ela não está acostumada a atuar debaixo de luzes tão quentes e intensas."

"Pois bem."

"Eu também gostaria que instalassem uma fileira de ribaltas."

"Ribaltas?"

"Um pedido estranho, reconheço, mas ela se sente bem melhor com ribaltas."

"Elas tendem a incomodar os atores", observou Calloway. "Fica difícil de enxergar a plateia."

"De qualquer forma... Preciso estipular isso."

"Tudo bem."

"Em terceiro lugar, gostaria que todas as cenas que envolvem beijos, abraços, ou qualquer outro toque em Constantia fossem alteradas na direção, para evitar qualquer ocorrência de contato físico."

"Todas?"

"Todas."

"Pelo amor de Deus, por quê?"

"Minha esposa não precisa de mais nada para dramatizar a obra do coração, Terence."

Que entonação curiosa da palavra "coração". Obra do coração.

Calloway captou o olhar de Constantia por um ínfimo momento. Era uma bênção.

"Podemos apresentar nossa nova Viola à companhia?", sugeriu Lichfield.

"Não vejo por que não."

O trio foi em direção ao teatro.

O rearranjo das marcações e a questão de excluir qualquer contato físico foi simples. E embora o resto do elenco no início tivesse se acautelado com a nova colega, os modos nada afetados e a graça natural dela logo os deixaram a seus pés. Além disso, sua presença significava que o espetáculo aconteceria.

Às 18h, Calloway abriu um intervalo, anunciando que começariam os preparos às 20h, e lhes falando para saírem e relaxarem por mais ou menos uma hora. A companhia seguiu seu caminho, vibrando com o entusiasmo renovado pela produção. O que parecia um caos no início do dia, agora parecia se moldar muito bem. Havia mil coisas a se acertar, claro: falhas técnicas, figurinos que não estavam cabendo, deslizes na direção. Tudo conforme o roteiro. Mas, na verdade, fazia tempo que os atores não se animavam assim. Nem mesmo Ed Cunningham conseguiu evitar uns dois elogios.

Lichfield encontrou Tallulah arrumando a coxia.

"Hoje..."

"Sim, senhor."

"Não precisa ficar com medo."

"Não estou com medo", respondeu Tallulah. "Que ideia. Como se..."

"Pode ser doloroso, então lamento. Para a senhora, para todos nós."

"Entendo."

"Claro que entende. Ama o teatro tanto quanto eu: conhece o paradoxo da profissão. Imitar a vida. Ah, Tallulah, imitar a vida... que coisa curiosa. Às vezes me pergunto por quanto tempo conseguirei manter a ilusão."

"Que performance maravilhosa", comentou ela.

"Acha mesmo? Acha de verdade?" Ele foi encorajado pela crítica positiva. Era deveras excruciante, fingir o tempo inteiro; fingir a carne, a respiração, o aspecto de vida. Grato pela opinião de Tallulah, tocou-a.

"Gostaria de morrer, Tallulah?"

"Dói muito?"

"Quase nada."

"Então eu adoraria."

"E deveria."

Sua boca cobriu a dela, que morreu em menos de um minuto, aceitando de maneira alegre aquela língua inquiridora. Deitou-a no sofá puído e trancou a porta da coxia com a chave que ela carregava. O corpo esfriaria depressa no frio da sala e logo estaria firme e forte de novo, a tempo da chegada do público.

Às 18h15, Diane Duvall desceu de um táxi na frente do Elysium. Estava escuro, era uma noite de novembro de muito vento, mas ela se sentia bem; nada poderia estragar essa noite. Nem o escuro, nem o frio.

Sem ser vista, passou pelos cartazes com o rosto e o nome dela, e através do auditório vazio até seu camarim. Ali, fumando um maço de cigarros enquanto andava, encontrou o objeto de sua afeição.

"Terry."

Posou na porta por um momento, deixando o fato de sua reaparição ser absorvido. Ele ficou completamente pálido ao vê-la, então ela fez um bico. Não era fácil fazer um bico. Tinha certa rigidez nos músculos do rosto, mas ela conseguiu o efeito, para sua satisfação.

Calloway ficou sem palavras. Diane parecia doente, sem margem de dúvidas, e se tivesse saído do hospital para atuar no papel, teria de convencê-la do contrário. Não estava usando maquiagem, e seu cabelo loiro precisava de um banho.

"O que está fazendo aqui?", perguntou, quando ela fechou a porta atrás de si.

"Assunto inacabado", respondeu ela.

"Escuta... Preciso te contar algo."

Meu Deus, seria uma confusão.

"Encontramos uma substituta para a peça." Ela lhe deu um olhar vazio. Ele se apressou, tropeçando nas próprias palavras. "Achamos que você estava fora de atuação, quer dizer, não de forma permanente, mas, sabe, ao menos para a estreia..."

"Não se preocupe", disse ela. Ele ficou de queixo caído.

"Não me preocupar?"

"Não me importo."

"Você disse que voltou para terminar..." Parou. Ela estava desabotoando a parte de cima do vestido.

Não estava falando sério, pensou ele, não podia estar falando sério. Sexo? Agora?

"Passei as últimas horas pensando", afirmou enquanto baixava o vestido embolado até os quadris, deixava ele cair, e saía dele. Estava usando um sutiã branco, que tentava abrir sem sucesso. "Percebi que não me importo com o teatro. Pode me ajudar aqui?"

Ela se virou e ficou de costas para ele. Com um gesto automático, ele abriu o sutiã, sem realmente analisar se queria ou não aquilo. Parecia ser um *fait accompli*. Ela voltou para terminar o que tinha sido interrompido. Simples assim. E apesar dos barulhos bizarros que estava fazendo com o fundo da garganta, e do olhar vítreo, ainda era uma mulher atraente. Virou-se de novo, e Calloway reparou no tamanho dos seios, mais pálidos do que se lembrava, porém lindos. As calças estavam ficando apertadas de maneira quase desconfortável, e a performance dela apenas piorava a situação, devido ao modo como rebolava a cintura, igual à mais inexperiente das strippers do Soho, passando a mão entre as pernas.

"Não se preocupe comigo", falou. "Já me decidi. Tudo o que quero de verdade..." Tirou as mãos da virilha e as pôs no rosto dele. Estavam frias como gelo. "Tudo o que desejo mesmo é você. Não posso ter o sexo e o palco. Chega um momento na vida de todos em que decisões precisam ser tomadas." Lambeu os lábios. Não havia mais uma camada de umidade na boca quando a língua passou neles. "O acidente me fez pensar, me fez refletir sobre o que realmente importa para mim. E sendo bem sincera...", desafivelou o cinto, "estou cagando para...", abriu o zíper, "para essa, ou qualquer outra peça." As calças caíram. "Vou te mostrar o que me importa."

Enfiou a mão na cueca e agarrou com força. A mão gelada de algum modo deixava o toque mais excitante. Ele riu, fechando os olhos enquanto ela baixava as cuecas até o meio da coxa e se ajoelhava aos seus pés.

Era a maior especialista, a garganta aberta como uma drena. A boca um pouco mais seca que de costume, a língua o açoitando, mas as sensações o deixaram louco. Era tão bom, que mal notava a tranquilidade com que ela o devorava, indo fundo como nunca antes, usando cada truque que conhecia para excitá-lo mais e mais. Lento e fundo, aumentando a velocidade até ele quase gozar, então diminuindo de novo até que a necessidade passasse. Ele ficou completamente à sua mercê.

Abriu os olhos para vê-la em ação. Estava se empalando sobre ele, rosto em êxtase.

"Meu Deus", arfou. "Isso é muito gostoso. Ah, vai, vai."

O rosto dela sequer se mexeu em reação às palavras, ela apenas continuou o ato sem emitir qualquer ruído. Ela não fazia os barulhos de costume, os pequenos grunhidos de satisfação, a pesada respiração pelo nariz. Apenas engolia sua carne em absoluto silêncio.

Ele segurou o fôlego por um momento, então uma ideia foi gerada em seu ventre. A cabeça de Diane continuava a balançar, olhos fechados, lábios engatados em volta do membro, absortos por completo. Passou meio minuto; um minuto; um minuto e meio. E agora o ventre estava cheio de terrores.

Ela não estava respirando. Pagava esse boquete inigualável porque não parava, nem por um instante, para inalar ou exalar.

Calloway sentiu o corpo enrijecer, enquanto a ereção murchou na garganta dela. Ela não interrompeu o ato; o bombeio incansável continuava na virilha dele, até que sua mente formulou o impensável.

Ela está morta.

Ela me tem na boca, na boca gelada, e está morta. Foi por isso que voltou, levantou da laje do necrotério e retornou. Desejava finalizar o que havia começado, sem mais se importar com a peça, ou com a usurpadora. Era esse o ato que ela valorizava, apenas esse ato. Escolheu atuar pela eternidade.

Calloway nada podia fazer com a descoberta, além de assistir como um idiota enquanto esse cadáver o chupava. Então ela pareceu perceber seu horror. Abriu os olhos e o encarou. Como ele poderia se enganar quanto àquele olhar morto? Com gentileza, ela retirou os lábios da masculinidade encolhida.

"Qual é o problema?", perguntou, a voz de flauta ainda indicava vida.

"Você... você não... está respirando."

O rosto dela se fechou. Ela o soltou.

"Querido", respondeu, deixando de lado todo o fingimento de vida. "Não faço muito bem o papel, não é?"

Tinha uma voz fantasmagórica: fina, desamparada. A pele, que ele achara tão lisonjeiramente pálida tinha, numa segunda vista, um branco de cera.

"Você está morta?", perguntou.

"Receio que sim. Duas horas atrás: durante o sono. Mas eu precisava vir, Terry; muitos assuntos inacabados. Fiz minha escolha. Você devia ficar lisonjeado. Está lisonjeado, não é?"

Levantou-se e pegou a bolsa, que tinha deixado ao lado do espelho. Calloway olhou para a porta, tentando fazer os membros funcionarem, mas eles estavam inertes. Além disso, estava com as calças nos tornozelos. Dois passos e ele cairia de cara.

Ela voltou-se para o homem, com algo prateado e afiado na mão. Por mais que tentasse, ele não conseguiria focar. Mas o que quer que fosse aquilo, ela usaria nele.

Desde a construção do novo crematório, em 1934, o cemitério recebeu uma humilhação atrás da outra. As tumbas haviam sido violadas para o roubo da camada de chumbo dos caixões, as lápides reviradas e destruídas; eram poluídas por cães e pichações. Agora pouquíssimos enlutados cuidavam dos túmulos. As gerações foram reduzidas, e o número pequeno de pessoas que ainda poderiam ter um ente querido lá enterrado, estavam demasiado enfermos para se arriscar no pavimento malconservado, ou sensíveis para suportar a visão do vandalismo.

Nem sempre foi assim. Havia famílias ilustres e influentes sob as fachadas de mármore dos mausoléus vitorianos. Patriarcas, industriais e dignitários locais, todos os que já haviam orgulhado a cidade com seus esforços. O corpo da atriz Constantia Lichfield havia sido enterrado lá ("Até que Nasça o Dia e as Sombras Evanesçam"), embora seu túmulo fosse quase singular, devido à atenção que algum admirador secreto ainda lhe dispensava. Ninguém estava observando aquela noite, que era muito amarga para os apaixonados. Ninguém viu Charlotte Hancock abrir a porta de seu sepulcro, com os pombos batendo as asas para aplaudi-la por seu vigor, enquanto ela cambaleava para encontrar a lua. Seu marido Gerard lhe acompanhava, embora não tão fresco, pois morrera treze anos antes. Joseph Jardine, *en famille*, não estava muito atrás dos Hancock, assim como Marriott Fletcher, e Anne Snell, e os Irmãos Peacock; a lista prosseguia. Num canto, Alfred Crawshaw (Capitão da 17ª Brigada dos Lanceiros) ajudava sua adorável esposa Emma a sair da podridão do leito. Por toda parte, faces pressionavam as rachaduras das tampas das lápides — aquela não era Kezia Reynolds com o filho, que vivera apenas um dia, nos braços? E Martin Van de Linde (Abençoada seja a Memória dos Justos), cuja esposa jamais foi encontrada; Rosa e Selina Goldfinch: duas mulheres rígidas; e Thomas Jerrey, e...

Nomes demais, para mencioná-los todos. Estados de decadência demais, para descrever tudo. Basta contar que se ergueram: com os luxuosos trajes de seus enterros esvoaçando, e os rostos despidos de tudo, exceto das estruturas da beleza. Mesmo assim saíam, abrindo o portão dos fundos do cemitério e cruzando o terreno baldio em direção ao Elysium. À distância, o som do tráfego. Acima, um jato rugiu sobre a terra. Um dos irmãos Peacock, encarando o gigante tremeluzente enquanto ele passava, perdeu o passo e caiu de cara, quebrando a mandíbula. Levantaram-no com cuidado, e o conduziram pelo caminho. Nada de mais: e o que seria uma Ressurreição sem umas risadas?

Então o espetáculo continuava.

"Se a música é o alimento do amor, toque
Música em excesso; e que, na fartura,
Meu apetite possa adoecer e morrer..."

Calloway não podia ser encontrado diante da Cortina; mas Ryan tinha instruções vindas de Hammersmith (por meio do ubíquo sr. Lichfield) para começar o espetáculo com ou sem o Diretor.

"Ele estará no andar de cima, no camarote", afirmou Lichfield. "Na verdade, acho que posso vê-lo daqui."

"Está sorrindo?", perguntou Eddie.

"Sorriso aberto de orelha a orelha."

"Então está puto."

Os atores riram. Riram bastante aquela noite. O espetáculo prosseguia suavemente, e embora não pudessem ver a audiência devido ao brilho das ribaltas recém-instaladas, podiam sentir ondas de amor e satisfação emitidas no auditório. Os atores saíam do palco exaltados.

"Estão todos sentados nos camarotes", disse Eddie, "mas os seus amigos empolgam qualquer ator, sr. Lichfield. Fazem muito silêncio, claro, mas têm grandes sorrisos nos rostos."

Ato I, Cena II; e a primeira entrada de Constantia Lichfield como Viola foi recebida com aplausos espontâneos. Como o rufo surdo de tambores, como a batida áspera de mil baquetas em mil peles esticadas. Aplausos extravagantes, deliberados.

E, por Deus, ela fez jus à ocasião. Começou a atuar deixando fluir da forma como desejava, entrando de coração no papel, sem precisar da fisicalidade para comunicar a profundeza dos próprios sentimentos, mas falando da poesia com tamanha inteligência e paixão, que o mero meneio da mão dela valia mais que uma centena de gestos grandiosos. Após essa primeira cena, a cada entrada ela era recebida com os mesmos aplausos da audiência, seguidos por um silêncio quase reverencial. Nos bastidores, assentava-se uma espécie de alegria confiante. Toda a companhia sentiu o cheiro do sucesso; um sucesso que foi arrancado por um milagre dos dentes do desastre.

Mais uma vez! Aplausos! Aplausos!

No escritório, Hammersmith pouco atentava para a irritante barulheira da adulação, por conta das brumas da bebida. Se servia da oitava dose quando a porta se abriu. Ele olhou para cima por um momento e percebeu que o visitante era o arrivista do Calloway. Ouso dizer que veio contar vantagem, pensou Hammersmith, veio me dizer como eu estava errado.

"O que você quer?"

O vagabundo não respondeu. Do canto do olho, Hammersmith tinha a impressão de ver um sorriso largo e brilhante no rosto de Calloway. Desmiolado cheio de si, entrando ali quando um homem estava de luto.

"Imagino que esteja sabendo."

O outro grunhiu.

"Ela morreu", informou Hammersmith, começando a chorar. "Morreu há algumas horas, sem recuperar a consciência. Ainda não contei aos atores. Não parecia valer a pena."

Calloway nada disse em resposta a essas notícias. Esse desgraçado não se importava? Não via que era o fim do mundo? A mulher estava morta. Tinha morrido nas entranhas do Elysium. Investigações oficiais seriam feitas, o seguro seria investigado, autópsia, inquérito: revelariam coisas demais.

Ele bebeu bastante do copo, sem se importar em olhar de novo para Calloway.

"Sua carreira vai afundar depois dessa, filho. Não só a minha: ah, pode ter certeza que não."

Calloway continuou em silêncio.

"Não se importa?", indagou Hammersmith.

Houve silêncio por um momento, então Calloway respondeu. "Estou cagando pra isso."

"Administradores de palco metidos a besta. É isso o que as porras dos diretores são! Basta uma crítica positiva, e vocês se acham o talento divino. Bem, vamos abrir o jogo agora..."

Encarou Calloway, e os olhos, mergulhados em álcool, focavam com dificuldade. Até que conseguiu. O pervertido do Calloway estava pelado da cintura para baixo. Usava sapatos e meias, mas não calças e cueca. A exposição teria sido cômica, não fosse a expressão no rosto. O sujeito enlouquecera: os olhos se viravam de maneira descontrolada, saliva e catarro escorriam pela boca e nariz, a língua para fora, como a língua de um cachorro cansado.

Hammersmith colocou o copo sobre o mata-borrão, e viu a pior parte. Havia sangue na camisa de Calloway, um fio que ia do pescoço à orelha esquerda, de onde sobressaía a ponta da lixa de unha de Diane Duvall. Fora enfiada por inteiro no cérebro de Calloway. O homem com certeza estava morto.

Mas ficava de pé, falava, andava.

Do teatro, subiu outra leva de aplausos, abafada pela distância. Mas de algum modo, não era um som real; vinha de outro mundo, um lugar comandado pelas emoções. Era um mundo do qual Hammersmith sempre se sentira excluído. Jamais fora um bom ator, mas Deus sabia como tinha tentado, e as duas peças que escrevera, sabia, eram execráveis. Tesouraria era o seu forte, e ele usou disso para ficar o mais próximo possível dos palcos, odiando a própria falta de talento tanto quanto se ressentia pela habilidade alheia.

O aplauso arrefeceu, e, como que seguindo a deixa de um ponto invisível, Calloway foi até ele. A máscara que estava usando não era cômica nem trágica, era riso e sangue juntos. Encolhendo-se, Hammersmith estava acuado atrás da mesa. Calloway saltou sobre ela (parecia tão ridículo, a barra da camisa batendo nas bolas) e agarrou Hammersmith pela gravata.

"Filisteu", disse Calloway e, sem chegar a saber dos sentimentos de Hammersmith, quebrou o seu pescoço – crec! – enquanto o aplauso recomeçava lá embaixo.

"Não mais me abrace até que as circunstâncias
De lugar, tempo e fortuna esclareçam
Que Viola eu sou."

Na boca de Constantia, os versos eram uma revelação. Era quase como se *Noite de Reis* fosse uma peça recente, com o papel de Viola escrito apenas para Constantia Lichfield. Os atores com quem ela compartilhava o palco encolheram os próprios egos diante de tamanho talento.

O último ato continuava rumo à conclusão agridoce, a audiência fascinada como nunca, a julgar por sua atenção com o fôlego suspenso.

O Duque proclamou:

"Dá-me tua mão;

Que eu te veja em vestes de mulher."

No ensaio, o pedido feito no verso era ignorado: ninguém deveria tocar em Viola, muito menos segurar sua mão. Porém esses vetos foram esquecidos no calor da performance; possuído pela paixão do momento, o ator tocou em Constantia. Ela, por sua vez, se esquecendo do veto, esticou o braço em correspondência ao toque.

Na lateral dos bastidores do palco, Lichfield exalou um "não!", num cochicho, mas sua ordem não foi ouvida. O Duque segurou a mão de Viola, a vida e a morte cortejavam-se sob o céu pintado.

Era uma mão gelada, uma mão sem sangue nas veias, ou rubor na pele. Mas ali era uma mão tão agradável quanto uma viva.

Eram iguais, os vivos e os mortos, e ninguém poderia encontrar motivo para separá-los.

Na lateral, Lichfield suspirou, e se permitiu um sorriso. Temera o toque, temera que ele quebrasse o encanto. Mas Dionísio os acompanhava aquela noite. Tudo ocorreria bem; sentia no seu âmago.

O ato chegou ao fim, e Malvolio, ainda alardeando ameaças, mesmo derrotado, foi retirado do palco. Um a um, a companhia saiu, deixando o bufão para encerrar a peça.

"Há muito tempo o mundo começou
Acompanhado por chuvas e ventos,
Mas por hoje já basta, a peça acabou,
Que a noite tenha sido de contento."

A cena escureceu até o breu completo e a cortina desceu. Aplausos extasiados irromperam do camarote, os mesmos aplausos estrondosos e surdos. A companhia, com os rostos brilhando devido ao sucesso da Estreia, se juntou atrás da cortina para o cumprimento. A cortina subiu.

O aplauso aumentou.

Na lateral, Calloway se aproximou de Lichfield. Agora estava vestido, e tinha lavado o sangue do pescoço.

"Bem, temos um sucesso estrondoso", afirmou a caveira. "É uma pena que essa companhia logo se dissolverá."

"Uma pena mesmo", declarou o cadáver.

Os atores agora estavam gritando para a lateral, chamando Calloway para se juntar ao grupo. Estavam aplaudindo muito, encorajando-o a mostrar o rosto.

Ele pôs a mão no ombro de Lichfield.

"Vamos juntos, senhor", disse.

"Não, eu não poderia."

"Deve. Esse triunfo é seu, tanto quanto meu." Lichfield acenou, e eles saíram juntos para receber os cumprimentos ao lado da companhia.

Na lateral, Tallulah estava trabalhando. Sentia-se restaurada após o cochilo na coxia. Muitos incômodos foram embora com sua vida. Não sofria mais as dores nos quadris, ou a neuralgia latejante no escalpo. Não tinha mais necessidade de respirar pelas vias entupidas por uma crosta de setenta anos de muco, ou de esfregar as costas das mãos para fazer o sangue circular; não tinha sequer a necessidade de piscar. Preparava o incêndio com vigor renovado, reutilizando os restos de produções passadas: cenários, acessórios e figurinos velhos. Quando empilhou combustíveis o bastante, acendeu um fósforo e tocou fogo. O Elysium começou a queimar.

Por cima dos aplausos, alguém gritava:

"Maravilhoso, queridos, maravilhoso."

Era a voz de Diane, todos eles reconheceram, ainda que não pudessem enxergá-la muito bem. Descia cambaleando o corredor central em direção ao palco, fazendo um papelão.

"Vaca estúpida", proferiu Eddie.

"Ops", disse Calloway.

Agora ela estava à beira do palco, resmungando.

"Conseguiu tudo o que desejava agora? Essa aí é o seu novo amorzinho? É isso?"

Tentava subir, as mãos segurando as barras de metal quentes por causa das ribaltas. A pele começou a chamuscar: a gordura começou a pegar fogo de verdade.

"Pelo amor de Deus, parem ela!", exclamou Eddie. Mas ela não parecia sentir as queimaduras nas mãos; apenas ria. O cheiro de carne queimada subiu das ribaltas. A companhia saiu da formação, triunfo esquecido.

Alguém gritou: "Apaguem essas luzes!".

Um estalido, e então as luzes do palco foram apagadas. Diane caiu de costas com as mãos fumegando. Um membro do elenco desmaiou, outro correu para vomitar na lateral. Em algum lugar atrás deles, puderam ouvir uma leve crepitação de chamas, mas outras coisas lhes roubaram a atenção.

Sem as ribaltas, conseguiram ver o auditório com mais clareza. A plateia estava vazia, mas o balcão e os camarotes estavam apinhados de admiradores ardorosos. Cada fileira estava lotada, e cada centímetro do espaço do corredor estava tumultuado com o público. Alguém ali começou a bater palmas de novo, sozinho por um instante, até que a onda de aplausos recomeçasse. Mas agora poucos da companhia sentiram orgulho.

Mesmo do palco, mesmo com olhos exaustos e ofuscados pela luz, estava óbvio que nenhum homem, mulher ou criança naquela multidão de fãs estava vivo. Sacudiam, com as mãos apodrecidas, lenços de fina seda para o elenco, alguns deles batiam nos assentos que tinham em frente, a maioria apenas aplaudia, osso contra osso.

Calloway sorriu, curvou-se profundamente, e recebeu o apreço com gratidão. Em todos os seus quinze anos de carreira no teatro, jamais encontrara uma audiência tão agradecida.

Banhando-se no amor dos admiradores, Constantia e Richard Lichfield deram as mãos e desceram o palco para se curvarem mais uma vez, enquanto os atores vivos recuavam horrorizados.

Começaram a berrar e a rezar, a soltar uivos, a correr de um lado para o outro como adúlteros descobertos numa peça farsesca. Mas, como numa farsa, não havia maneira de sair da situação. Chamas brilhantes lamberam as vigas do teto, e ondas de lona incandescente cascatearam à esquerda e à direita, quando as coberturas pegaram fogo. Em frente, os mortos: atrás, a morte. A fumaça começava a deixar o ar espesso, era impossível ver para onde estavam indo. Alguém estava usando uma toga de lona chamejante e recitando gritos. Outro empunhava um extintor de incêndios contra aquele círculo do inferno. Tudo inútil: uma produção cansativa e mal dirigida. Quando o teto começou a ceder, quedas letais de vigas e traves silenciaram a maioria.

Nos camarotes, boa parte da audiência ia embora. Voltavam aos túmulos muito antes da chegada dos bombeiros, com as mortalhas e rostos iluminados pelo brilho do incêndio, enquanto espiavam por cima dos ombros para assistir ao fim do Elysium. Havia sido um belo espetáculo, e estavam felizes por voltar para casa, contentes por mais um tempo de conversas no escuro.

O incêndio queimou durante a noite inteira, apesar dos esforços bravios do departamento de bombeiros para apagá-lo. Por volta das 4h, a batalha foi dada como perdida e a conflagração continuou. Ao nascer do dia, as labaredas já haviam acabado com o Elysium.

Nas ruínas, os restos mortais de várias pessoas foram descobertos, a maioria dos corpos em condições que desafiavam identificações fáceis. Registros de arcadas dentárias foram consultados, e um cadáver foi identificado como o de Giles Hammersmith (Administrador), outro o de Ryan Xavier (Diretor de Palco) e, o mais chocante, um terceiro, o de Diane Duvall. "Estrela de *A Filha do Amor* morre em incêndio", disseram os tabloides. Ela foi esquecida após uma semana.

Não houve sobreviventes. Vários corpos simplesmente nunca foram encontrados.

Estavam no acostamento da pista, e observavam os carros correndo pela noite.

Lichfield, claro, estava lá, e Constantia radiante como nunca. Calloway optara por ir com eles, assim como Eddie e Tallulah. Mais três ou quatro haviam se juntado à trupe.

Era sua primeira noite de liberdade, e eles caíram na estrada, atores ambulantes. Eddie morrera apenas com a fumaça, mas alguns deles tinham sofrido ferimentos mais sérios, causados pelo incêndio. Corpos incinerados, membros fraturados. No entanto, a audiência à qual eles se apresentariam no mundo futuro perdoaria essas belas mutilações.

"Há vidas dedicadas ao amor", declarou Lichfield à nova companhia, "e vidas dedicadas à arte. Nosso alegre bando escolheu a segunda opção."

Houve uma leva de aplausos entre os atores.

"A vocês, que jamais morreram, posso dizer: bem-vindos ao mundo!"

Risos: mais aplausos.

Os faróis dos carros correndo no sentido norte da pista projetavam a silhueta da companhia. Pareciam, em todos os sentidos, homens e mulheres vivos. Mas não era bem esse o truque de sua arte? Imitar tão bem a vida, que a ilusão ficava indistinta do real? Quanto ao novo público, esperando por eles em necrotérios, adros de igrejas e capelas de velório, apreciariam essa habilidade mais que a maioria. Para aplaudir a imitação de paixão e dor que eles encenavam, quem melhor que os mortos, que haviam vivido essas sensações e por fim estavam livres delas?

Os mortos. Necessitavam de entretenimento tanto quanto os vivos; e eram um mercado terrivelmente negligenciado.

A companhia não atuaria por dinheiro, atuaria pelo amor à arte, Lichfield deixou isso bem claro desde o início. Nunca mais prestariam outro serviço a Apolo.

"Agora", perguntou, "que direção tomaremos, norte ou sul?"

"Norte", respondeu Eddie. "Minha mãe está enterrada em Glasgow, morta antes que eu atuasse de maneira profissional. Queria que ela me visse."

"Ao norte, portanto", afirmou Lichfield. "Vamos procurar algum transporte?"

Ele os guiou até o restaurante da beira de estrada, com o neon piscando de forma irregular, mantendo a noite ao alcance da luz. As cores eram fortes e teatrais: escarlate, verde-limão, cobalto, e um borrifo de branco espargia para fora das janelas, até o estacionamento onde estavam. As portas automáticas chiaram quando um viajante saiu, levando de presente hamburgueres e bolo para as crianças no fundo do carro.

"Com certeza algum motorista amigável arranjará um lugar para nós", comentou Lichfield.

"Para todos nós?", perguntou Calloway.

"Um caminhão vai servir; pedintes não podem exigir muito", respondeu Lichfield. "E agora somos pedintes: estamos sujeitos aos caprichos dos patrões."

"Podemos roubar um carro", sugeriu Tallulah.

"Não há necessidade de roubo, exceto em situações extremas", disse Lichfield. "Constantia e eu vamos em frente, atrás de um motorista."

Segurou a mão da esposa.

"Ninguém diz não a uma beldade", falou.

"O que dizer se alguém perguntar o que estamos fazendo aqui?", disse Eddie, um pouco nervoso. Não estava acostumado a esse papel; precisava ganhar confiança.

Lichfield se virou para a companhia, a voz estrondando na noite: "O que fazer? Imitar a vida, claro! E sorrir!".

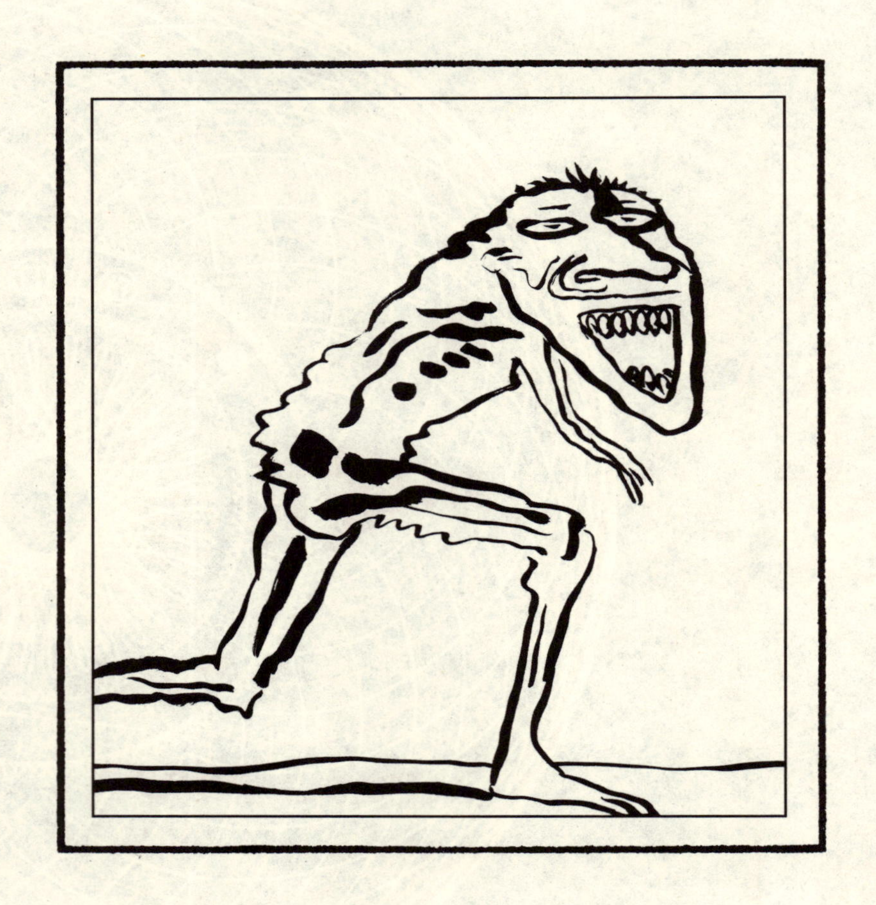

A fantasia, abandonada pela razão,
produz monstros impossíveis.
— Goya —

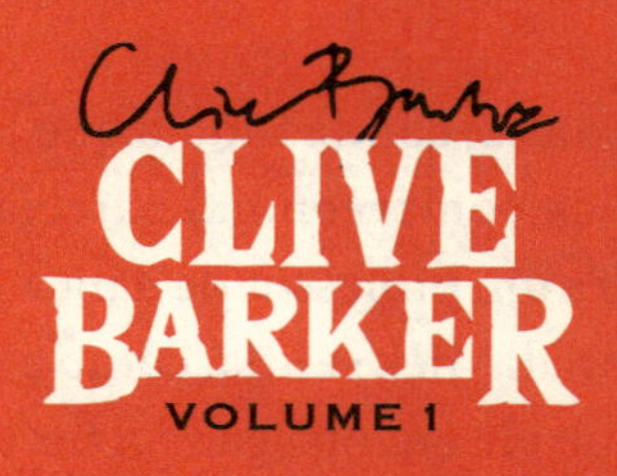

NAS MONTANHAS, AS CIDADES

Foi apenas na primeira semana da viagem à Iugoslávia que Mick descobriu que havia escolhido como amante um fanático político. Com certeza, ele fora avisado. Uma das bichas do spa lhe dissera que Judd estava logo à Direita de Átila, o Huno, mas o homem já tinha sido um dos antigos casos de Judd, por isso Mick presumiu que havia mais despeito do que percepção naquele assassinato de personalidade.

Se ao menos tivesse escutado. Não estaria dirigindo por uma estrada interminável, em um Volkswagen que de repente parecia ter o tamanho de um caixão, escutando as opiniões de Judd a respeito do expansionismo soviético. Nossa, como era chato. Ele não conversava, e sim palestrava, e não acabava nunca. Na Itália, o sermão foi sobre o modo como os comunistas haviam explorado o voto camponês. Agora, na Iugoslávia, Judd se empolgava mesmo com o assunto, e Mick estava a ponto de dar uma martelada nessa cabeça cheia de opiniões pessoais.

O problema não era discordar de tudo o que Judd falava. Alguns dos argumentos (os que Mick compreendia) pareciam bem sensatos. Mas então, o que ele sabia? Era um professor de dança. Judd era um jornalista, um intelectual profissional. Mick sentia, como a maioria dos jornalistas que havia conhecido, que ele era obrigado a ter uma opinião a respeito de todas as coisas que o sol tocava. Em especial sobre política; esse era o melhor cocho onde se chafurdar. Dava para enfiar o focinho, os olhos, a cabeça e os cascos frontais nessa mistura de meleca e se esbaldar espalhando tudo para cima. Era um assunto inesgotável para devorar, uma lavagem com um pouco de tudo dentro, pois tudo, de acordo com Judd, era político. As artes eram políticas. O sexo era político. Religião, comércio, jardinagem, comida, bebida e peidos — tudo político.

Meu Deus, era chato de estourar os miolos: chato de matar, de assassinar o amor.

Para piorar, Judd parecia não perceber como Mick estava entediado ou, se percebia, não se importava. Apenas seguia tagarelando, os argumentos cada vez mais palavrosos, as frases crescendo a cada quilômetro percorrido. Judd, deduzira Mick, era um egoísta de uma figa, e assim que aquela lua de mel acabasse, romperia com o cara.

Foi somente naquela viagem, naquela caravana interminável e insensata pelos túmulos da cultura da Europa Central, que Judd percebeu como Mick era um leviano político. O cara demonstrava pouquíssimo interesse na economia ou na política dos países que visitava. Judd registrara sua indiferença aos fatos concretos por trás da situação italiana, e que bocejou, sim, bocejou quando ele tentou (e não conseguiu) debater a respeito da ameaça russa ao resto do mundo. Tinha de encarar a verdade amarga: Mick era uma bichona; não havia outra palavra para ele. Certo, talvez ele não requebrasse ou usasse joias em excesso, mas mesmo assim era uma bichona, contente em se chafurdar no mundo onírico de afrescos do começo do Renascimento e de ícones iugoslavos. As complexidades, as contradições, e mesmo as agonias responsáveis por essas culturas florescerem e perecerem lhe eram apenas cansativas. Sua mente era tão superficial quanto a aparência; era um zé-ninguém bem vestido. Que lua de mel.

Para os padrões iugoslavos, a estrada ao sul de Belgrado até Novi Pazar era boa. Tinha menos buracos que várias das estradas que eles haviam percorrido, e era mais ou menos reta. A cidade de Novi Pazar ficava no vale do Rio Raska, ao sul da cidade que levava o nome do rio. Não era uma região muito popular entre os turistas. Apesar da estrada boa, ainda era inacessível e carecia de amenidades sofisticadas; mas Mick estava determinado a ver o monastério de Sopocani, a oeste da cidade, e após uma discussão desagradável, tinha vencido.

A jornada se provou desinteressante. De um lado da estrada, os campos cultivados tinham um aspecto ressequido e empoeirado. Naquele verão fazia um calor incomum, e as secas estavam afetando várias das vilas. As plantações não vingaram, e os animais haviam sido abatidos de maneira prematura para evitar a morte por desnutrição. Havia um olhar derrotado nos poucos rostos que viam na beira da estrada. Até as crianças tinham expressões austeras, cenhos pesados como o mormaço do vale.

Agora, com as cartas na mesa após uma briga em Belgrado, seguiam em silêncio a maior parte do tempo; mas a estrada reta, como a maioria das estradas retas, incitava a discussão. Quando a condução era fácil, a mente buscava algo com que se engajar. O que poderia ser melhor que uma briga?

"Por que diabos você quer conhecer a porra desse monastério?", indagou Judd.

Era uma incitação inconfundível.

"Já viemos até aqui...", Mick tentou manter o tom de diálogo. Não estava com vontade de discutir.

"Mais Virgens de merda, não é?"

Mantendo o máximo de plenitude na voz, Mick pegou o Guia e leu em voz alta: "...ali algumas das maiores obras da pintura sérvia ainda podem ser vistas e apreciadas, incluindo a que muitos comentadores concordam que seja a longeva obra-prima da escola de Raska: 'A Dormição da Virgem'".

Silêncio.

Então Judd: "Já estou até aqui com igrejas".

"É uma obra-prima."

"De acordo com a porra desse livro só existem obras-primas."

Mick sentia que perdia o controle.

"No máximo duas horas e meia..."

"Eu avisei que não quero ver mais nenhuma outra igreja; o cheiro desses lugares me dá náuseas. Incenso rançoso, suor velho e mentiras."

"É um desvio curto; então voltamos para a estrada e você pode me dar outra palestra sobre os subsídios agropecuários em Sandzak."

"Só estou tentando manter uma conversa decente, em vez dessa baboseira interminável sobre obras-primas sérvias."

"Pare o carro!"

"O quê?"

"Pare o carro!"

Judd parou o Volkswagen no acostamento. Mick saiu.

A estrada estava quente, mas havia uma leve brisa. Ele respirou fundo e andou até o meio da estrada. Sem nenhum tráfego ou pedestre em ambos os lados. Em cada direção, vazio. As montanhas tremulavam no calor dos campos. Havia papoulas selvagens crescendo nas valetas. Mick cruzou a pista, abaixou os quadris e pegou uma.

Atrás de si, ouviu a porta do VW bater.

"Por que me fez parar?", perguntou Judd. A voz estava irritadiça, ainda desejando, implorando por aquela briga.

Mick se levantou, brincando com a papoula. Estava prestes a germinar, no fim da estação. As pétalas caíram do receptáculo assim que ele as tocou, pequenos salpicos rubros pairando até o asfalto cinza.

"Eu te fiz uma pergunta", repetiu Judd.

Mick olhou em volta. Judd estava de pé do outro lado do carro, na testa brotava uma profunda linha de raiva crescente. Mas era belo; sim; um rosto que fazia as mulheres chorarem de frustração por ele ser gay. Um grosso bigode preto (perfeitamente aparado) e olhos que você podia encarar para sempre sem jamais perceber a mesma luz dentro deles mais de uma vez. Por que, em nome de Deus, pensou Mick, um homem tão bonito precisa ser um merdinha insensível?

Judd devolveu o olhar com uma demonstração de desprezo, encarando o belo garoto e fazendo bico no meio da estrada. Causava-lhe vontade de vomitar, ver o pequeno drama que Mick fazia em benefício próprio. Isso só poderia ser plausível em um virgem de 16 anos. Em um sujeito de 25 anos, faltava credibilidade.

Mick deixou a flor cair no chão e puxou a camisa de dentro das calças. Uma barriga chapada, depois um peito magro e liso, foram revelados enquanto ele a tirava. O cabelo se bagunçou quando a cabeça reapareceu, e a face apresentava um sorriso largo. Judd olhou para o torso. Belo, não muito musculoso. Uma cicatriz no apêndice surgiu sobre a calça jeans desbotada. Uma corrente de ouro pequena, mas reluzente do sol, mergulhou na cavidade do pescoço. Ele devolveu o sorriso de Mick, sem querer, e uma espécie de paz surgiu entre eles.

Mick desafivelava o cinto.

"Quer trepar?", propôs, sem parar de sorrir.

"É inútil", veio a resposta, embora não àquela pergunta.

"O que não é?"

"Não somos compatíveis."

"Quer apostar?"

Agora havia baixado o zíper, e se virava para o trigal da beira da estrada.

Judd assistiu enquanto Mick abria caminho pelo mar ondulante, as costas da cor dos grãos, de modo que quase se camuflava. Era um jogo perigoso, foder ao ar livre — ali não era San Francisco, nem mesmo Hampstead Heath. Um pouco nervoso, Judd olhou para a estrada. Ainda vazia nas duas direções. E Mick se virava, mergulhado no campo, se virava e sorria e ondulava como um nadador boiando em uma onda dourada. Diabos, ninguém veria, ninguém saberia. Apenas as montanhas, líquidas na camada de ar quente, as florestas nas encostas voltadas aos assuntos da terra, e um cão perdido, sentado à beira da estrada, esperando por algum dono perdido.

Judd seguiu a trilha de Mick pelo trigal, desabotoando a camisa enquanto andava. Ratos-do-campo corriam em debandada, fugindo sob as hastes de trigo enquanto o gigante se aproximava com pés trovejantes. Judd percebeu o pânico e sorriu. Não pretendia machucá-los, mas como poderiam saber disso? Talvez tirasse uma centena de vidas, ratos, besouros, minhocas, antes de alcançar o local onde

Mick estava deitado, com a bunda completamente nua, em uma cama de grãos esmagados, ainda sorrindo.

Fizeram amor, bom, gostoso, forte, igualmente prazeroso para os dois; havia certa precisão na paixão, sentindo o momento quando o deleite sem esforço se tornava urgente, e o desejo, uma necessidade. Eles se apertaram, membro a membro, língua roçando língua, em um nó que apenas o orgasmo poderia desunir, as costas alternadamente queimadas e arranhadas enquanto eles rolavam trocando beijos e carícias. No meio de tudo, gozando juntos, escutaram o puf-puf-puf de um trator que passava por perto; mas não se importavam mais.

Voltaram ao Volkswagen com trigo debulhado pelos corpos, sobre os cabelos e ouvidos, nas meias e entre os dedos dos pés. Os sorrisos irônicos foram substituídos por sorrisos calmos: a trégua, se não permanente, duraria ao menos algumas horas.

O carro estava um forno, e precisaram abrir todas as janelas e portas para permitir que o vento o esfriasse antes de seguirem para Novi Pazar. Eram 16h, e ainda teriam algumas horas de estrada pela frente.

Ao entrarem no carro, Mick disse: "Que tal deixarmos o monastério para lá?".

Judd ficou boquiaberto. "Achei que..."

"Não aguento mais outra porcaria de Virgem."

Riram com leveza, então se beijaram, sentindo o gosto um do outro e de si mesmos, uma mistura de saliva com resquícios do sabor salgado do sêmen.

O dia seguinte estava radiante, mas não muito quente. Sem céu azul: apenas uma camada nivelada de nuvem branca. O ar da manhã ardia nas narinas, como éter ou menta.

Vaslav Jelovsek observava os pombos da praça principal de Popolac cortejarem com a morte ao saltar e voar na frente dos veículos que zuniam por perto. Alguns militares, outros civis. Um ar de sóbria intenção pouco suprimia a excitação que ele sentia aquele dia, uma excitação que sabia compartilhar com todos os homens, mulheres e crianças de Popolac. Compartilhada também entre os pombos, até onde sabia. Talvez fosse por isso que eles brincavam debaixo das rodas com tanta destreza, sabiam que nesse dia nada poderia atingi-los.

Examinou o céu mais uma vez, aquele mesmo céu branco que ele observava desde a aurora. A camada de nuvens estava baixa; não era o ideal para celebrações. Uma frase perpassou sua mente, uma frase em inglês que ouvira de um amigo, "estar com a cabeça nas nuvens". Significava, deduziu, perder-se em devaneios, em um sonho branco e cego. Isso, pensou de maneira sarcástica, era tudo o que o Ocidente sabia a respeito das nuvens, que eram como sonhos. Para tornarem verdade essa frase casual, eles precisariam de uma visão que não possuíam. Aqui, nessas montanhas secretas, não criariam uma realidade espetacular dessas palavras ociosas? Um provérbio vivo.

Uma cabeça nas nuvens.

O primeiro contingente já se reunia na praça. Uma ou duas ausências devido à doença, mas os auxiliares já estavam prontos, esperando para assumir seus lugares. Quanta disposição! Que sorrisos largos, quando um ou uma auxiliar ouvia seu nome e número chamados e saía da fila para juntar-se ao membro que já tomava forma. Em cada lado, milagres de organização. Cada um com uma função e um lugar para ir. Sem gritos ou empurrões: na verdade, poucas vozes mais altas que um suspiro afoito. Ele observava com admiração enquanto o trabalho de posicionar e afivelar e amarrar prosseguia.

Seria um dia longo e árduo. Vaslav estava na praça desde uma hora antes do amanhecer, bebendo café em xícaras de plástico importadas, discutindo os informes meteorológicos vindos de Pristina e Mitrovica de trinta em trinta minutos, e observando o céu sem estrelas enquanto a luz cinzenta da manhã se infiltrava. Agora estava bebendo o sexto café do dia, e não eram nem 7h. Do outro lado da praça, Metzinger parecia tão cansado e ansioso quanto Vaslav. Haviam assistido juntos a aurora se infiltrar pelo leste, ele e Metzinger. Mas agora estavam separados, se esquecendo da companhia prévia, e não conversariam mais até o final da disputa. Afinal, Metzinger era de Podujevo. Tinha a própria cidade para quem torcer no iminente combate. No dia seguinte trocariam histórias das aventuras, mas por hoje deveriam se comportar como se não se conhecessem, sequer trocar um sorriso. Por hoje tinham que ser partidários completos, importando-se apenas com a vitória da própria cidade.

Agora, a primeira perna de Popolac foi erguida, para a mútua satisfação de Metzinger e de Vaslav. Todas as checagens de segurança foram realizadas de maneira meticulosa, e a perna deixou a praça, projetando a sombra gigantesca na fachada da Prefeitura. Vaslav deu um gole no café muito doce, e se permitiu um pequeno grunhido de satisfação. Que dias, que dias. Dias permeados de glória, com bandeiras drapejando e vistas elevadas, de revirar o estômago, o bastante para fazer valer a vida de um homem. Era uma bela antecipação do sabor do Paraíso.

Deixe os Estados Unidos com seus prazeres simples, ratos em desenhos animados, castelos de doces, cultos e tecnologias, ele não desejava nada daquilo. A maior maravilha do mundo estava ali, oculta nas montanhas.

Ah, que dias.

Na praça principal de Podujevo a cena não era menos animada, nem menos inspiradora. Talvez houvesse um senso mudo de tristeza subjacente à celebração deste ano, mas isso era compreensível. Nita Obrenovic, a amada e respeitada organizadora, não estava mais viva. O inverno anterior a levara na idade de 94 anos, deixando a cidade desprovida de suas ferozes opiniões, e de suas proporções ainda mais ferozes. Por sessenta anos, Nita havia trabalhado com os cidadãos de Podujevo, sempre planejando o concurso seguinte e melhorando o design, as energias gastas em tornar a próxima criação mais ambiciosa e mais realista que a anterior.

Agora estava morta, e sentiam muita falta dela. Sem ela não chegava a ter desorganização nas ruas, as pessoas eram bastante disciplinadas para isso, mas já se atrasavam, e agora eram quase sete e meia. A filha de Nita havia assumido o lugar da mãe, mas carecia do poder de Nita de galvanizar as pessoas para a ação. Em uma palavra, era gentil demais para o trabalho que tinha em mãos. Ele demandava uma líder que fosse em parte profeta e em parte mestre de cerimônias, para mover e assombrar e inspirar os cidadãos até as posições. Talvez, após uma ou duas décadas, com mais algumas disputas nas costas, a filha de Nita Obrenovic conseguisse chegar ao mesmo nível. Mas, por hoje,

Podujevo se atrasava; checagens de segurança eram negligenciadas; olhares nervosos substituíam a segurança de anos anteriores.

Não obstante, seis minutos antes das oito, o primeiro membro de Podujevo saiu da cidade até o local marcado, para esperar por sua companhia.

Àquela altura, os flancos já estavam montados em Popolac, e os contingentes armados já esperavam por ordens na Praça Municipal.

Mick acordou disposto às 7h, embora não houvesse alarme naquele quarto com mobília simples do Hotel Beograd. Ficou deitado na cama e escutou a respiração regular de Judd em uma cama igual, do outro lado do quarto. Através das cortinas finas, penetrava uma luz matinal fosca, nada encorajadora para que partissem cedo. Após alguns minutos encarando a pintura rachada do teto, e um pouco mais olhando para o crucifixo cruamente entalhado na parede do lado oposto, Mick se levantou e foi até a janela. Era um dia fosco, como pensara. O céu estava nublado, e os telhados de Novi Pazar cinzentos e descaracterizados na luz fraca da manhã. Mas bem além dos telhados, ao leste, podia enxergar as montanhas. Nelas fazia sol. Conseguia ver os feixes de luz batendo no verde azulado da floresta, convidando-o a uma visita às encostas. Talvez naquele dia eles dirigissem até Kosovska Mitrovica, ao sul. Lá havia um mercado e um museu, certo? E podiam descer o vale do Ibar, seguindo a estrada ao lado do rio, onde as montanhas assomavam selvagens e brilhantes do outro lado. As montanhas, sim; decidiu ver as montanhas aquele dia.

Eram 8h15.

Às 9h, os corpos principais de Popolac e Podujevo foram em sua maior parte montados. Em distritos demarcados, os membros de ambas as cidades estavam prontos, esperando para se juntarem aos respectivos torsos.

Vaslav Jelovsek pôs as mãos enluvadas acima dos olhos e examinou o céu. O nível das nuvens havia subido na última hora, sem dúvidas, e havia lacunas nas nuvens ao oeste; até mesmo, às vezes, alguns vislumbres do sol. Não seria o dia perfeito para a disputa, pelo visto, mas com certeza seria adequado.

Mick e Judd tomaram um café da manhã de *ovibeico* — tradução grosseira de ovo e bacon — e várias xícaras de um ótimo café preto. Estava ficando mais claro, mesmo em Novi Pazar, e suas expectativas melhoraram. Kosovska Mitrovica até a hora do almoço, e talvez uma visita ao castelo da montanha de Zvecan pela tarde.

Perto das nove e meia, eles dirigiram para fora de Novi Pazar e pegaram a estrada de Srbovac, ao sul, em direção ao vale do Ibar. Não era uma boa estrada, mas os montículos e a buraqueira não poderiam estragar o novo dia.

A estrada estava vazia, exceto pelo pedestre ocasional; e em vez dos milharais pelos quais passaram um dia antes, a estrada era ladeada por montanhas ondulantes, cujas encostas eram cobertas por florestas densas e escuras. Com exceção de alguns pássaros, não viram nenhum animal. Até os infrequentes companheiros de viagem desapareceram após alguns quilômetros, e a ocasional fazenda pela qual passaram parecia fechada e trancada. Porcos pretos corriam livres pelo terreno, sem crianças para lhes alimentar. Roupas batiam e ondulavam num varal frouxo, sem lavadeira à vista.

No começo, essa jornada solitária pelas montanhas era revigorante, pela falta de contato humano, mas quando a manhã avançou, eles foram tomados por certa inquietude.

"Não deveria ter alguma placa para Mitrovica, Mick?"

Ele conferiu no mapa.

"Talvez..."

"Talvez a gente tenha pego a estrada errada?"

"Se houvesse alguma placa, eu teria visto. Acho que a gente deveria tentar sair dessa estrada, ir um pouco mais ao sul, encontrar o vale mais perto de Mitrovica, diferente do planejado."

"E como a gente sai da porra da estrada?"

"Nós passamos por uns dois desvios..."

"Estradas de terra."

"Ou vai ser isso ou seguir por esta estrada." Judd contraiu os lábios. "Cigarro?", perguntou.

"Eles acabaram faz quilômetros."

Adiante, as montanhas formavam uma linha impenetrável. Não havia sinal de vida pela frente. Sequer um fino fio de fumaça de chaminé, e nenhum ruído de voz ou veículo.

"Tudo bem", disse Judd, "vamos pegar o próximo desvio. Qualquer coisa é melhor que isso."

Prosseguiram. A estrada se deteriorava muito rápido, os buracos se tornavam crateras, os montículos davam a sensação de que havia corpos sob as rodas.

E então...

"Ali!"

Uma curva: uma curva palpável. Com certeza não era uma estrada pavimentada. Na verdade, mal dava para considerar uma estrada de terra, como Judd descrevia as outras, mas era uma fuga da perspectiva interminável da estrada em que estavam presos.

"Isso está virando a porra de um safári", comentou Judd, quando o VW começou a saltar e a ranger pela estradinha lúgubre.

"Onde está o seu senso de aventura?"

"Esqueci de colocar nas malas."

Agora subiam, pois a estrada seguia montanha acima. A floresta se fechou sobre eles, tapando o céu, então uma mixórdia alternada de luz e sombra começou a recair no capô enquanto eles avançavam. De repente, um distraído e otimista canto de pássaros, e um cheiro de pinheiro jovem e terra virgem. Uma raposa cruzou a estrada, bem à frente, e observou por um longo momento enquanto o carro roncava até ela. Então com o passo prazeroso de um príncipe destemido, ela adentrou a mata.

Aonde quer que fossem, pensou Mick, era bem melhor que a estrada que tinham abandonado. Talvez logo eles pudessem parar e caminhar um pouco, em busca de um promontório de onde conseguissem observar o vale, e quem sabe até Novi Pazar aninhada atrás deles.

Os dois ainda estavam a uma hora de carro de Popolac, quando a cabeça do contingente por fim marchou para fora da Praça Municipal e assumiu sua posição no corpo.

Essa última saída deixou a cidade completamente deserta. Nem mesmo os doentes e os velhos foram ignorados nesse dia; a ninguém era negado o espetáculo e o triunfo da disputa. Cada cidadão, jovem ou enfermo, cegos, aleijados, bebês de colo, grávidas — todos subiam da orgulhosa cidade até o campo de batalha. Era a lei que deviam obedecer: mas não precisava ser reforçada. Nenhum cidadão das duas cidades perderia a chance de ver aquilo — de vivenciar a emoção daquela disputa.

O confronto tinha de ser total, cidade contra cidade. Sempre foi assim.

Então as cidades subiram as montanhas. Por volta de meio-dia, todos os cidadãos de Popolac e os de Podujevo estavam reunidos no poço secreto das montanhas, escondido dos olhos civilizados, para uma batalha antiga e cerimonial.

Dezenas de milhares de corações batiam mais rápido. Dezenas de milhares de corpos se esticavam e se tensionavam e suavam, enquanto as cidades gêmeas tomavam as posições. As sombras dos corpos escureciam extensões de terra do tamanho de cidadezinhas; o peso dos pés transformava a grama em um leite verde; o movimento matava animais, esmagava arbustos e derrubava árvores. A terra literalmente reverberava com sua passagem, o estrondo dos passos ecoava nas montanhas.

No imponente corpo de Podujevo, alguns poucos empecilhos técnicos estavam aparentes. Uma pequena falha na tessitura do flanco esquerdo resultava em fraqueza nesse setor: e gerava problemas no mecanismo rotatório dos quadris. Estava mais rígido que o ideal, e os movimentos não eram suaves. Como resultado, havia demasiada tensão naquela região da cidade. Cuidavam disso com bravura; afinal, pretendia-se que a disputa levasse os concorrentes ao limite. O ponto de ruptura estava mais próximo do que qualquer um ousaria admitir. Os cidadãos não estavam tão resilientes quanto em disputas anteriores. Uma década ruim para a colheita produzira corpos não muito bem nutridos, espinhas dorsais menos flexíveis, vontades menos resolutas. O flanco mal costurado por si só não poderia causar um acidente, mas enfraquecido, devido à fragilidade dos competidores, montava um cenário para a morte em uma escala sem precedentes.

Eles pararam o carro.

"Ouviu isso?"

Mick balançou a cabeça. Sua audição não era muito boa desde a adolescência. Tantos shows de rock haviam detonado seus tímpanos.

Judd saiu do carro.

Agora os pássaros estavam mais quietos. O barulho que ouviram enquanto dirigiam se repetiu. Não era apenas um barulho: era quase um movimento na terra, um rugido que parecia assentado na substância das montanhas.

Foi um trovão?

Não, rítmico demais. Repetiu-se mais uma vez, pelas solas dos pés.

Bum.

Dessa vez Mick escutou. Pôs o corpo para fora da janela do carro. "Foi em algum lugar lá em cima. Agora estou ouvindo." Judd acenou, concordando.

Bum.

O som do trovão terrestre mais uma vez. "Que diabos é isso?", perguntou Mick.

"Seja o que for, quero ver", Judd voltou ao Volkswagen sorrindo.

"Parece o som de canhões", afirmou, dando a partida no carro. "Canhões enormes."

Por meio de binóculos produzidos na Rússia, Vaslav Jelovsek observou o oficial responsável erguer a pistola. Viu o fio de fumaça branca sair do cano, e um segundo depois ouviu o som do tiro ecoar pelo vale. A disputa havia começado.

Olhou para as torres gêmeas de Popolac e Podujevo. Cabeças nas nuvens — bem, quase. Praticamente se esticavam para tocar o céu. Era uma visão espetacular, uma visão de tirar o fôlego, de matar o sono.

Duas cidades se agitando e se contorcendo e se preparando para dar os primeiros passos uma contra a outra nessa batalha ritual.

Das duas, Podujevo parecia a menos instável. Houve uma leve hesitação quando a cidade ergueu a perna esquerda e começou a marcha. Nada sério, apenas um pouco de dificuldade em coordenar o quadril e os músculos da coxa. Dois passos e a cidade encontrou seu ritmo; mais dois, e os habitantes já se moviam como uma única criatura, um gigante perfeito montado para se igualar em graça e poder contra sua imagem espelhada.

O tiro fez bandos de pássaros voarem para fora das árvores que ladeavam o vale oculto. Eles subiram em celebração da grande disputa, emitindo uma algazarra de excitação enquanto passavam pelo campo de batalha.

"Escutou um tiro?", perguntou Judd.

Mick assentiu com a cabeça.

"Exercícios militares?..." Judd arreganhou o sorriso. Já podia ver as manchetes – reportagens exclusivas sobre as manobras secretas nas profundezas do interior iugoslavo. Talvez tanques russos, exercícios táticos realizados fora das vistas curiosas do Ocidente. Com sorte, seria ele a transmitir as notícias.

Bum.

Bum.

Havia pássaros no ar. Agora o trovejo estava mais alto.

De fato soava como canhões.

"É bem ali no cume", afirmou Judd.

"Acho que a gente não devia se aproximar mais."

"Tenho que ver isso."

"Eu não. A gente não devia estar aqui."

"Não vejo nenhuma placa de proibição."

"Vão expulsar a gente; deportar, não sei, só acho que..."

Bum.

"Preciso ver isso."

Mal as palavras saíram da boca, começaram os gritos.

Podujevo berrava: um grito de morte. Alguém preso no flanco debilitado tinha morrido com a tensão, o que iniciou uma cadeia de declínio no sistema. Um homem perdia o vizinho e esse vizinho, por sua vez, perdia o seu, espalhando um câncer de caos pelo corpo da cidade. A coerência da enorme estrutura se deteriorava com rapidez pavorosa, enquanto a falência numa parte da anatomia colocava uma pressão insuportável em outra.

A obra-prima que os bons cidadãos de Podujevo tinham construído com a própria carne e sangue cambaleou e então — como um arranha-céu dinamitado — começou a desabar.

O flanco quebrado expeliu cidadãos como uma artéria cortada jorrando sangue. Então, com uma graciosa lentidão que tornava as agonias dos cidadãos ainda mais terríveis, curvou-se em direção ao chão, com todos os membros se soltando enquanto caíam. A cabeçorra, que passava nas nuvens pouco antes, caiu para trás do pescoço grosso. Dez mil bocas deram um único grito com a vasta boca, um apelo sem palavras, e infinitamente penoso, aos céus. Um uivo de perda, um uivo de antecipação, um uivo de aturdimento. Como, indagava o grito, o dia dos dias poderia terminar de tal modo, em um pandemônio de corpos em queda?

"Ouviu isso?"

Sem dúvida era humano, um som quase ensurdecedor. O estômago de Judd convulsionou. Ele olhou para Mick do outro lado, branco como uma folha de papel.

Judd parou o carro.

"Não", disse Mick.

"Escuta — pelo amor de Deus." O ar estava inundado pelo alarido de lamentos, apelos e imprecações agonizantes. Estavam muito perto.

"Agora precisamos ir lá", implorou Mick.

Judd balançou a cabeça. Estava preparado para um espetáculo militar - todo o exército russo aglomerado na montanha seguinte — mas aquele barulho nos ouvidos era de carne humana — demasiado humana para as palavras. Lembrava-lhe de como ele imaginava o

Inferno durante a infância; os tormentos infindáveis e indescritíveis com que a mãe lhe ameaçava, caso ele não fosse capaz de abraçar Cristo. Um terror no qual não pensara por vinte anos. Mas ali, de repente, ressurgia novinho em folha. Talvez o próprio abismo estivesse logo adiante, no horizonte, com a mãe parada na beira, o convidando a experimentar as punições.

"Se não quiser dirigir, deixa que eu dirijo."

Mick saiu do carro e deu a volta pela frente, olhando para a estrada enquanto isso. Houve um momento de hesitação, não mais que um momento, quando os seus olhos piscaram com descrença, antes de se virar para o para-brisas, o rosto ainda mais pálido que antes, e dizer: "Jesus Cristo...", com uma voz grossa devido à náusea reprimida.

O amante ainda estava diante do volante, a cabeça nas mãos, tentando apagar as memórias.

"Judd..."

Judd olhou para cima devagar. Mick o encarava como um louco, a face brilhando com suor súbito e gélido. Judd olhou por trás dele. A alguns metros adiante, a estrada tinha escurecido de maneira misteriosa, como se uma maré de repente emergisse em direção ao carro, uma maré espessa e profunda de sangue. A razão de Judd se contorceu para dar qualquer outro sentido àquela visão, além da conclusão inevitável. Porém, não havia explicação mais racional. Era sangue, em uma abundância insuportável, sangue sem fim.

E agora, na brisa, havia o aroma de carcaças recém-abertas: o odor das profundezas do corpo humano, em parte doce, em parte salgado.

Mick cambaleou de volta ao banco do passageiro do VW e segurou a maçaneta com fraqueza. A porta se abriu de repente e ele se enfiou lá dentro, os olhos vidrados.

"Dá a ré", disse.

Judd levou a mão à ignição. A maré de sangue já chapinhava nas rodas dianteiras. À frente, o mundo estava pintado de vermelho.

"Anda, caralho, anda!"

Judd não estava nem tentando ligar o carro.

"Precisamos ir lá", afirmou, sem convicção. "Devemos fazer isso."

"Não devemos fazer nada", disse Mick, "além de cair fora daqui. Não é da nossa conta."

"Acidente de avião..."

"Não tem fumaça."

"São vozes humanas."

O instinto de Mick foi o de cair fora sozinho. Poderia ler sobre a tragédia nos jornais — poderia ver as imagens no dia seguinte, quando já estivessem cinzas e granuladas. Aquela cena, agora, era muito recente, muito imprevisível...

Poderia existir qualquer coisa no fim daquela estrada, sangrando...

"Devemos..."

Judd ligou o carro, enquanto, ao lado, Mick começou a gemer baixinho. O VW começou a se deslocar para a frente, embicando no rio de sangue, as rodas girando na maré nauseabunda e espumante.

"Não", disse Mick, muito baixo, "por favor, não..."

"Devemos", foi a resposta de Judd. "Devemos. Devemos."

A poucos metros de distância, a cidade sobrevivente de Popolac se recuperava das primeiras convulsões. Encarava, com mil olhos, as ruínas do inimigo ritual, agora esparramadas num emaranhado de cordas e corpos sobre o chão impactado, despedaçada para sempre. Popolac recuou cambaleando da visão, as vastas pernas achatando a floresta nos limites do campo de batalha, os braços pendendo no ar. Mas mantinha o equilíbrio, mesmo com a insanidade comum, desperta pelo horror aos pés, perpassando-lhe os tendões e coagulando o cérebro. A ordem foi emitida: o corpo debateu e se contorceu e deu as costas para o pavoroso carpete de Podujevo, e fugiu para as montanhas.

Como que em direção ao esquecimento, a forma imponente passou entre o carro e o sol, projetando a sombra fria na estrada ensanguentada. Mick nada viu por entre lágrimas, e Judd, com os olhos atentos na visão que temia encontrar na curva seguinte, apenas percebeu de leve que algo havia tapado a luz por um minuto. Uma nuvem, talvez. Um bando de pássaros.

Se tivesse olhado para cima naquele momento, apenas um olhar furtivo para o nordeste, teria visto a cabeça de Popolac, a cabeça vasta e enxameada de uma cidade enlouquecida desaparecendo sob sua linha de visão, ao marchar para o meio das montanhas. Descobriria que esse território estava além de sua compreensão; e que não havia cura a ser realizada nesse recanto do Inferno. Mas não viu a cidade, e em companhia de Mick deixou para trás a última chance de dar a volta. De agora em diante, como Popolac e a irmã gêmea, foram derrotados pela sanidade, e por toda a esperança de viver.

Fizeram a curva, e as ruínas de Podujevo surgiram.

Suas imaginações domesticadas jamais haviam concebido uma visão tão indescritivelmente brutal.

Talvez após as batalhas da Europa um número semelhante de corpos tenha sido empilhado: mas haveria tantas mulheres e crianças amontoadas junto com os cadáveres de homens? Houve pilhas de corpos altíssimas, mas alguma com tal vivacidade minutos antes? Houve cidades destruídas com a mesma velocidade, mas uma cidade inteira já se acabou devido ao simples efeito da gravidade?

Era uma visão além do doentio. Em face dela, a mente ficava lenta como um caracol, as forças da razão retiravam a evidência com mãos meticulosas, buscando alguma falha, alguma posição em que pudesse afirmar:

Isto não está acontecendo. Este é um sonho de morte, não a morte em si.

Porém a razão não podia encontrar fraqueza na muralha. Era verdade. Era mesmo a morte.

Podujevo havia tombado.

Trinta e oito mil, setecentos e sessenta e cinco cidadãos espalhados pelo chão, ou melhor, jogados de qualquer jeito em pilhas que escorriam pelo chão. Quem não havia morrido na queda, ou sufocado, morria agora. Não restaria sobrevivente daquela cidade, exceto o grupo de observadores que tinha saído de casa para assistir à disputa. Aqueles poucos Podujevianos, aleijados, doentes, anciãos, agora observavam a carnificina, como Mick e Judd, evitando acreditar.

Judd foi o primeiro a sair do carro. O chão sob seus sapatos de camurça estava pegajoso com o sangue que se coagulava. Ele examinou a carnificina. Não havia destroços: sem sinais de acidente de avião, sem focos de incêndio ou cheiro de combustível. Apenas dezenas de milhares de corpos frescos, todos nus ou vestidos de maneira igual em sarja cinza, homens, mulheres e crianças. Podia ver que alguns deles usavam arreios de couro, presos com firmeza nos peitos, e extensões de corda que serpenteavam para fora dessas engenhocas, quilômetros e quilômetros. Quanto mais prestava atenção, mais compreendia o extraordinário sistema de nós e amarras que ainda atava os corpos. Por alguma razão, essas pessoas haviam sido amarradas, lado a lado. Algumas estavam presas aos ombros dos vizinhos, escarranchadas como meninos brincando de cavalinho. Outros, presos pelos braços, costurados com filamentos de corda numa muralha de músculos e carne. Outros, em forma de bolas, as cabeças enfiadas entre os joelhos. Todos de algum modo conectados com os companheiros, amarrados como em um insano jogo de servidão coletiva.

Outro tiro.

Mick olhou para cima.

Do outro lado do campo, um homem solitário, em um sobretudo puído, caminhava entre os corpos com um revólver, despachando-os para a morte. Um ato de solidariedade penoso e inadequado, mas que ele prosseguia do mesmo jeito, priorizando as crianças agonizantes. Esvaziava o revólver, recarregava, esvaziava, recarregava, esvaziava...

Mick se descontrolou.

Gritou o mais alto possível, por cima dos gemidos dos feridos.

"O que é isso?"

O homem tirou o olho da pavorosa tarefa, o rosto com um cinza tão sem vida quanto o sobretudo.

"Hã?", grunhiu, franzindo o cenho para os dois intrusos, pelos óculos grossos.

"O que aconteceu?", gritou Mick. Sentiu-se bem por gritar, sentiu-se bem por soar enraivado. Talvez ele fosse o culpado. Seria ótimo ter alguém a quem culpar.

"Conta pra gente", pediu Mick. Podia ouvir as lágrimas pulsando em sua voz. "Conta, pelo amor de Deus. Explica."

Sobretudo-cinza balançou a cabeça. Não entendia sequer uma palavra do que aquele idiota dizia. Estava falando em inglês, mas isso era tudo o que ele sabia. Mick começou a caminhar em sua direção, sentindo o tempo inteiro os olhos dos mortos sobre ele. Olhos como gemas pretas e reluzentes encaixadas em rostos quebrados: olhos vendo de cabeça para baixo, em cabeças danificadas, naquelas posições. Olhos em cabeças cuja voz eram uivos sólidos. Olhos em cabeças além dos uivos, além da respiração. Milhares de olhos.

Alcançou o Sobretudo-cinza, cuja arma estava quase vazia. Ele havia retirado os óculos e jogado de lado. Também chorava, pequenos tremores em seu corpo grande e desajeitado.

Aos pés de Mick, alguém o segurou. Ele não queria olhar, mas a mão tocou o seu sapato e ele não teve escolha, além de encarar o dono dela. Um jovem, jazendo como uma suástica de carne, cada junta destroçada. Uma criança debaixo dele, as pernas dela ensanguentadas como duas varetas rosas.

Ele queria o revólver do homem, para evitar que a mão o tocasse. Ainda melhor, queria uma metralhadora, um lança-chamas, qualquer coisa para acabar com aquela agonia de uma vez por todas.

Ao tirar o olho do corpo estraçalhado, Mick viu o Sobretudo-cinza erguer o revólver.

"Judd!", exclamou, mas enquanto a palavra saía dos lábios, o bocal do revólver foi levado à boca de Sobretudo-cinza e o gatilho pressionado.

Sobretudo-cinza havia reservado a última bala para si mesmo. A parte de trás da cabeça se abriu como a casca de um ovo quebrado, o osso do crânio saiu voando. O corpo amoleceu e desabou no chão, com o revólver ainda entre os lábios.

"Devemos...", começou Mick, sem se dirigir a alguém. "Devemos..."

Qual o imperativo? Nessa situação, o que deviam fazer?

"Devemos..." Judd estava atrás dele. "Ajudar", disse a Mick.

"Sim. Devemos buscar ajuda. Devemos..."

"Ir embora."

Ir embora! Era isso o que deviam fazer. Sob qualquer pretexto, por qualquer motivo frágil e covarde, deviam ir embora. Fugir do campo de batalha, fugir do alcance de uma mão agonizante com uma ferida no lugar do corpo.

"Temos que avisar às autoridades. Procurar uma cidade. Buscar ajuda."

"Padres", sugeriu Mick. "Eles precisam de padres."

Era um absurdo, pensar em oferecer um Rito Fúnebre a tanta gente. Seria necessário um exército de padres, um canhão de água benta, um alto-falante para proferir as bênçãos.

Juntos, deram as costas ao horror e se enroscaram um nos braços do outro, abriram caminho entre a carnificina e seguiram em direção ao carro.

Ele estava ocupado.

Vaslav Jelovsek estava sentado diante do volante, tentando ligar o Volkswagen. Rodou a chave na ignição uma vez. Duas vezes. Na terceira vez, o motor pegou e as rodas giraram na lama carmim e ele deu a ré descendo a estrada. Vaslav viu os ingleses correrem na direção do carro, xingando-o. Não tinha como evitar – não desejava roubar o veículo, mas tinha um trabalho a fazer. Havia sido um árbitro, fora responsável pela disputa, e pela segurança dos participantes. Uma das heroicas cidades já havia tombado. Precisava fazer tudo ao alcance para evitar que Popolac imitasse a gêmea. Deveria correr atrás de Popolac e dialogar com ela. Demovê-la de seus terrores com promessas e palavras calmas. Se não conseguisse, ocorreria um desastre equivalente ao que havia diante dele, e sua consciência já estava fragilizada o bastante.

Mick ainda estava correndo atrás da VW, gritando para Jelovsek. O ladrão nem percebeu, concentrando-se em manobrar o carro pela estrada estreita e escorregadia. Mick ficou para trás muito rápido. O carro começou a ganhar velocidade. Furioso, mas sem fôlego para expressar sua fúria, Mick ficou na estrada, mãos nos joelhos, resfolegando e soluçando.

"Desgraçado!", disse Judd.

Mick olhou para a estrada abaixo deles. O carro já havia desaparecido.

"O filho da puta nem sabe dirigir direito."

"Temos que... temos que... chegar... lá", disse Mick entre puxadas de fôlego.

"Como?"

"A pé..."

"Mas nem temos um mapa... ele ficou no carro."

"Meu... Deus... do céu..."

Desceram a estrada juntos, afastando-se do campo.

Após alguns metros, a maré de sangue começava a se esvair. Apenas alguns riachos coagulantes escorriam até a estrada principal. Mick e Judd seguiram os rastros de pneus ensanguentados até a junção.

A estrada de Srbovac estava vazia em ambas as direções. As marcas de pneu mostravam um desvio à esquerda.

"Ele entrou ainda mais nas montanhas", comentou Judd, observando a estrada solitária em direção à distância verde-azulada.

"Ele está louco!"

"Nós descemos pelo mesmo caminho que viemos?"

"Vamos passar a noite inteira caminhando."

"A gente arruma uma carona."

Judd balançou a cabeça: o rosto estava abatido e o olhar perdido.

"Veja, Mick, todos eles sabiam que isso ia acontecer. As pessoas nas fazendas... elas caíram fora quando esses malucos vieram pra cá. Não vai ter nenhum carro nessa estrada, aposto com você — exceto talvez por algum casal de turistas burros pra caralho, tipo a gente — e nenhum turista pegaria alguém desse jeito."

Ele estava certo. Pareciam açougueiros — encharcados de sangue. Os rostos reluzindo a gordura, os olhos enlouquecidos.

"Vamos ter que caminhar", declarou Judd, "por todo o trajeto de volta."

Apontou para a estrada. Agora as montanhas estavam mais escuras; o sol de repente havia desaparecido das encostas. Mick deu de ombros. De um jeito ou de outro, podia ver que teriam uma noite e tanto pela frente. Mas queria ir para algum lugar — qualquer lugar — desde que se distanciasse dos mortos.

Em Popolac reinava uma espécie de paz. Em vez do frenesi do pânico, certa letargia, uma aceitação bovina do mundo tal como era. Presos em suas posições, afivelados, amarrados e arreados uns aos outros num sistema vivo que não permitia que nenhuma voz fosse mais alta que qualquer outra, ou que um lombo trabalhasse mais que o do vizinho, permitiam que um insano consenso substituísse a tranquila voz da razão. Convergiam numa única mente, um único pensamento, uma única ambição. Tornavam-se, no espaço de alguns instantes, o gigante de mente única que eles recriaram de maneira tão brilhante. A ilusão da individualidade trivial era varrida numa irresistível maré de sentimento coletivo – não uma paixão da massa, mas um surto telepático que dissolvia as vozes de milhares em um único comando irresistível.

E a voz dizia: Ande!

A voz dizia: tire essa visão horrível da minha frente, vamos aonde eu jamais tenha de ver isso de novo.

Popolav se virou para as montanhas, as pernas dando passos de meio quilômetro. Todos os homens, mulheres e crianças daquela torre fervilhante estavam cegos. Enxergavam apenas com os olhos da cidade. Não tinham pensamentos, que não os pensamentos da cidade. E acreditavam ser imortais, com sua força destrambelhada e implacável. Vastos e loucos e imortais.

A três quilômetros estrada adentro, Mick e Judd sentiram o cheiro de gasolina no ar, e um pouco à frente se depararam com o VW. Capotado na valeta de drenagem à beira da estrada. Não havia pegado fogo.

A porta do motorista estava aberta, e o corpo de Vaslav Jelovsek estava caído no chão. O rosto estava calmo na inconsciência. Não parecia haver sinal de ferimento, exceto uns dois cortes no rosto sóbrio. Eles retiraram o ladrão dos destroços com suavidade, e o puxaram da imundície da valeta para a estrada. Ele gemia um pouco, enquanto os dois discutiam, enrolando o suéter de Mick para servir de travesseiro à sua cabeça, e retirando o casaco e a gravata do homem.

De repente, ele abriu os olhos.

Encarou os dois.

“Tudo bem com você?”, perguntou Mick.

O homem não disse nada por um momento. Não parecia entender. E então...

“Ingleses?”, perguntou. O sotaque era forte, mas a pergunta soou bem clara.

“Sim.”

“Escutei suas vozes. Ingleses.”

Ele franziu o cenho e piscou.

“Está doendo muito?”, perguntou Judd.

O homem parecia achar divertido.

“Está doendo muito?”, repetiu, o rosto se contorceu em uma mistura de agonia e deleite.

“Morrerei”, afirmou, por entre dentes cerrados.

“Não”, disse Mick, “vai dar tudo certo...”

O homem balançou a cabeça, com autoridade absoluta.

“Morrerei”, repetiu, a voz bastante determinada. “Desejo morrer.”

Judd se agachou para mais perto dele. A voz ficou mais fraca nesse momento.

“Fala o que a gente precisa fazer”, pediu. O homem havia fechado os olhos. Judd o acordou, balançando com brusquidão.

“Fala”, ordenou, a exibição de compaixão logo desapareceu. “Conta pra gente o que foi tudo isso.”

“O que foi?”, disse o homem, os olhos ainda fechados. “Foi uma queda, nada mais. Apenas uma queda...”

“O que caiu?”

“A cidade. Podujevo. Minha cidade.”

“Caiu de quê?”

“De si mesma, claro.”

O homem não estava explicando nada; apenas respondendo um enigma com outro.

“Aonde estava indo?”, indagou Mick, tentando soar com o mínimo de agressividade possível.

“Atrás de Popolac”, respondeu o homem.

“Popolac?”, perguntou Judd.

Mick começou a ver algum sentido na história.

"Popolac é outra cidade. Como Podujevo. Cidades gêmeas. Estão no mapa..."

"Onde a cidade está agora?", perguntou Judd.

Vaslav parecia ter optado pela verdade. Houve um momento em que pairou entre morrer com um enigma nos lábios, ou viver o bastante para se livrar dessa história. Que importava se alguém contasse o segredo agora? Jamais haveria outra disputa: era o fim delas.

"Vieram lutar", respondeu, agora com a voz bem suave, "Popolac e Podujevo. Lutam a cada dez anos..."

"Lutar?", perguntou Judd. "Quer dizer que todas essas pessoas foram massacradas?"

Vaslav balançou a cabeça.

"Não, não. Elas caíram. Eu disse."

"Bem, então como elas lutam?", perguntou Mick.

"Eles vão para o meio das montanhas", foi a única resposta.

Vaslav abriu os olhos um pouco. Os rostos que avultavam sobre ele estavam exaustos e doentes. Haviam sofrido, esses inocentes. Mereciam uma explicação.

"Na forma de gigantes", respondeu. "Lutaram na forma de gigantes. Formaram um corpo composto de corpos, compreendem? Estrutura, músculos, ossos, olhos, nariz, dentes, tudo formado por homens e mulheres."

"Ele está delirando", disse Judd.

"Eles vão para o meio das montanhas", repetiu o homem. "Verifiquem com os próprios olhos."

"Mesmo em uma suposição...", começou Mick.

Vaslav o interrompeu, desejando completar. "Eles eram bons na luta dos gigantes. Levou muitos séculos de prática: a cada dez anos criando figuras maiores, cada vez maiores. Um sempre querendo ser maior que o outro. Cordas para amarrar todo mundo, impecáveis. Tendões... ligamentos... Havia comida na barriga... havia canos nos quadris, para jogar fora os dejetos. Aqueles com as melhores vistas ficavam nas órbitas oculares, aqueles com as melhores vozes na boca e na garganta. Vocês não podem acreditar na engenharia disso tudo."

"Não acredito mesmo", afirmou Judd, e se levantou.

"É o corpo do estado", disse Vaslav, a voz tão suave que mal passava de um sussurro, "é o molde de nossas vidas."

Houve silêncio. Pequenas nuvens passaram por cima da estrada, encobrindo-os no ar sem fazer barulho.

"Era um milagre", completou. Era como se percebesse pela primeira vez a verdadeira enormidade do fato. "Era um milagre."

Bastava. Sim, já bastava.

Ditas as palavras, a boca se fechou e ele morreu.

Mick sentiu essa morte de maneira mais profunda do que as milhares de mortes que haviam deixado para trás; ou então essa morte era a chave que liberava a angústia que ele sentia por todas as outras.

Se o homem houvesse decidido contar uma mentira fantástica em sua morte, ou se a história de algum modo fosse verdade, Mick sentia-se inútil diante dela. Tinha uma imaginação muito estreita para abraçar essa ideia. O cérebro doía ao pensar nisso, e sua compaixão desmoronava sob o peso da infelicidade que sentia.

Ficaram parados na estrada, enquanto as nuvens seguiam acima deles, com suas sombras vagas e cinzentas, em direção às enigmáticas montanhas.

Era o crepúsculo.

Popolac não conseguia mais caminhar. Sentia exaustão em cada músculo. Aqui e ali, na gigantesca anatomia, havia ocorrido algumas mortes; mas na cidade não houve luto pelas células mortas. Se os mortos estivessem na parte interna, os cadáveres ficavam suspensos por arreios. Se fizessem parte da pele da cidade, eram destravados das posições e soltos, para desaparecerem na floresta abaixo dela.

O gigante era incapaz de sentir pena. Não tinha outra ambição, além de continuar em frente até o próprio fim.

Quando o sol afundou para longe das vistas, Popolac descansou, sentado em um monte, protegendo a cabeçorra com as mãos gigantescas. As estrelas apareciam com sua precaução familiar. A noite surgia, de maneira piedosa fazendo uma bandagem nos ferimentos do dia, cegando olhos que tinham visto demais.

Popolac levantou-se de novo, e começou a se mover, um passo estrondando atrás do outro. Com certeza não duraria muito, antes que fosse dominada pela fadiga: antes que se deitasse na tumba de algum vale perdido e morresse.

Mas por algum tempo ainda precisava andar, cada passo mais lento e agonizante que o outro, enquanto a noite escurecia em volta da cabeça.

Mick queria enterrar o corpo do ladrão de carros em algum lugar nos limites da floresta. Judd, no entanto, argumentou que enterrar um corpo poderia parecer, na luz mais sensata do dia seguinte, um pouco suspeito. Além disso, não seria um absurdo se preocuparem com um único cadáver, quando literalmente havia milhares a apenas alguns quilômetros dali?

Assim, o corpo foi abandonado, junto com o carro que se afundava ainda mais na valeta.

Recomeçaram a caminhar.

Fazia frio, e esfriava mais a cada momento, e eles estavam famintos. Mas as poucas casas por onde passaram estavam todas desertas, fechadas e trancadas, cada uma delas.

"O que ele quis dizer?", perguntou Mick, enquanto olhavam para outra porta trancada.

"Era uma metáfora."

"Toda essa conversa de gigantes?"

"Alguma baboseira trotskista", insistiu Judd.

"Acho que não."

"Eu sei. Era o discurso de morte dele, com certeza pensou nisso por anos."

"Acho que não", repetiu Mick, e começou a andar de volta à estrada.

"Ah, como assim?", Judd estava às suas costas.

"Ele não se referia a algum lema de partido."

"Está me dizendo que acha que tem um gigante em algum lugar por aqui? Pelo amor de Deus!"

Mick se virou para Judd. Era difícil enxergar seu rosto no crepúsculo. Mas a voz continha uma crença sóbria.

"Sim, acho que ele estava dizendo a verdade."

"Que absurdo. Que ridículo. Não."

Judd odiou Mick naquele momento. Odiou sua ingenuidade, sua propensão a acreditar em qualquer história desmiolada se ela contivesse um laivo de fábula. E essa? Era a pior de todas, a mais sem lógica.

"Não", repetiu. "Não. Não. Não."

O céu estava liso como porcelana, e o contorno das montanhas em breu completo.

"Estou congelando nesta porra", disse Mick, do nada. "Vai ficar aí ou vem comigo?"

Judd gritou: "Não vamos encontrar nada nessa direção".

"Mas está longe para voltar."

"Por aí só vamos entrar mais nas montanhas."

"Faz o que você quiser. Eu vou caminhar."

Os passos se afastaram: as trevas o encobriram. Um minuto depois, Judd o seguiu. A noite estava limpa e amarga. Seguiram em frente, colarinhos para cima para evitar o frio, pés inchados nos sapatos. Acima deles, o céu inteiro havia se tornado um desfile de estrelas. Um triunfo de luz derramada, da qual o olho podia criar tantos padrões quanto tivesse paciência. Após um momento, enlaçaram os braços cansados um em volta do outro, por conforto e calor.

Por volta das 23h, viram um brilho em uma janela ao longe.

A mulher diante da porta do casebre de pedra não sorriu, mas entendeu a condição dos dois, e os deixou entrar. Parecia despropositado tentar explicar à mulher ou ao marido aleijado o que eles tinham visto. O casebre não tinha telefone, e não havia sinal de veículo, então mesmo que tivessem arranjado uma maneira de se expressar, nada poderia ser feito.

Com mímica e caretas, eles explicaram que estavam famintos e exaustos. Além disso, tentaram relatar que estavam perdidos, xingando-se por terem deixado o dicionário de expressões idiomáticas no VW. Ela não parecia compreender muita coisa do que diziam, mas fez eles se sentarem diante de uma lareira acesa e pôs uma panela para esquentar no fogão. Comeram ovos e uma espessa sopa de ervilhas sem sal, e de vez em quando davam sorrisos de agradecimento à mulher. O marido estava sentado diante da lareira, sem tentar falar, ou sequer olhar para os visitantes.

A comida era boa. Animou o espírito dos dois.

Dormiriam até de manhã e, então, recomeçariam a longa caminhada de volta. Por volta do nascer do sol, os corpos no campo estariam sendo quantificados, identificados, ensacados e despachados para as famílias. O ar estaria cheio de barulhos reconfortantes, cancelando os gemidos que ainda ressonavam em seus ouvidos. Haveria helicópteros, caminhões cheios de homens que organizariam as operações de resgate. Todos os ritos e parafernálias de um desastre civilizado.

E em pouco tempo tudo ficaria palatável. Faria parte da história deles: uma tragédia, claro, mas uma tragédia que conseguiam explicar, classificar, e com que aprenderiam a conviver. Tudo ficaria bem, sim, tudo ficaria bem. Quando amanhecesse.

De repente, foram tomados pelo sono da fadiga profunda. Deitaram-se onde haviam caído, ainda sentados na mesa, as cabeças nos braços cruzados. Uma bagunça de tigelas sujas e cascas de pão em volta.

Não sabiam de nada. Não sonharam com nada. Não sentiram nada.

Então começou a trovejar.

Na terra, na terra profunda, um passo rítmico como o de um titã, que devagar se aproximava, mais e mais.

A mulher acordou o marido. Ela apagou o lampião com um sopro e foi até a porta. O céu noturno estava iluminado pelas estrelas: as montanhas negras por toda volta.

O trovão ainda ressonava: meio minuto entre cada bum, porém agora mais alto. E mais alto a cada novo passo. Juntaram-se diante da porta, marido e esposa, e ouviram o som ecoar de um lado ao outro em meio às montanhas. Não havia raio para acompanhar o trovão.

Apenas o estrondo.

Bum.

Bum.

Bum.

Fazia o chão tremer: levantava a poeira do dintel da porta, e fazia os trincos da janela chacoalharem.

Bum.

Bum.

Eles não sabiam o que se aproximava, qual sua forma, e, quaisquer que fossem suas intenções, não parecia fazer sentido fugir disso. O lugar onde estavam, no penoso abrigo do casebre, era tão seguro quanto qualquer recanto da floresta. Como poderiam escolher, em meio a cem mil árvores, a que estaria de pé após a passagem do trovão? Melhor esperar: e observar.

Os olhos da esposa não eram muito bons, e ela duvidou do que viu quando a escuridão da montanha mudou de forma e recuou, tapando as estrelas. Mas o marido também tinha visto: a cabeça gigantesca, mais vasta ainda na escuridão enganosa, movendo para cima e para baixo, apequenando as próprias montanhas com sua ambição.

Ele balbuciou uma reza, as pernas artríticas torcidas.

A esposa gritou. Nenhuma palavra conhecida por ela manteria o monstro a uma distância segura – nenhuma reza ou súplica teria algum poder sobre ele. No casebre, Mick acordou e seu braço esticado, com o espasmo de uma cãibra súbita, derrubou da mesa um prato e o lampião.

Foram destruídos.

Judd acordou.

A gritaria do lado de fora havia terminado. A mulher havia sumido da porta, para dentro da floresta. Qualquer árvore, qualquer árvore mesmo, era melhor que aquela visão. O marido ainda babava um fio de rezas com sua boca mole, quando a enorme perna do gigante se ergueu para dar outro passo...

Bum.

O casebre tremeu. Pratos dançaram para fora do armário e se quebraram. Um cachimbo de barro rolou da lareira e se despedaçou nas cinzas do fogo.

Os amantes conheciam a substância daquele som: aquele trovão terrestre.

Mick esticou o braço até Judd, e o puxou pelo ombro.

"Está vendo?", disse, os dentes azul-acinzentados na escuridão do casebre. "Está vendo? Está vendo?"

Uma espécie de histeria borbulhava por trás das palavras. Ele correu até a porta, tropeçando numa cadeira no escuro. Xingando, machucado, cambaleou até a noite.

Bum.

O trovão era ensurdecedor. Dessa vez quebrou todas as janelas do casebre. No quarto, uma das vergas do teto se rachou, derrubando serragem.

Judd se juntou ao amante diante da porta. O velho agora estava de rosto no chão, os dedos doentes e inchados retorcidos, os lábios suplicantes pressionados contra o solo úmido.

Mick olhou para cima, para o céu. Judd seguiu esse olhar.

Havia um local sem nenhuma estrela. Era uma escuridão com forma de homem, uma silhueta humana vasta e larga, um colosso que se elevava até o céu. Não era um gigante tão perfeito. Os contornos não eram limpos; fervilhava e enxameava.

Também parecia mais largo, esse gigante, que qualquer homem de verdade. As pernas eram grossas e atarracadas de maneira anormal, os braços não eram longos. As mãos, ao se fecharem e abrirem, pareciam ter juntas demasiado esquisitas e delicadas, em comparação com o torso. Então ele ergueu um pé gigantesco e achatado e o colocou na terra, dando um passo na direção deles.

Bum.

O passo fez o teto do casebre desabar.

Tudo o que o ladrão de carros tinha dito era verdade, Popolac era uma cidade e um gigante; e tinha ido para as montanhas.

Agora os olhos deles estavam se acostumando com a luz noturna. Podiam ver em cada detalhe horrendo como o monstro havia sido construído. Era uma obra-prima da engenharia humana: um homem composto inteiramente de homens. Ou melhor, um gigante sem sexo, composto de homens e mulheres e crianças. Todos os cidadãos de Popolac se contorciam e se tensionavam no corpo desse gigante de carne atada, os músculos se alongando ao ponto de ruptura, os ossos prestes a se dividirem.

Conseguiram ver como os arquitetos de Popolac haviam alterado de maneira sutil as proporções do corpo humano; como a coisa era mais troncuda para baixar seu centro de gravidade; como as pernas eram elefantinas para suportarem o peso do torso; como a cabeça era funda nos ombros largos, de modo que os problemas de um pescoço fino fossem minimizados.

Apesar dessas más-formações, era horrivelmente realista. Os corpos atados para formar a superfície estavam nus, exceto pelos arreios, de modo que a superfície reluzia na luz das estrelas, como um vasto torso humano. Até mesmo os músculos eram bem copiados, embora simplificados. Conseguiram ver como os corpos amarrados se empurravam e se puxavam uns contra os outros em sólidos cordões de carne e osso. Podiam ver as pessoas entrelaçadas que formavam o corpo: as costas como tartarugas encaixadas para fornecer a varredura do peitoral; os acrobatas açoitados e amarrados nas juntas dos braços e das pernas, rolando e desenrolando para articular a cidade.

Mas com certeza a vista mais impressionante de todas era a do rosto. Bochechas de corpos; órbitas cavernosas em que cabeças encaravam, cinco amarrados para cada olho; um nariz grande e achatado e uma boca que se abria e se fechava, com os músculos da mandíbula que se inchavam e se esvaziavam de maneira ritmada. E daquela boca, com fileiras de dentes feitos de crianças carecas, a voz do gigante, agora apenas uma cópia enfraquecida de seus poderes anteriores, emitia uma nota única de alguma música simplória.

Popolac andava e Popolac cantava.

Haveria outra vista na Europa que fosse equiparável?

Observavam, Mick e Judd, enquanto ele dava outro passo em sua direção.

O velho havia molhado as calças. Balbuciando e suplicando, rastejou do casebre arruinado até as árvores ao redor, arrastando as pernas mortas.

Os ingleses permaneceram onde estavam, observando o espetáculo se aproximar. Nem o pavor, nem o terror os tocavam agora, apenas o espanto que lhes prendia no mesmo local. Sabiam que era uma visão que jamais teriam de novo: era o ápice — depois disso, tudo seria apenas a experiência comum. Melhor permanecer, então, embora a morte se aproximasse a cada passo, melhor ficar e ver enquanto ainda podia ser visto. E depois que esse monstro os matasse, ao menos teriam vislumbrado um milagre, conhecido sua terrível majestade por um breve instante. Parecia uma troca justa.

Popolac estava a dois passos do casebre. Eles podiam ver as complexidades da estrutura com muita clareza. Os rostos dos cidadãos ganhavam detalhes: brancos, encharcados de suor, e contentes no cansaço. Alguns se dependuravam mortos nos arreios, as pernas balançando de um lado para o outro, como enforcados. Outros, em particular as crianças, haviam deixado de obedecer ao treinamento, e haviam relaxado em suas posições, de modo que a forma do corpo se degenerava, começando a fervilhar com a ebulição de células rebeldes. Mas continuava a andar, cada passo um esforço incalculável de potência e coordenação.

Bum.

O passo que pisou no casebre chegou antes do que pensavam.

Mick viu a perna erguida; viu os rostos das pessoas na canela e no tornozelo e no pé — estavam do tamanho dele agora — todos homens enormes, escolhidos para aguentar o peso dessa grandiosa criação.

Muitos deles mortos. A sola do pé, podia ver, era um quebra-cabeça de corpos esmagados e ensanguentados, pressionados até a morte pelo o peso dos concidadãos.

O pé desceu com um estrondo.

Em questão de segundos, o casebre foi reduzido a poeira e lascas de madeira.

Popolac tapou o céu por completo. Tornou-se, por um instante, o mundo inteiro, céu e terra, cuja presença transbordava os sentidos. Dessa proximidade era impossível vê-la por inteiro, o olho precisava focar para trás e para frente a fim de abstrair essa massa, e ainda assim a mente se recusava a aceitar a verdade por completo.

Um fragmento de pedra rodopiante, disparada durante a destruição do casebre, acertou em cheio o rosto de Judd. Na cabeça, ele ouviu o golpe fatal como uma bola batendo numa parede: uma morte de quintal. Sem dor: sem remorso. Apagado como uma luz minúscula e insignificante; um grito de morte perdido no pandemônio, o corpo oculto na fumaça e nas trevas. Mick não viu nem ouviu Judd morrer.

Estava muito ocupado, encarando o pé que se assentava por um momento nas ruínas do casebre, enquanto a outra perna reunia forças para se mover.

Mick fez sua tentativa. Uivando como um *banshee*, correu em direção à perna, desejando abraçar o monstro. Tropeçou nos destroços, levantou-se de novo, ensanguentado, para chegar antes que o pé se erguesse e ele fosse deixado para trás. Houve um clamor de agonia quando chegou ao pé a mensagem de que deveria se mover; Mick viu os músculos da cabeça se agruparem e se unirem quando o pé começou a levantar. Fez sua última investida até o membro quando ele já começava a deixar o solo, puxando arreio ou corda, ou cabelo humano, ou até mesmo carne – qualquer coisa para se segurar nesse milagre passageiro e tornar-se parte dele. Melhor acompanhá-lo aonde quer que fosse e servir a seus propósitos, seja lá quais fossem; melhor morrer em sua companhia do que viver sem ela.

Segurou o pé, e encontrou uma posição segura no tornozelo. Gritando de puro êxtase com o sucesso, sentiu a enorme perna ser erguida, e viu embaixo de si a poeira rodopiando no local onde estivera, já se afastando, conforme o membro se erguia.

A terra desaparecia abaixo dele. Ele pegava carona com um deus: a mera vida que havia deixado não era nada agora, nunca mais. Viveria com essa coisa, sim, viveria com ela — olhando e olhando e comendo-a com os olhos até morrer de pura gula.

Gritava e uivava e girava nas cordas, sorvendo o triunfo. Abaixo, bem abaixo, entreviu o corpo de Judd, encolhido e pálido sobre o chão escuro, irrecuperável. O amor e a vida e a sanidade se foram, se foram como a memória de seu nome, ou o sexo, ou a ambição.

Nada significavam. Absolutamente nada.

Bum.

Bum.

Popolac andou, o barulho dos passos se afastou ao leste. Popolac andou, o zumbido de sua voz perdeu-se na noite.

Um dia depois, vieram pássaros, vieram raposas, vieram moscas, borboletas, vespas. Judd se moveu, Judd mudou de lado, Judd deu à luz. Na barriga os vermes se aqueceram, em um covil de raposas, elas brigaram pela suculenta carne da coxa. Depois disso foi bem rápido. Os ossos se amarelaram, os ossos se esfarelaram: um lugar vazio que já havia sido ocupado por respiração e opiniões.

Trevas, luz, trevas, luz. Nenhuma das duas interrompidas por seu nome.

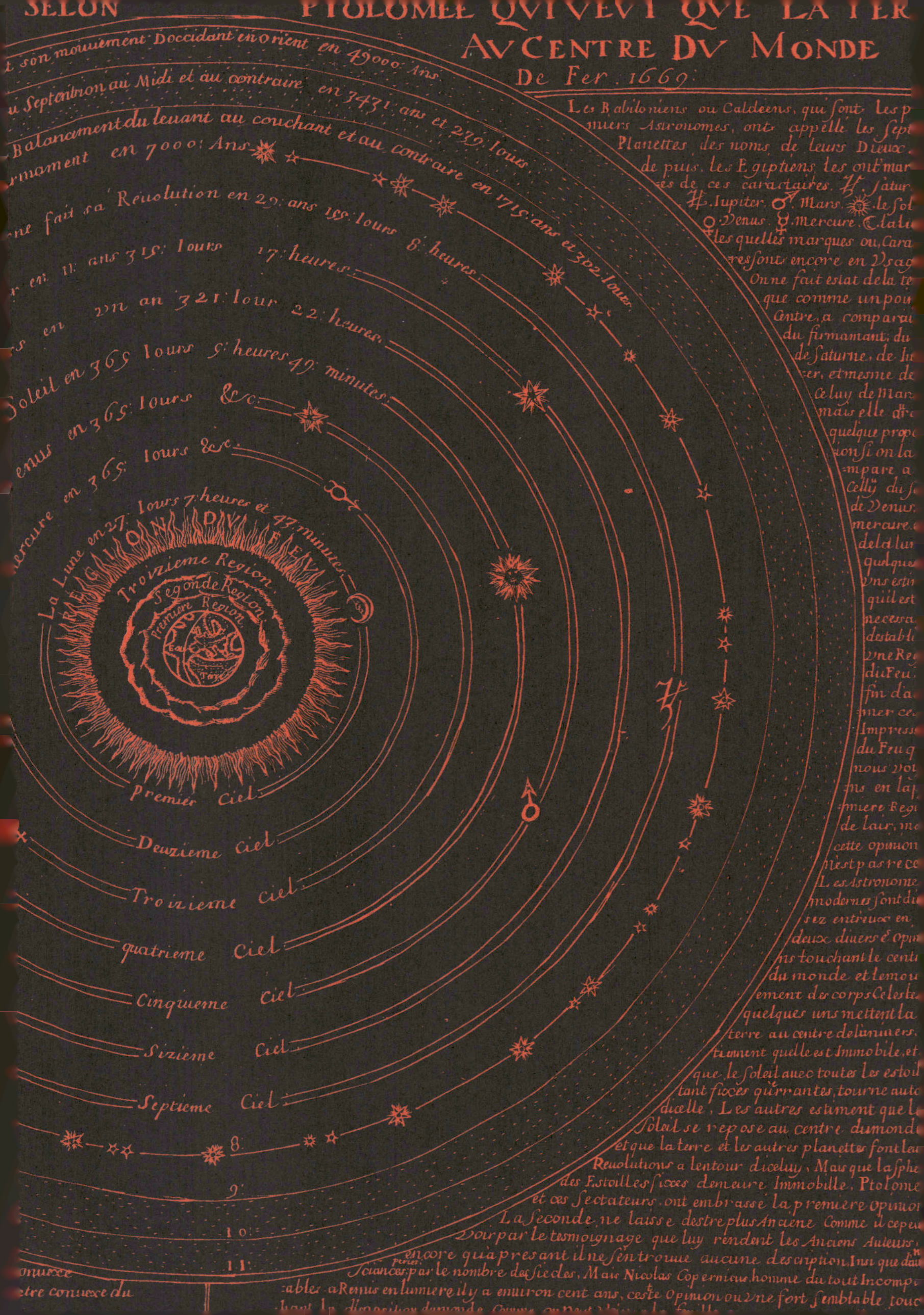

SELON PTOLOMEE QUI VEUT QUE LA TER
AU CENTRE DU MONDE
De Fer . 1669

t son mouvement Doccidant en Orient en 49000 Ans

u Septentrion au Midi et au contraire en 3431 ans et 239 Iours

Balancement du levant au couchant et au contraire en 1715 ans et 302 Iours

rmament en 7000 Ans

ne fait sa Revolution en 29 ans 155 Iours 8 heures

r en 11 ans 315 Iours 17 heures

s en un an 321 Iour 22 heures

Soleil en 365 Iours 9 heures 49 minutes

enus en 365 Iours &c.

ercure en 365 Iours &c.

La Lune en 27 Iours 7 heures et 47 minutes

REGION DU FEU

Troizieme Region

Segonde Region

Premiere Region

Eau

Terre

Premier Ciel

Deuzieme Ciel

Troizieme Ciel

quatrieme Ciel

Cinquieme Ciel

Sizieme Ciel

Septieme Ciel

8

9

10

11

onvexe

etre convexe du

Les Babiloniens ou Caldeens, qui sont les p
miers Astronomes, ont appellé les Sep
Planettes des noms de leurs Dieux
de puis les Egiptiens les ont mar
es de ces caractaires. ♄ Satur
♃ Jupiter ♂ Mars ☉ le Sol
♀ Venus ☿ Mercure ☾ La lu
les quelles marques ou Cara
res sont encore en Usag
On ne fait estat dela te
que comme un pou
Centre, a comparai
du firmamant du
de Saturne de Ju
er, et mesme de
Celuy de Mar
mais elle d
quelque propo
onsi on la
mpare a
Celluy du S
de Venus
mercure
de la lun
quelques
Uns estim
quil est
necessa
destabl
une Reg
du Feu
fin da
mer ce
Impress
du Feu q
nous voi
ns en la p
miere Regi
de lair, ma
cette opinion
nest pas rece
Les Astronome
modernes sont di
sez entr'eux en
deux divers Opi
ns touchant le cent
du monde et le mou
ement des corps Celeste
quelques uns mettent la
terre au centre de l'univers,
timent qu'elle est Immobile, et
que le Soleil avec toutes les estoil
tant fixes qu'errantes, tourne auto
d'icelle. Les autres estiment que le
Soleil se repose au centre du monde
et que la terre et les autres planettes font leu
Revolutions a lentour d'iceluy. Mais que la sphe
des Estoilles fixes demeure Immobile. Ptolome
et ces Sectateurs ont embrassé la premiere opinio
La Seconde ne laisse destre plus Ancienne Comme il ce pe
voir par le tesmoignage que luy rendent les Anciens Auteurs,
encore qu'a present il ne se trouve aucune description. Inn que d'ai
Sciances par le nombre des Siecles. Mais Nicolas Copernicus homme du tout Incomp
able, a Remis en lumiere il y a environ cent ans, ceste Opinion ou une fort semblable tou

LORDRE DES SPHERES CELESTES SELON COPERN
TERRE EST MOBILE ET LE SOLEIL IMMOBILE AV
Par Ni.

D

Firmament Immobile

lon Copernic Saturne fait son mouuement sous les
toilles fixes en 35333 ans d'Egypte Iupiter
n 19734 Mars en 49088 ans d'Egypte
ous le Zodiaque Saturne Reuient au
u dou il estoit parti en 14917 ans d'Egy
iter en 21237 Mars en 16416 &c
n d'Egypte est de 365 Iours.

Orbe de Mercure enuironne
corps du Soleil, l'orbe de
enus enuironne l'orbe de
rcure. Mercure ne
loigne Iamais du Soleil
plus de 29 degrez.
enus ne seloigne
mais du Soleil de
us de 48 degrez.
n peu donc dire
e les Orbes de
ercure et de
enus n'enuiron
nt pas la Terre
r s'ils l'enuir
noyent ces
ux planettes
loigneroient
Soleil de
s de 29
grez pour
rcure et de
s de 48
ur Venus
is qu'il est
rtain quils
uroient
nir quelq
is a estre
pozez
it au Soleil
entre eux
qui est
traire a
xperiance.

est certain
e Venus
roit en Cro
ant en sa
onction
ferieure auec
Soleil et non
s en sa Superieure
st donc uray que
nus a deux conion
ons au Soleil, lune
dessus et lautre au
sous le tout a nostre
pect.
i peut dire que l'orbe
Venus enuirone le Soleil
uil nest ni totalement au
sus ni totalement au dessous
Orbe de Venus estoit totalement
dessus du Soleil Venus pare troit
siours Ronde et non pas en croissant
is si l'orbe ou Ciel de Venus estant
alement au dessous du Soleil Venus
e troit tousiours en Croissant tant en sa
ionction Superieure quand son Inferieure le
it a nostre Respect.
peut dire pareille chose de Mercure
Cieux de Mars de Iupiter et de Saturne enuironent
erre d'autant quon les voit quelque fois estre Oppozez
Soleil ou Seloigner de luy Iusque a l'opposition.

Orbe de Saturne

Orbe de Iupiter

Orbe de Mars

Orbe de la Terre

Orbe de Venus

Orbe de Mercure

Le Soleil Immobile au Centre du Monde

Ce qui est dit cy desso
Ciel de Mercure et

Meus agradecimentos são destinados a várias pessoas. Ao meu professor de Inglês em Liverpool, Norman Russel, pelo encorajamento inicial; a Pete Atkins, Julie Blake, Doug Bradley e Oliver Parker, pela mesma coisa um pouco depois; a James Burr e a Kathy Yorke, pelos bons conselhos; a Bill Henry, pelo olhar profissional; a Ramsey Campbell, pela generosidade e entusiasmo; a Mary Roscoe, pela dolorosa tradução de meus hieróglifos, e a Marie-Noëlle Dada, pelo mesmo motivo; a Vernon Conway e a Bryn Newton, pela Fé, Esperança e Caridade; e a Nann du Sautoy e Barbara Boote, da Sphere Books, a todos da DarkSide, da Macabra e aos leitores brasileiros.

Sonhar junto sempre resulta em algo especial.

Os adoradores do horror mostraram sua verve macabra ano após ano, ansiando pela chegada de uma obra regada com a seiva vermelha que circula em nossas veias. Que faz pulsar o coração e anunciar a vida.

Sonhar junto permitiu que a realidade se concretizasse, e cá estamos, após um longo inverno, celebrando novos inícios na primavera.

A família Macabra agradece a todas as almas que emprestaram seu tempo e inspiração para tornar realidade algo que há muito era sonhado. A dedicação apaixonada regou o solo que agora germina belas plantas.

Nosso agradecimento também ao mestre do horror que nos leva a outros reinos ao dividir suas palavras — tão obscuras e poderosas que reverberam em nossos corações.

FAMÍLIA MACABRA

segunda colheita • primavera de 2020

CLIVE BARKER é um artista de inúmeras capacidades e talentos indomáveis. O escritor, cineasta, roteirista, ator, produtor de cinema, artista plástico e dramaturgo, nascido em 1952 em Liverpool, gosta de viver de sua imaginação e é uma joia rara no horror. Clive Barker se tornou mundialmente conhecido na década de 1980, com sua coletânea de histórias curtas e impactantes, *Livros de Sangue*. A antologia macabra e brutal o estabeleceu como um escritor consagrado do gênero. Seus personagens saíram das linhas perturbadoras de seus contos para protagonizar histórias em quadrinhos e jogos de computador, além de filmes agora clássicos como *Hellraiser*, *A Lenda Candyman* e *O Último Trem*. Parte fundamental de seu trabalho, as pinturas e ilustrações de Barker transmitem sua energia, poder e caos, e já foram exibidas em galerias de arte, nas capas e no interior de seus próprios livros. O mestre do horror visceral tem uma escrita peculiar, provocante, muitas vezes poética, mesmo (e principalmente) quando ele nos apresenta vivissecções, torturas e desmembramentos. Sua vasta produção é fonte de pesquisa para autores, dramaturgos, cineastas, músicos e artistas plásticos que se dispõem a mergulhar nas águas escurecidas e sangrentas do horror. Saiba mais em **clivebarker.info**.

Agora, alimentem-se. Bebam tudo. Saciem-se.
Até enxergarem o que nós já conseguimos ver de tão
mágico e incrível nestas terras secas e escuras.

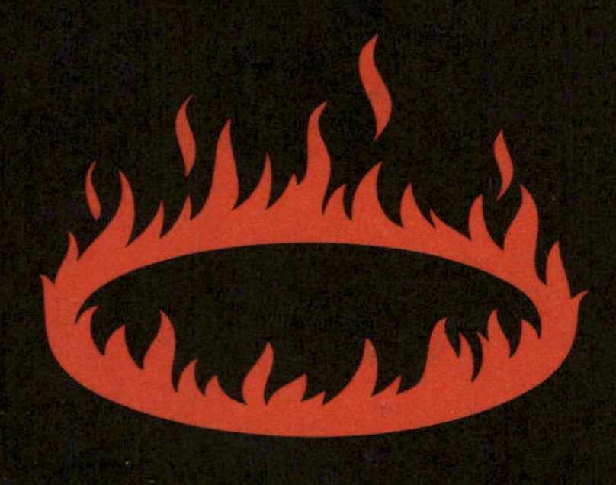

MACABRA™
DARKSIDE